I0583322

LA ESQUILA

PUBLICADO POR: Federico Iwan

Esta es una obra de ficción. A menos que se indique lo contrario, todos los nombres, personajes, empresas, lugares, acontecimientos e incidentes que aparecen en este libro son producto de la imaginación del autor o se utilizan de manera ficticia. Cualquier parecido con personas reales, vivas o fallecidas, o con acontecimientos reales es pura coincidencia.

Titulo Original: *The Shearings*

Traducido y adaptado del original en Inglés por Federico Iwan.

www.federicoiwan.com

Agradecimientos

Agradezco mi esposa, la Doctora Cara S. Iwan, por su invaluable ayuda con los borradores iniciales de este libro, incluyendo su lectura, comentarios y edición. También quiero expresar mi gratitud a Michael McConnell por sus perspicaces comentarios, corrección de estilo y edición de desarrollo.

A mi amada esposa, cuyo apoyo y amor incondicional me inspiran cada día.

A mis padres, cuya orientación, valores y sacrificios me han convertido en la persona que hoy soy.

Y a mis abuelos, cuya sabiduría y valores siguen iluminando mi camino.

Gracias a todos por su infinito aliento y confianza en mí. Este libro es para ustedes.

CAPÍTULO I

A los pies de las montañas Blue Ridge, Charlotte y Mari Jones acamparon en su lugar favorito, un lugar apartado y tranquilo junto al lago que parecía un paraíso escondido creado solo para ellas. Los altos y antiguos robles y nogales formaban un frondoso dosel, sus hojas susurraban con la suave brisa, mientras que el relajante sonido de los arroyos y ríos cercanos creaba un ambiente sereno. El lago cristalino brillaba bajo el sol, reflejando los vibrantes tonos del paisaje circundante, lo que lo convertía en un refugio idílico para las hermanas.

A menudo pasaban los días explorando la costa, con sus risas mezclándose con el canto de los pájaros y el susurro de las hojas. Mari, curiosa e inteligente, era siempre la primera en sugerir nuevas aventuras, y su espíritu juguetón alegraba cada salida. Su risa contagiosa podía iluminar incluso los momentos más oscuros, y su dulce carácter la convertía en el tipo de hermana que Charlotte se sentía afortunada de tener. Pero hoy era diferente. Una inquietante sensación se apoderó de Charlotte. Una sombra de inquietud que no podía ignorar.

El aire era inusualmente fresco para una tarde de julio, incluso en las montañas, y estaba impregnado del aroma de los pinos y las flores silvestres. La rica biodiversidad de la zona invitaba a la aventura, mientras que las tranquilas aguas del lago eran el escenario ideal para la pesca con mosca. Este pintoresco entorno era más que un simple camping; era un preciado refugio donde Charlotte y Mari forjaron recuerdos inolvidables, profundizando su vínculo con cada visita. Pero con Charlotte preparándose para embarcarse en un nuevo y emocionante capítulo de su vida —ir a la universidad y estudiar derecho—, su emoción era agridulce.

—¿Crees que todo cambiará cuando me vaya? —, preguntó Charlotte, rompiendo el cómodo silencio que las rodeaba. Su mirada se desvió hacia el horizonte, donde el sol se ponía, pintando el cielo de tonos rosados y anaranjados.

Mari, de catorce años, levantó la vista de las piedras que estaba lanzando al agua. Sus brillantes ojos verdes centelleaban con inocencia mientras se encogía de hombros. —¡Espero que no! Pero supongo que las cosas serán diferentes. Estarás ocupada con la universidad y tus nuevos amigos—.

Charlotte sintió una punzada en el pecho al pensar en dejar atrás a su hermana. Recordó el vibrante campus de Virginia Tech, los extensos jardines y los majestuosos edificios, donde los estudiantes iban y venían entre clase y clase, llenando el aire con sus risas y charlas. Era un mundo del que ansiaba formar parte, pero la idea de entrar en él sola la llenaba de un temor silencioso.

—Siempre volveré, Mari. Lo sabes, ¿verdad?—, dijo, esbozando una sonrisa a pesar de la opresión que sentía en la garganta. La decisión de asistir a Virginia Tech había sido difícil. Sin embargo, la visita había consolidado su elección: la mezcla de tradición e innovación la había cautivado, ofreciéndole una sensación de pertenencia que no esperaba.

—Sí, lo sé—, respondió Mari. Pero Charlotte podía sentir la preocupación en sus ojos. Ambas eran muy conscientes del cambio inminente que se avecinaba, y el aire a su alrededor se sentía pesado al saber que este viaje era el adiós a una infancia libre de preocupaciones.

Cuando el cielo oscureció del todo, la luna brillaba alta en el cielo, proyectando un resplandor plateado sobre el tranquilo lago. Su superficie brillaba como cristal en la noche. Los únicos sonidos eran el suave chapoteo del agua contra la orilla y el lejano susurro de las hojas con la brisa fresca. Sin embargo, reinaba un silencio inquietante. Charlotte y su hermana menor estaban sentadas junto al fuego, mientras las llamas parpadeaban, creando un cálido halo en el aire frío que las rodeaba. Habían pasado la tarde asando unas truchas arcoíris que habían pescado ese mismo día y compartiendo historias. La noche parecía perfecta, un tranquilo escape del mundo, pero en el fondo, Charlotte no podía quitarse de la cabeza la sensación de que algo acechaba más allá de la línea de árboles.

Cuando el fuego se redujo a brasas incandescentes, un leve sonido, casi imperceptible, resonó en el bosque, un sutil crujido que hizo que el corazón de Charlotte diera un vuelco. Abrazó a Mari por los hombros y la atrajo hacia ella. —¿Lista para ir a la tienda?—, preguntó, mirando el oscuro contorno del bosque que las rodeaba, cuyas sombras se alargaban siniestramente a la luz parpadeante.

—¡Solo unos minutos más! —, respondió Mari. —¡Quiero saber más sobre el campus de Virginia Tech y tu viaje a Blacksburg!—

Charlotte sonrió, agradecida por la oportunidad de compartir sus experiencias.

—Es precioso, Mari. El campus es como una pequeña ciudad, con estudiantes por todas partes y muchos edificios y lugares diferentes para explorar. Hay una biblioteca increíble y los campos deportivos son impresionantes. Creo que te encantaría la energía que se respira allí—.

—¡Suena increíble! —, exclamó Mari. —¡Estoy deseando visitarlo! He estado pensando en lo que quiero hacer cuando termine el colegio. Me gusta mucho mi clase de biología, así que quizás podría estudiar algo relacionado con eso. Pensé en la biología marina, pero no quiero alejarme de las montañas. ¿Crees que podría usar eso para proteger el lago y lugares como este? —Señaló el lago y los árboles que los rodeaban, con evidente pasión en su voz.

Charlotte sonrió, conmovida por el entusiasmo de su hermana.

—Serías genial en eso, Mari. Te imagino trabajando en las montañas, estudiando plantas y animales, tal vez incluso escribiendo sobre ellos—. Su voz era baja y tranquilizadora, pero una sensación inquietante se apoderó de ella. La noche era demasiado silenciosa, el aire demasiado quieto, casi como si el mundo que las rodeaba contuviera la respiración. El silencio se prolongó, pesado y opresivo, y justo cuando estaba a punto de ignorar su instinto, un repentino sonido entre los árboles rompió la calma.

Los sentidos de Charlotte se agudizaron. —¿Qué fue eso? —, susurró, con la mirada fija en los árboles. Mari se inclinó hacia ella, con el miedo reflejado en sus ojos desorbitados.

—No lo sé—, susurró Mari, agarrando la manga de Charlotte con sus pequeños dedos. —Quizás solo sea un animal... ¿o quizás sea Jack Henry? —Jack Henry, el novio de Charlotte, había prometido visitar su campamento ese día, pero nunca apareció, y su ausencia proyectaba una sombra de preocupación sobre la noche.

Charlotte asintió, esbozando una sonrisa para tranquilizar a su hermana, pero la inquietud se hizo más profunda. —Juntemos las cosas y vayamos a la carpa—, sugirió, intentando aparentar calma. Comenzaron a recoger sus cosas, pero el sonido se hizo más fuerte y pronunciado, como si algo, o alguien, se estuviera acercando.

Antes de que Charlotte pudiera reaccionar, una figura oscura, recortada contra el fondo de la noche, emergió de la línea de árboles. La luz parpadeante del fuego reveló su forma amenazante, y el corazón de Charlotte se detuvo. —¡Corre! —gritó, agarrando la mano de Mari. Corrieron hacia el camino que conducía a la carpa, con la adrenalina impulsando su huida mientras la figura se acercaba por detrás, sus pasos retumbando como truenos en la quietud de la noche.

—¡Charlotte, no puedo! —, gritó Mari, luchando por seguir el ritmo. Charlotte miró hacia atrás, sintiendo cómo el pánico se apoderaba de ella. Podía ver cómo la figura les ganaba terreno, con sus intenciones claras en el frío brillo de sus ojos. En un momento de desesperación, corrieron hacia una empinada colina que conducía a la orilla del lago. —¡Por aquí! —, instó Charlotte. Pero mientras bajaban corriendo por la pendiente, el suelo bajo sus pies cedió y rodaron sin control por la colina, con el mundo girando en una confusión de oscuridad y miedo. Charlotte extendió la mano hacia Mari, pero el impulso las separó. Podía oír los gritos aterrorizados de Mari desvaneciéndose en la distancia mientras rodaban colina abajo, hasta que finalmente se detuvieron bruscamente en el fondo, rodeadas de sombras. El mundo se volvió negro.

CAPÍTULO II

Cuando Charlotte recuperó el conocimiento, el mundo parecía diferente: más oscuro, lleno de sombras e incertidumbre. Aturdida y desorientada, Charlotte parpadeó en la oscuridad, tratando de ordenar sus pensamientos. —¿Mari? —, llamó con voz temblorosa. Pero no hubo respuesta, solo el eco de su propia voz en la quietud. Mientras se incorporaba lentamente, sintió náuseas. *¿Cuánto tiempo he estado inconsciente? ¿Me han drogado? No me siento muy bien,* pensó. Lo último que recordaba era la carrera por la colina y el miedo que recorría sus venas. Ahora, al mirar a su alrededor, se dio cuenta de que estaba en un espacio tenuemente iluminado que se sentía húmedo. El pánico se apoderó de ella mientras buscaba a Mari, con los ojos empezando a acostumbrarse a las sombras que la rodeaban. Estaba en una cueva. El aire estaba cargado de humedad y un frío inquietante. La única luz provenía de una pequeña grieta en la pared, proyectando sombras que bailaban sobre la superficie rocosa.

—¡Mari! —, gritó Charlotte. Su voz resonó en el espacio cerrado y lo único que oyó fue el silencio que la envolvía. El miedo se apoderó de ella. Ya no estaban junto al lago, ya no estaban a salvo. Estaban atrapadas, cautivas en un lugar desconocido. La mente de Charlotte se aceleró mientras trataba de entender lo que había sucedido. Respiró hondo, obligándose a mantener la calma. Tenía que encontrar a Mari. Impulsada por la determinación, Charlotte comenzó a explorar la cueva, adentrándose en la oscuridad. Llamó a Mari una y otra vez, pero nadie respondió.

A medida que avanzaba, Charlotte se topó con un estrecho pasadizo. Las paredes eran rocosas, pero resbaladizas por la humedad. Dudó un momento antes de seguir adelante. El aire se volvió más frío. Entonces, oyó un débil gemido, un sonido tan pequeño como desgarrador. —¿Mari? —, llamó Charlotte, con la voz temblorosa. Siguió el sonido mientras su corazón latía cada vez más fuerte. Al llegar a una pequeña alcoba, Charlotte se quedó sin aliento. Allí, acurrucada contra la pared, estaba Mari. La cara de su hermana estaba manchada de suciedad y su ropa rasgada, dejando al descubierto los moretones que marcaban su delicada piel. Ver a su hermana tan vulnerable y asustada le partió el corazón.

—¡Mari! —, exclamó Charlotte, corriendo hacia ella y abrazándola con fuerza para protegerla. —Lo siento mucho. Ya estoy aquí. Ahora estás a salvo—.

Mari miró a su hermana con lágrimas brillando en sus ojos. —Charlotte, él me hizo daño—, susurró.

El peso de esas palabras provocó una oleada de rabia y tristeza en Charlotte, que abrazó a Mari con más fuerza, prometiéndole protegerla de cualquier daño futuro. Mientras Charlotte acunaba a su hermana, la realidad de su situación se hizo evidente. Estaban cautivas, atrapadas en la oscuridad. —*¡Tenemos que salir de aquí!* —, pensó Charlotte. Pero antes de que Charlotte pudiera formular un plan, el sonido de unos pasos resonó en la cueva, provocando un escalofrío de miedo en ambas hermanas.

Una figura emergió de las sombras. El hombre había visto a las dos chicas acurrucadas y avanzaba hacia ellas. El corazón de Charlotte se aceleró mientras instintivamente acercaba a Mari hacia sí. —¡Aléjate de nosotras! —, gritó Charlotte. El captor se abalanzó hacia adelante y se desató el caos cuando Charlotte empujó a Mari detrás de ella, lista para luchar. La lucha fue intensa; Charlotte, forcejeando con el captor mientras Mari se ponía en pie a toda prisa. En medio del caos, Charlotte sintió que el captor le apretaba la muñeca con fuerza, pero, con una descarga de adrenalina, consiguió liberarse y empujar a la figura hacia atrás. —¡Corre, Mari! ¡Ahora! —. Mari dudó, pero el sonido del captor recuperándose del empujón la impulsó a actuar. Las hermanas corrieron por el oscuro pasillo. El sonido de los gritos enfurecidos de su perseguidor resonaba detrás de ellas, impulsándolas hacia adelante. No miraron atrás hasta que finalmente salieron al aire libre.

La luz de la luna las inundó cuando tropezaron en la rocosa orilla del río. El agua corría cerca. Solo una cortina de ramas y abundante vegetación separaban la caverna de la orilla del río.

—¡Sigue corriendo! — instó Charlotte, agarrando la mano de Mari mientras corrían a lo largo de la orilla del río, con el sonido de los pasos de su perseguidor retumbando detrás de ellas.

—Charlotte, ¿adónde vamos? —

—¡Buscaremos un lugar donde escondernos! —, respondió Charlotte, mientras buscaba con la mirada un lugar para esconderse en los alrededores.

Mientras estaban de pie a la orilla del río, Charlotte sintió que el miedo le apretaba el estómago. El agua helada les lamía los pies, provocándoles escalofríos. La corriente se arremolinaba siniestramente, oscura y turbulenta, recordándoles el peligro al que se enfrentaban. —¡No podemos volver atrás! —, insistió ella, con voz firme a pesar de la confusión que sentía en su interior. —¡Tenemos que cruzar! —.

Juntando valor, saltaron juntas al gélido abrazo del río. El agua las golpeó como una pared, y el mundo alrededor se convirtió en una tormenta arremolinada. Lucharon contra la corriente, que tiraba de ellas en todas direcciones. Charlotte sentía los dedos helados del río aferrándola y arrastrándola hacia el fondo.

—¡Aguanta, Mari! —, gritó, con una voz que apenas lograba alzarse sobre el rugido del agua. Pero el río era despiadado, y el frágil cuerpo de Mari fue pronto vencido por sus aguas profundas y turbulentas.

—¡Charlotte! —, gritó Mari, con voz llena de pánico mientras la corriente la arrastraba cada vez más lejos.

La desesperación se apoderó de Charlotte mientras nadaba con todas sus fuerzas, pero el río era una fuerza implacable que arrastraba a Mari lejos de su alcance.

—¡Nada hacia mí! —, gritó, aunque sus palabras se perdían en el caos que las envolvía.

El corazón de Charlotte se rompía al ver el rostro aterrorizado de su hermana, cada latido marcando la creciente distancia entre ellas.

—¡No! ¡Mari! —, gritó, braceando con furia en un intento desesperado por alcanzarla. El río rugía y, con un último grito desgarrador, Mari fue engullida por las aguas turbulentas, desapareciendo bajo la superficie.

El mundo de Charlotte se derrumbó. Jadeando por aire, emergió sola en la orilla del río, mientras la luz de la luna proyectaba un resplandor inquietante sobre el agua.

—¡Mari! —, gritó con voz quebrada, su eco resonando en el vacío. Pero no hubo respuesta, solo el susurro del río, un escalofriante recordatorio del vínculo que acababa de romperse.

CAPÍTULO III

En los años que siguieron a aquella fatídica noche, los ecos de los gritos de Mari permanecerían en la mente de Charlotte, una oscuridad que marcaría su camino hacia el futuro. Mientras el sol se ponía en el cielo, proyectando un cálido resplandor dorado sobre los extensos campos, Charlotte montaba su mustang, Blaze, por los senderos familiares que serpenteaban las tierras de su familia. Con cada golpe rítmico de los cascos sobre la tierra, buscaba consuelo en el caos de sus pensamientos.

Habían pasado veintidós años, pero los recuerdos aún la perseguían como una sombra imborrable. Charlotte revivía a menudo aquellos acontecimientos, con el terror de esa noche grabado para siempre en su memoria. Ahora, convertida en una abogada exitosa, había dedicado su vida a buscar justicia para los demás, pero el espectro del secuestro y la muerte de su hermana se cernía sobre ella con más fuerza que cualquier caso que hubiera llevado.

Aunque había pasado innumerables horas en los tribunales luchando por otras víctimas, la búsqueda implacable del secuestrador de su hermana la consumía. Había reunido pruebas, entrevistado a testigos y seguido pistas que a menudo no llevaban a nada, pero el dolor de la pérdida seguía siendo su compañero constante. Hoy, sin embargo, necesitaba despejar su mente. La presión de un juicio inminente pesaba sobre ella, y el pensamiento del destino sin resolver de su hermana le carcomía el corazón. Con el viento azotándole el pelo, Charlotte instó a Blaze a acelerar, con la esperanza de que la velocidad de la cabalgata ahogara el ruido de sus preocupaciones.

Mientras galopaban por los senderos, los recuerdos de Mari pasaban fugaces ante sus ojos: las risas bajo el sol del verano, los secretos susurrados por la noche y el vínculo que se había roto demasiado pronto. Charlotte sintió cómo el dolor familiar de la pena se apoderaba de ella, pero lo apartó de su mente y se concentró en el ritmo de los cascos de Blaze bajo ella.

Blaze era un mustang impresionante, la encarnación viva del espíritu salvaje que corría por la familia de Charlotte desde hacía generaciones. Con un pelaje castaño que brillaba a la luz del atardecer y una melena ondulada que danzaba con el viento, era más que un simple caballo: era un vínculo con sus antepasados. Su linaje se remontaba a un mustang salvaje que su familia había domado a finales del siglo XVII, un recordatorio de la valentía y la resistencia que definían su herencia.

Charlotte recordaba a menudo las innumerables horas que su abuelo, Louis Jones, había dedicado a entrenar a Blaze, ganándose pacientemente su confianza con palabras amables y gestos suaves. Ese vínculo reflejaba las lecciones que Louis le había impartido: la fuerza no reside solo en la potencia, sino también en la bondad y la paciencia. Había sido un faro en su vida, enseñando a Charlotte y a Mari a montar a caballo, pescar y cazar. Les había enseñado a plantar semillas y cultivarlas hasta convertirlas en algo hermoso, insistiendo en que la verdadera fortaleza no provenía solo de la destreza física, sino también de la determinación y la bondad.

Mientras Charlotte recordaba a Mari, una avalancha de imágenes se arremolinaba en su mente. Pensaba en su hermana, pero también en quién era ella misma y en quién se había convertido. Al crecer en Floyd, Virginia, durante los años cincuenta y sesenta, su familia enfrentó numerosos retos, aunque logró labrarse una vida cómoda. Desde niña aprendió a valorar las pequeñas alegrías de la vida. Sin embargo, a través de los años, se sintió atraída por la elegancia y el estilo, influenciada por su madre y su abuela.

Al principio, Charlotte resintió la llegada de Mari, temiendo perder la atención. Sin embargo, no tardaron en hacerse inseparables, compartiendo su amor por el aire libre, la equitación y la pesca con mosca. A menudo acompañaba a su padre, William Jones, a sus trabajos, donde él la dejaba jugar con los hijos de los cuidadores del campo. Su padre le inculcó un profundo sentido de la humildad y el respeto por los demás, independientemente de su origen, valores que moldearon su forma de relacionarse con todas las personas que conocía.

Charlotte y Mari compartían un vínculo especial con sus primos. La familia de su padre vivía en Virginia, mientras que la de su madre residía en Nueva York. Sus relaciones eran más parecidas a las de hermanos o mejores amigos. Juntos se embarcaban en innumerables aventuras: desde caminatas y jornadas de pesca hasta juegos de escondite entre los fardos de pasto, para consternación de su padre y su abuelo, cuando aquellos juegos terminaban en travesuras.

La primavera era la estación favorita de Charlotte, no solo por su cumpleaños, sino también porque coincidía con la temporada de esquila y marcación de ovejas. Su familia y la mayoría de los campos y granjas de la zona criaban ovejas para producir y vender lana. La cría de ovejas no era una tarea fácil. Requería cuidados y atención constantes. Las ovejas necesitan ser esquiladas no solo para vender la lana, sino también para evitar que se enfermen o incluso mueran. El exceso de lana suele provocar sobrecalentamiento, problemas de movilidad y un mayor riesgo de infecciones parasitarias. Esquilarlas cada primavera ayuda a mantener su higiene y bienestar general.

Esquilar cientos de ovejas a la vez suponía varios retos. Se necesitaba coordinación y mano de obra para reunirlas y llevarlas al corral. Una vez allí, los granjeros aprovechaban para realizar otras tareas esenciales para la cría y la comercialización de la lana y del ganado. Tras la esquila, que suele llevarse a cabo a principios de primavera, era habitual proceder a la marcación, la castración, el corte de cola y la vacunación.

La castración de los corderos machos ayuda a controlar su comportamiento y reduce la agresividad, además de mejorar la calidad de la carne. La vacunación y el control de parásitos previenen enfermedades comunes y aumenta la productividad del rebaño. El corte de la cola también contribuye al bienestar general de las ovejas, ya que reduce el riesgo de infestaciones por moscas y larvas.

El campo bullía de actividad cada primavera cuando llegaban los esquiladores de todo el estado, transformándolo en un centro de celebración y camaradería. La esquila tenía lugar a comienzos de la estación, y Charlotte disfrutaba de ser el centro de atención, ya que su cumpleaños solía coincidir con el gran final de esas jornadas. El último día de esquila se celebraba con una gran reunión en la que granjeros y esquiladores compartían un gran asado y música alrededor del fuego. Más avanzado el trimestre, durante la marcación, se realizaba también el corte de cola, y no era raro que las colas de cordero se cocinaran directamente en las brasas ardientes. Aquellas colas asadas eran siempre el manjar favorito de los niños.

A pesar de los numerosos desafíos que enfrentó a lo largo de su vida, Charlotte jamás se percibió a sí misma como una víctima. Para ella, las dificultades no eran desgracias, sino pruebas inevitables del camino humano, una convicción que había heredado de su padre. Él la animaba a defenderse con firmeza cuando la situación lo exigía, pero también le recordaba que la verdadera fortaleza se hallaba en buscar salidas pacíficas siempre que fuera posible. De su madre, Victoria, recibió una enseñanza igualmente profunda: la fe como guía, sustentada en la Biblia y en los principios de la compasión. Aquellos valores —el coraje aprendido de su padre y la espiritualidad transmitida por su madre— se convirtieron en pilares que la sostuvieron en los momentos más duros, recordándole que cada prueba podía enfrentarse con comprensión, dignidad y elegancia.

La muerte prematura de Mari marcó profundamente a Charlotte, reforzando su determinación de vivir con propósito. Aunque muchos le aconsejaron darse un tiempo para sobreponerse a la pérdida, ella eligió avanzar, convencida de que Mari habría querido verla perseguir sus sueños. Terminó sus estudios en Virginia Tech, donde se especializó en ciencias biológicas con la mira puesta en convertirse en abogada de patentes. Su constancia y disciplina la impulsaron siempre hacia adelante, mientras lograba compaginar las exigencias académicas con el voluntariado y diversos trabajos a tiempo parcial para sostenerse.

Su camino la llevó a la Facultad de Derecho William & Mary, donde tuvo que lidiar con rumores sobre supuestos privilegios y una riqueza que muchos le atribuían debido a su porte distinguido y refinada apariencia. La realidad, sin embargo, era muy distinta: pocos sabían del esfuerzo que la había costado llegar allí. Sus padres habían ahorrado con disciplina para su educación, inculcándole la convicción de que todo lo valioso se alcanza con esfuerzo y dedicación. El acuerdo era sencillo y firme: aquella ayuda no era un regalo, sino un préstamo que Charlotte comenzaría a devolver en cuanto obtuviera su título. Y así lo hizo.

Irónicamente, la asignatura que al principio detestaba, el derecho penal, terminó por convertirse en su gran pasión gracias a la guía del profesor Byrd. Su exigente formación la puso a prueba, pero también la llevó a sobresalir y a descubrir su verdadera vocación en la Fiscalía de los Estados Unidos. Aquellas experiencias la forjaron como fiscal dedicada, movida por un profundo sentido de justicia, un impulso que se intensificaba cada vez que pensaba en Mari.

La vida de Charlotte siempre reflejó los valores que su familia le inculcó: trabajo duro, respeto y resiliencia. Su camino, desde Floyd hasta la facultad de derecho y más allá, estuvo marcado por su crecimiento personal y por el apoyo inquebrantable de sus seres queridos. Comprendía que todo el mundo tiene una historia digna de respeto y que el valor de la vida se mide por los retos que uno logra superar.

El sendero la condujo hasta un claro apartado, aquel mismo lugar al que Louis solía llevarla a ella y a Mari cuando eran niñas. Charlotte desmontó, ató a Blaze a un árbol cercano para que pastara y dejó escapar un suspiro, permitiendo que los recuerdos la envolvieran. De pie allí, sus pensamientos se dirigieron a su abuelo, la luz que había guiado buena parte de su vida. Entre todas las lecciones que le dejó, una brillaba con especial fuerza en su memoria. En su decimoctavo cumpleaños, en ese mismo claro, Louis le había regalado un rifle de hermoso diseño, con la madera pulida hasta un brillo profundo y decorado con delicados grabados.

—Esto no es solo un rifle, Charlotte—, le había dicho, colocándoselo en las manos. —Es un símbolo de tu fuerza y tu responsabilidad. Úsalo con prudencia—.

La paciencia de Louis la acompañó mientras aprendía a apuntar y disparar, una destreza que le dio una inesperada sensación de poder. En su recuerdo lo veía erguido, las manos curtidas mostrándole cómo sostener el arma, la voz serena pero firme animándola a aceptar los retos.

—La fuerza está dentro de ti, Charlotte—, le repetía, con los ojos brillantes de orgullo. —Recuerda, no importa cuántas veces caigas, sino cuántas veces vuelvas a levantarte—.

El abuelo de Charlotte y Mari era un hombre alto, de hombros anchos y porte imponente. Su cabello rubio, ya surcado de hilos plateados, enmarcaba un rostro curtido, iluminado por unos ojos azules que destilaban sabiduría y calidez. Hablaba poco, pero cada palabra suya llevaba una autoridad serena que inspiraba confianza. Inteligente y trabajador, había dedicado su vida al campo familiar, donde criaba reses, ovejas y caballos. Sus manos, endurecidas y llenas de callos por tantos años de labor, eran la mejor prueba de un hombre sencillo que encontraba la alegría en la tierra y en sus animales.

Junto a su amada esposa Ann, la abuela de las niñas, había criado a William, el padre de Charlotte y Mari, junto con otros tres hijos. Con sus nietas se comportaba como si fueran también sus hijas, asumiendo el papel de cuidador cada vez que su padre se ausentaba por trabajo. Podía mostrarse severo en ocasiones, pero nunca injusto; estaba convencido del valor del esfuerzo y desde pequeñas inculcó esa convicción en las niñas.

Participaban en las tareas del campo, aprendiendo a valorar la responsabilidad y el trabajo en equipo. Las mañanas comenzaban alimentando a los animales, y las tardes se llenaban de colores en el jardín, donde ayudaban a la abuela con las flores y las hortalizas que florecían bajo su cuidado. En la cocina, el abuelo se transformaba en maestro paciente, compartiendo con ellas sus secretos culinarios y enseñándoles a preparar comidas abundantes con los frutos de la tierra. Sus guisos, con carne de ternera cortada en cubitos, especias fragantes y arroz en su punto, se convirtieron en un ritual familiar, un sabor que siempre evocaba el calor del hogar.

Más allá del campo, el abuelo de Charlotte tenía un doctorado en ingeniería agrícola. Sus logros académicos lo habían llevado a recorrer el mundo, impartiendo clases en prestigiosas universidades de Inglaterra, Gales y Australia. Poseía una mente aguda y una pasión inagotable por las prácticas agrícolas sostenibles, que compartía con alumnos deseosos de absorber cada palabra.

Y sin embargo, por mucho que viajara, su corazón siempre lo traía de vuelta a Virginia. Regresaba al campo una y otra vez, cargado de historias de tierras lejanas y de nuevas ideas que pronto ponía en práctica. A pesar de todo lo que había visto, seguía siendo un hombre con los pies firmes en la tierra. Para Charlotte y Mari no solo fue un maestro en agricultura, sino también en vida: les enseñó el valor de la honestidad, la humildad y la constancia. Era el pilar de la familia, la fuerza silenciosa que moldeó sus valores e inspiró sus sueños.

Mientras Charlotte permanecía de pie en el claro, los ecos de las enseñanzas de su abuelo flotaban en el aire, una presencia reconfortante en medio de sus pensamientos turbulentos. Pero de repente, el crujido de una rama la devolvió a la realidad. Escaneó la zona, instintivamente buscando su rifle. Un pequeño ciervo avanzaba lentamente entre los arbustos, acompañado de su madre. Los observó pasar, con el corazón aún acelerado, mientras meditaba sobre su doble vida: la de abogada, incansable en su búsqueda de justicia, y la de hermana, siempre en busca de cierre.

Sentada en un tronco caído, Charlotte sacó su cuaderno, lleno de apuntes, pensamientos y pistas. Comenzó a tomar notas, concentrándose cada vez más, explorando nuevos ángulos que podrían ayudarla en su investigación. El claro, que antaño había sido un lugar de alegría, ahora se convertía en refugio de su determinación. Entre los árboles y el susurro del viento, reafirmaba su compromiso de encontrar al secuestrador de su hermana. Charlotte no era solo una abogada: era una defensora de la verdad y de aquellos que no pueden hacerlo por ellos mismos.

El paseo había despejado su mente, permitiéndole vislumbrar el camino que tenía por delante. Seguiría investigando con minuciosidad, siguiendo cada pista, y asegurándose de que la historia de Mari no quedara silenciada.

CAPÍTULO IV

Cuando el sol comenzó a ponerse y las sombras se alargaban sobre el claro, Charlotte montó de nuevo a Blaze. Cabalgó hacia el horizonte con el corazón lleno de un propósito renovado. El camino que tenía por delante sería arduo, pero estaba lista para afrontarlo con valentía, impulsada por el amor, la pérdida y un deseo inquebrantable de justicia: un legado transmitido por su abuelo y entrelazado con el recuerdo de su hermana.

Mientras regresaba al establo, el aire fresco de noviembre le acariciaba las mejillas, recordándole con claridad que la noche ya caía a las cinco de la tarde. Desmontó de Blaze con elegancia, sintiendo la familiar plenitud que siempre le dejaba una buena cabalgata. Lo condujo al interior y se detuvo un instante a disfrutar de la quietud del establo: el aroma terroso del heno mezclado con el almizcle tenue de los caballos componía una atmósfera cálida y acogedora que la recibía en casa.

Tras asegurar a Blaze en su box, comenzó el ritual de retirarle la montura. La silla era una pieza preciosa: el cuero marrón brillaba suavemente bajo la luz tenue del establo, con intrincados grabados florales que daban fe de la maestría con que había sido confeccionada. Los estribos metálicos colgaban firmes a los lados, y las correas de la cincha, gruesas y sólidas, garantizaban un ajuste seguro al poderoso cuerpo de Blaze. Charlotte retiró con cuidado la manta, cuyos colores vivos reflejaban la historia de su familia. Cada detalle del equipo estaba impecablemente cuidado: un hábito inculcado por su abuelo con su inquebrantable atención al detalle.

Llevó a Blaze, recién cepillado, al prado y recordó las lecciones de su abuelo: la importancia de ensillar bien, de sujetar cada correa, de dejar todo limpio y ordenado tras cada paseo, de no marcharse nunca sin haber alimentado a los caballos y revisado que tuvieran agua fresca. Aquellos gestos eran ya instinto para ella. Al colocar la montura junto a los demás arreos, la invadió una profunda gratitud por el tiempo compartido con él, aprendiendo los secretos del cuidado y la equitación.

Cuando terminaba de ordenar, oyó la voz de su abuela Ann llamándola desde la casa:

—¿Charlotte, eres tú? ¡Ven a tomar el té!

La invitación llegó envuelta en el aroma irresistible del pan recién horneado.

Con una sonrisa, Charlotte se dirigió a la casa y cruzó el umbral hacia el cálido abrazo de la cocina. La vivienda, construida en madera, desprendía un encanto rústico. Los suelos antiguos crujían suavemente bajo sus pasos, y las paredes, decoradas con recuerdos de viajes de su abuelo y diplomas que atestiguaban sus logros, hablaban de una vida plena. En varias estancias, las estanterías empotradas rebosaban de libros cuyos lomos prometían innumerables historias.

La sala de estar estaba presidida por una hermosa chimenea. Sobre la repisa se alineaban fotografías familiares, algunas amarillentas por el tiempo, otras más recientes, que capturaban momentos de alegría y unión. La lumbre irradiaba calidez y convertía la casa en un verdadero refugio familiar. Mesitas auxiliares y cofres repartidos por la estancia mostraban más retratos de tíos, tías y primos, reforzando el espíritu de clan que impregnaba cada rincón.

La mesa de té, que también servía para las cenas familiares, estaba dispuesta junto a grandes ventanales con vistas al lago sereno y a las montañas que se alzaban majestuosas al fondo. El espectáculo era sobrecogedor, sobre todo al atardecer, cuando los colores se reflejaban en el agua como un baile de luces.

Charlotte sintió una oleada de afecto al contemplar aquel entorno. La casa no era lujosa, pero sí hermosa y acogedora, y encarnaba la calidez de una historia compartida.

Al entrar en la cocina, vio que la mesa estaba puesta con esmero para la hora del té, una costumbre entrañable de su herencia galesa. Para su abuela, aquel momento era sagrado, y siempre se aseguraba de que Charlotte comiera bien. La mesa de roble brillaba bajo la lámpara colgante. La delicada vajilla con motivos florales había sido dispuesta con precisión; en el centro, una tetera con tapa colorida destacaba en vibrante contraste con los platos blancos y azules que la rodeaban.

El estómago de Charlotte rugió al ver los scones recién horneados, dorados y hojaldrados, esperando a ser cubiertos con mantequilla casera y mermelada de saúco. A un lado, una jugosa tarta de frambuesa, con su corteza perfectamente dorada, parecía llamar su atención. Pero fue el pan de cerveza alemán recién salido del horno lo que más nostalgia le despertó. Su abuela había aprendido la receta de su amiga Irma, una viuda del campo vecino que pasaba los días horneando panes y tartas para vender en el mercado local. Aquel pan de cerveza se había convertido en un clásico en casa: a Charlotte siempre le había fascinado su textura tierna y sustanciosa, y Mari compartía ese mismo gusto.

La familia tenía por costumbre tomar el té alrededor de las cinco y cenar más tarde, una rutina arraigada en la vida agrícola. En verano exprimían hasta el último rayo de sol, trabajando en el campo hasta el anochecer. Y cuando al fin se ponía, se reunían para cenar y disfrutar del calor de la familia tras un largo día.

La abuela de Charlotte, Ann, era una mujer extraordinaria: apenas medía un metro cuarenta y dos, pero su complexión fuerte imponía respeto. Su ascendencia española se reflejaba en la piel morena, en los cálidos ojos castaños y en el cabello oscuro que solía llevar recogido en un moño impecable. Siempre vestía sweaters cómodos y abrigados, a menudo cubiertos con un delantal, lista para preparar las abundantes comidas familiares. Para mantener los pies calientes dentro de casa, usaba unas mullidas pantuflas de lana de oveja, un detalle que contribuía al ambiente acogedor.

Aunque era dura y, a menudo, intimidante incluso para los hombres, también era un pilar de dulzura. Había una fuerza innegable en su carácter, y Charlotte solía pensar que quizá hasta el abuelo le tenía cierto miedo en secreto. Estricta con sus reglas y con los nietos —incluidas Charlotte y Mari—, también lo había sido con sus propios hijos. William, el padre de Charlotte, solía bromear diciendo que con sus nietas no era tan severa.

—¡Eso es porque ustedes eran unos pequeños demonios salvajes cuando eran niños! —respondía Ann con un brillo pícaro en los ojos, entre burla y cariño, pero con algo de verdad.

El tercer lugar en la mesa estaba reservado para Irma, la amiga de la abuela, que a menudo se unía a la hora del té. Irma era igual de cálida y acogedora, y siempre aportaba un toque de humor. La abuela mantenía las buenas maneras, pero también era conocida por su ingenio sarcástico, que arrancaba sonrisas a todos. Charlotte sentía una profunda sensación de pertenencia cada vez que se sentaba allí, rodeada del afecto que impregnaba aquel hogar.

Mientras se acomodaba en la mesa, el calor de la chimenea la envolvió como una manta. El aire estaba impregnado con el aroma de los dulces recién horneados, y Charlotte no pudo evitar sonreír al ver a su abuela sirviendo té humeante en delicadas tazas de porcelana. El tintinear de la loza contra los platillos se mezclaba con el crepitar del fuego, componiendo una melodía de calma.

—Aquí tienes, querida —dijo Ann con ternura, colocando una taza frente a Charlotte con gesto elegante—. La leche está ahí, si quieres. ¿Quieres azúcar?

Charlotte negó con la cabeza y sonrió.

—No, gracias, abuela. Con leche me basta.

Ann asintió con aprobación.

—Claro. No querrás arruinar esa figura —bromeó con delicadeza.

Charlotte soltó una risa suave.

—Por supuesto, abuela. Me conoces demasiado bien.

Irma, sentada enfrente, alzó una ceja.

—A mí no me importa eso. Pásame el azúcar. ¡Cuanto más, mejor!

—¡Exacto! —rio Ann—. A nuestra edad, lo único que importa es el sabor. ¡Cuanto más dulce, mejor!

La conversación fluyó en la rutina acogedora del té, hasta que la expresión de Ann cambió apenas.

—¿Sabes? He oído que Jack Henry ha vuelto al pueblo —comentó con voz casual, aunque inquisitiva.

El corazón de Charlotte dio un vuelco.

—¿Jack Henry? —repitió, intentando sonar neutral.

—Sí, querida. Lo recuerdas, ¿verdad? Tu novio de cuando… bueno, ya sabes. —La mirada de Ann se suavizó.

Irma se inclinó hacia adelante, curiosa.

—¿Y quién es Jack Henry?

—Era el novio de Charlotte en la época del secuestro de Mari —explicó la abuela—. Eran muy unidos, y se suponía que esa noche iba a visitar a las chicas al campamento.

Charlotte sintió un nudo en la garganta.

—Nunca llegó —dijo en voz baja—. Y luego se convirtió en sospechoso. La policía lo interrogó durante días.

Irma frunció el ceño.

—Qué horror. ¿Y qué pasó entre ustedes?

Charlotte respiró hondo, ahogada en recuerdos.

—Después de todo… empezamos a distanciarnos. No podía soportar ese peso. La idea de que Jack Henry hubiera tenido algo que ver con lo que le pasó a Mari… ya no sabía qué pensar. Lo descartaron como sospechoso, pero yo no podía mirarlo igual. Terminamos por separarnos. Desde entonces no hemos vuelto a hablar.

La abuela puso su mano sobre la de Charlotte.

—Sé que fue muy duro, querida. Pero he oído que su esposa lo dejó y que por eso ha vuelto. Quizás sea una oportunidad para reconectar.

Charlotte negó con firmeza.

—No me interesa, abuela. La verdad es que sigo investigando el secuestro de Mari y, para mí, él sigue siendo sospechoso. Creo que estuvo involucrado de alguna forma.

Irma las miró a ambas, sintiendo el peso de la conversación.

—¿En serio piensas que aún es sospechoso? ¿Que sabe más de lo que aparenta?

Charlotte asintió.

—Eso me preocupa. No puedo quitarme la sensación de que podría ser el verdadero culpable que se escapó. O al menos uno de ellos. Tenía que estar allí y nunca apareció. Nunca dio una buena explicación.

La abuela le apretó la mano con suavidad.

—Lo investigaron a fondo, Charlotte. Él no lo hizo. Tienes que dejarlo atrás. Y recuerda: la vida sabe reunir a las personas cuando más lo necesitan.

Charlotte suspiró.

—Quizás. Pero ahora vivo en Washington D. C. He construido una carrera a partir de este dolor, y la investigación aún me pesa. Necesito respuestas. Hablar con él no me ayudará.

La sala quedó en silencio. Solo se oía el fuego crepitando y el murmullo del viento entre los árboles. La mente de Charlotte se llenó de recuerdos: la sonrisa de Jack Henry, las risas compartidas, la seguridad que alguna vez le brindó. Pero las sombras del pasado la envolvían, recordándole el dolor. ¿Podría ser inocente? ¿O era más fácil pensar que no? La nostalgia y la pena eran como un arma de doble filo que le hería por dentro.

Irma, con ánimo de suavizar el ambiente, rompió el silencio:

—Bueno, tanto si lo intentas como si no, ¡al menos tienes este té delicioso para disfrutar! Y estos scones… te pierdes algo si no los pruebas.

Charlotte sonrió con agradecimiento.

—Tienes razón. Debería concentrarme en el presente.

La calidez de la familia y la amistad la envolvía. Aunque las preguntas sobre Jack Henry persistían, sabía que Ann e Irma estarían allí para apoyarla en cualquier camino. Sin embargo, su recuerdo seguía rondando, recordándole que el cierre aún estaba lejos.

Cuando terminó su té y dio el último bocado a un scone, Charlotte miró el reloj de la pared. El tiempo había pasado volando y debía prepararse para volver a casa. El viaje de dos horas y media se le hacía pesado, más aún pensando que el lunes tenía que estar en el juzgado. Se levantó para recoger sus cosas, pero Ann la miró con una sonrisa cómplice.

—¿Por qué no te quedas a dormir, querida? Ya es tarde y será más seguro conducir de día. ¡Podemos desayunar juntas!

Era difícil resistirse a la calidez de aquellos ojos castaños. Tras un instante de duda, Charlotte sintió cómo se le aliviaba la tensión de los hombros.

—Está bien, abuela —dijo, sonriendo—. Me quedaré.

La decisión le trajo una paz inesperada: disfrutaría de unas horas más en el abrazo acogedor de su abuela antes de enfrentarse a los retos de la semana.

CAPÍTULO V

Tras la calidez de la hora del té en casa de Ann —donde la presencia de Irma añadía siempre una pizca de humor y camaradería—, resultaba fácil entender por qué era tan querida por todos. Su risa llenaba las habitaciones y sus historias pintaban vívidas escenas de una vida marcada por la resiliencia y el amor. Mientras Charlotte la observaba interactuar con su abuela, se sorprendió reflexionando sobre la extraordinaria mujer que se había vuelto parte esencial del tapiz de su familia.

Irma era más que una simple vecina: era un faro de calidez y entereza, una mujer cuya presencia aportaba consuelo y alegría a quienes la rodeaban. Su vida había estado atravesada tanto por el amor como por la pérdida, y aun así se conducía con una elegancia serena y una fortaleza tranquila que inspiraban a todos. Viuda desde la Segunda Guerra Mundial, había criado sola a su hijo, David, con una dedicación inquebrantable, inculcándole los valores de la bondad y la perseverancia.

Al igual que los abuelos de Charlotte, el campo de Irma era testimonio de su arduo trabajo y de su amor por la tierra. La casa, de fachada de madera pintada en un suave tono amarillo, se destacaba entre las onduladas colinas verdes. Un porche envolvente ofrecía un rincón acogedor para sentarse a contemplar el paisaje, adornado con cestas colgantes de flores vibrantes que Irma cuidaba con esmero. Detrás se alzaba el granero, robusto y rojo, hogar de sus queridos caballos, cuyos relinchos suaves eran una melodía familiar que resonaba por toda la finca.

David, su hijo, vivía en el terreno contiguo, en el campo heredado de su padre. Sus rasgos físicos reflejaban su ascendencia alemana: alto, de hombros anchos, con una mandíbula firme y unos ojos profundos y pensativos. Su carácter era amable pero con autoridad, un reflejo directo de la influencia de su madre. David y su esposa, Aiyana, habían intentado durante años tener hijos, pero encontraron la felicidad en sus trece perros, cada uno un miembro más de la familia. Aquella jauría bulliciosa llenaba el campo de risas y compañía con sus travesuras. Había de todo: desde un juguetón golden retriever hasta un imponente pastor alemán. Leales e inteligentes, solían acompañar a David y Aiyana en sus jornadas de trabajo en el campo.

Irma y Ann compartían un vínculo que se había profundizado con los años, sobre todo tras la muerte de sus respectivos maridos. Eran almas afines, unidas por el amor a los productos frescos y a la repostería. La cocina de Irma era un santuario de aromas deliciosos; su pan de cerveza alemana y sus tartas eran imprescindibles en el mercado local. El ambiente era acogedor, con el fuego siempre encendido y el tintinear de moldes y bandejas, mientras las superficies rebosaban de tarros de conservas caseras y de libros de cocina cuidadosamente apilados.

A pesar de los años, Irma seguía siendo fuerte y activa. Sus días estaban llenos de tareas: conducía su tractor con orgullo, cuidaba de sus gallinas y recogía huevos a diario. Cada gesto era un testimonio de su espíritu incansable. Su vínculo con la tierra era profundo; encontraba consuelo en sus ritmos, y cada estación le ofrecía nuevos retos y recompensas.

David la visitaba a diario para asegurarse de que estuviera bien y ayudarla en lo que hiciera falta. El amor que sentía por su madre era evidente en la manera en que hablaba de ella, siempre con respeto y admiración. Aiyana también había forjado una relación muy cercana con Irma, aunque distinta de la que unía a Ann con Victoria. Irma siempre había admirado a Victoria, sobre todo por la conexión tan especial que compartía con Ann: una amistad que trascendía la típica relación entre suegra y nuera. Con Aiyana, Irma intentaba replicar algo parecido; y aunque su vínculo estaba lleno de cariño y respeto, no alcanzaba aquella misma hondura.

La relación de Irma con la familia de Charlotte iba más allá de la amistad: había sido un pilar de apoyo en los momentos más oscuros. Tras la trágica muerte de Mari, estuvo siempre presente, ofreciendo consuelo y comprensión. Había compartido con ella un lazo especial: muchas tardes de domingo las pasaban juntas horneando en la cocina de Ann, con sus risas resonando por toda la casa. Irma guardaba con cariño esos recuerdos, como un recordatorio de la alegría y el amor que Mari había traído a sus vidas.

Pequeña de estatura pero fuerte, Irma solía bromear diciendo que era medio centímetro más alta que Ann, una rivalidad juguetona que siempre provocaba carcajadas. Su herencia alemana brillaba sobre todo en la cocina: cada plato era una celebración de la tradición y el sabor, desde abundantes guisos hasta delicados pasteles.

La vida de Irma era un tapiz tejido con amor, amistad y resiliencia. Su presencia era un bálsamo, una prueba de que incluso en la adversidad podían hallarse fuerza y alegría. Su campo era un refugio: un espacio donde pasado y presente se entrelazaban y donde se cultivaban, una y otra vez, los lazos de familia y amistad.

En sus momentos de reflexión, Irma pensaba en cómo el destino había entrelazado su vida con la de quienes la rodeaban. Recordaba los primeros años, cuando David estaba enamorado de Victoria, un secreto que ella había guardado con una sonrisa cómplice. Aunque su hijo había encontrado el verdadero amor en Aiyana, el recuerdo de aquellos sentimientos juveniles llenaba de calidez su corazón: un recordatorio de los lazos duraderos que la vida sabe tejer.

CAPÍTULO VI

Charlotte estaba sola en su oficina, mirando por la ventana de su elegante departamento en Washington D. C., de arquitectura inspirada en el estilo francés. Los techos altos, las molduras ornamentadas y las ventanas alargadas creaban una atmósfera aireada que dejaba entrar la luz de la mañana. Los muebles, tapizados con telas suaves y colores vivos, complementaban la arquitectura, mientras que las obras de arte cuidadosamente seleccionadas adornaban las paredes, cada una reflejo de su gusto refinado.

Su departamento estaba en pleno distrito histórico de Georgetown, un barrio célebre por su historia y su encanto arquitectónico. En la década de 1980, Georgetown era una vibrante mezcla de tradición y modernidad. Las calles estaban bordeadas de casas adosadas de estilo federal, con fachadas de ladrillo y columnas elegantes que evocaban los primeros días de la capital. Algunos edificios se remontaban incluso al siglo XVIII. El barrio era un tapiz de calles empedradas y avenidas arboladas donde la historia parecía susurrar en cada esquina. Boutiques de lujo, cafeterías pintorescas y mercados bulliciosos aportaban vitalidad, mientras que el canal C&O, vestigio del pasado industrial, añadía un toque de serenidad al paisaje urbano.

Vivir en Georgetown significaba estar rodeada de una comunidad que valoraba el pasado sin renunciar al ritmo moderno de la ciudad. Esa mezcla única de historia y presente resonaba con el propio recorrido de Charlotte, recordándole constantemente el legado que estaba construyendo en su carrera legal.

Hoy era un día crucial: un juicio que podía marcar su trayectoria como fiscal de los Estados Unidos. La invadía la conocida oleada de expectación y nerviosismo; su corazón latía con fuerza al pensar en las vidas que estaban en juego, en especial la de la familia de la niña por la que luchaba.

Al dirigirse a su dormitorio, se detuvo frente al espejo de cuerpo entero. Charlotte irradiaba elegancia y serenidad. Su cabello rubio caía en ondas suaves sobre los hombros, enmarcando unos ojos azules encendidos por la determinación. A sus cuarenta años, conservaba la vitalidad de los dieciocho; apenas unas arrugas alrededor de los ojos daban fe del paso del tiempo, huellas discretas de las alegrías vividas.

Dejó a un lado la ropa cómoda de estar en casa y comenzó a prepararse para el día. Eligió una chaqueta azul marino entallada que se ajustaba con perfección a la cintura, acentuando su figura y dándole un aire distinguido. La lana de alta calidad realzaba su porte profesional. Debajo, una blusa blanca impecable con delicados encajes en el cuello añadía un matiz femenino sin restar sobriedad.

Completó el atuendo con unos pantalones de confección impecable, poco habituales en las salas de tribunal de la época para una mujer, pero Charlotte no temía romper moldes. La tela fluía con elegancia al moverse, y el corte estilizado resaltaba sus largas piernas. El conjunto lo cerraban unos clásicos zapatos de tacón negros que le daban la altura justa para sentirse segura y poderosa.

En cuanto a joyas, eligió la discreción. Un par de pendientes de perlas y una pulsera de plata adornaban su presencia con sencillez refinada. Nada ostentoso ni llamativo: en los tribunales debía imperar la profesionalidad.

Al mirarse, pensó en cuánto la había influido su madre en el estilo. Durante su infancia, ella había sido modelo de elegancia, forjada en la ciudad antes de mudarse al campo. Incluso en aquel entorno rural, nunca perdió el gusto por la moda y enseñó a Charlotte la importancia de vestir bien y comportarse con dignidad. Esas lecciones se habían entretejido en su identidad y seguían acompañándola ahora.

En su mente aparecía la familia a la que representaba; sobre sus hombros descansaban sus esperanzas. Se sentía preparada, fuerte, decidida a dejar huella en la sala. Ese día no solo representaría a la ley, también honraría el legado de elegancia y fortaleza transmitido por su madre.

Sus pensamientos volvieron al momento en que descubrió aquel departamento luminoso y espacioso, con encanto francés, techos altos y ventanales que invitaban a la ciudad a entrar. Sintió entonces una conexión inmediata: sabía que sería su refugio en medio del caos de su vida profesional.

La oportunidad de adquirirlo surgió casi por azar, aunque cimentada en años de esfuerzo. Recordó el invento que había desarrollado con una amiga de la universidad: una innovadora técnica de inseminación artificial para ovejas. El proyecto, enraizado en la tradición agrícola de su familia, había tenido gran éxito cuando lo aplicaron en el campo de sus abuelos. Con el tiempo, vendieron los derechos de propiedad intelectual y eso le dio a Charlotte, por fin, los medios para comprar el departamento de sus sueños. Había preferido vender su parte a su socia a cambio de regalías, lo que le permitía centrarse por completo en su carrera jurídica.

Durante la primera visita al edificio conoció a Alfred, el conserje. A sus sesenta y ocho años, Alfred era una figura amable y protectora, que le recordaba a la presencia paterna que tanto echaba de menos desde la muerte de su abuelo. Era meticuloso en sus tareas: se aseguraba de que los suelos de mármol relucieran y las ventanas estuvieran impecables. Pero lo que más apreciaba Charlotte era su interés genuino por los residentes. Siempre la saludaba con una sonrisa cálida, le preparaba café en las mañanas de juicio y cuidaba con esmero de su correo y sus paquetes.

Charlotte valoraba mucho aquellas conversaciones matutinas. Aunque llegara con prisa, siempre se tomaba un momento para preguntar por la familia de Alfred o escuchar alguna anécdota sobre su esposa. Su amistad era genuina, un consuelo constante en su vida. En las fiestas, Charlotte se aseguraba de mostrar su gratitud con tarjetas de Navidad, cestas y otros obsequios para Alfred y su mujer. A menudo colaboraba con él en la decoración del edificio, encontrando paz en el simple acto de colgar guirnaldas y adornar el vestíbulo con un aire festivo.

Alfred tenía debilidad por los niños del edificio: siempre llevaba caramelos o chocolates que arrancaban sonrisas. Su amabilidad alcanzaba a todos, pero Charlotte sabía que ella ocupaba un lugar especial en su corazón. Él había sido una fuente silenciosa de apoyo; conocía la historia de su hermana Mari y le ofrecía consuelo de un modo sutil, como solo alguien que realmente se preocupa puede hacerlo.

Sentada ahora en su departamento, Charlotte sentía una profunda gratitud por la comunidad que la rodeaba, por las conexiones que había cultivado y los recuerdos que seguía creando entre aquellas paredes.

Mientras admiraba su reflejo, la voz de un hombre a sus espaldas rompió el momento:

—Lo vas a hacer muy bien—.

Charlotte giró apenas la cabeza y lo vio reflejado en el espejo. Con una sonrisa segura y un punto de ironía, respondió:

—Lo sé. No te olvides de cerrar la puerta con llave al salir —añadió con un brillo juguetón en los ojos—.

Con eso, tomó su abrigo y el maletín, y se dirigió a la puerta, echando una última mirada a su reflejo. Se sentía orgullosa de la mujer en la que se había convertido: elegante como su madre, pero con una personalidad fuerte y propia.

Hoy era un paso más en su camino, y tenía la intención de aprovecharlo al máximo.

Al salir al pasillo, la recibió Alfred, tan atento como siempre. Sus ojos brillaban con divertida complicidad mientras le tendía una taza de café recién hecho.

—¿Llega tarde otra vez, señorita Charlotte? —bromeó.

Charlotte rio entre dientes y aceptó el café con gratitud.

—Me conoces demasiado bien, Alfred —dijo dando un sorbo a la bebida humeante.

Alfred se inclinó hacia ella con una sonrisa cómplice en los labios.

—Y dile a tu amigo que tenga cuidado con la llave de esa puerta. Es traicionera —añadió con un guiño.

Charlotte negó con la cabeza, divertida.

—Le daré el mensaje —prometió.

Mientras caminaba hacia la entrada principal, pensaba en los retos que la esperaban. Con cada paso, la realidad del juicio se hacía más evidente, recordándole que aquel no sería un día fácil. Con ese pensamiento en mente, salió a las bulliciosas calles de Washington D. C. El aire fresco de la mañana la envolvía, y el sol apenas asomaba en el horizonte. La sala del tribunal la aguardaba, solemne y silenciosa, en marcado contraste con la energía vibrante de la ciudad.

CAPÍTULO VII

En el interior, los paneles de madera oscura transmitían una sensación de historia y solemnidad. Los suelos pulidos brillaban bajo la luz que se filtraba por las altas ventanas, proyectando sombras suaves que danzaban por toda la sala. Los techos, adornados con intrincadas molduras, parecían elevar el ánimo, mientras el aroma de los libros antiguos y la madera encerada se mezclaba con el tenue olor a café recién hecho que llegaba de la cafetería cercana.

Las paredes estaban cubiertas de retratos de jueces y figuras jurídicas eminentes, cuyas miradas severas parecían vigilar el recinto, recordándole el peso de la justicia que reposaba sobre ella. Los tonos burdeos y dorados de la decoración añadían un aire de elegancia, y las grandes ventanas arqueadas ofrecían una vista de la ciudad que despertaba, prometiendo un nuevo día.

Charlotte se tomó un momento para absorber el ambiente. Cada movimiento hacia el interior le recordaba la responsabilidad que tenía con quienes habían sufrido. Con paso firme avanzó por el pasillo, dispuesta a enfrentar los retos que le esperaban.

Al acercarse a su mesa, el peso del caso en el que había trabajado durante meses cayó sobre ella. No era un juicio cualquiera, sino un proceso que había captado la atención de todo el país, desatando indignación y dolor. Todo había comenzado con la desaparición de una niña llamada Kaya, secuestrada del patio trasero de su casa a plena luz del día. A pesar de la frenética búsqueda emprendida por las autoridades y su devastada familia, el desenlace fue una tragedia: Kaya había sido secuestrada, abusada sexualmente y finalmente asesinada.

La noticia conmocionó a la comunidad, provocando miedo entre los padres y un clamor general por justicia. La familia de Kaya estaba destrozada. Para Charlotte, el caso había adquirido un matiz personal. Durante meses se sumergió en los detalles: reunió pruebas, entrevistó testigos y acompañó a la familia de Kaya en su dolor.

Mientras preparaba el juicio, descubrió que Kaya no era la única niña desaparecida en la zona. Una serie de casos similares había acechado a la comunidad, dejando a varias familias sumidas en la angustia. Pero Kaya era la única cuya suerte se conocía, y su caso se convirtió en un símbolo para todas esas familias. Ellos veían en Charlotte no solo a una fiscal federal, sino a un rayo de esperanza: creían que, si alguien podía lograr justicia, era ella.

El principal sospechoso era Mark Reynolds, un residente local con un historial inquietante. Se le había vinculado con múltiples desapariciones de niños, pero hasta entonces las pruebas habían sido siempre circunstanciales. Charlotte había trabajado sin descanso para construir un caso sólido, consciente de que la única evidencia contundente que poseía se relacionaba con el asesinato de Kaya. Para obtener una condena necesitaba pruebas irrefutables: ADN, testigos presenciales y una cronología precisa del paradero de Reynolds el día de la desaparición. La carga recaía en la fiscalía, que debía demostrar, más allá de toda duda razonable, que él era el responsable.

Los obstáculos eran enormes. Muchos testigos dudaban en declarar, ya fuera por miedo a represalias o por estar demasiado marcados por el trauma. Las pruebas forenses, aunque poderosas, eran complejas y requerían la explicación de expertos. Charlotte sabía que cada elemento debía presentarse con meticulosidad para tejer una narrativa convincente, pues cualquier laguna podía abrir la puerta a esa duda razonable. Y aunque muchos estaban convencidos de que Reynolds era culpable de otras desapariciones, el tribunal necesitaba pruebas concretas para condenarlo por la muerte de Kaya.

En las semanas previas al juicio, Charlotte repasó una y otra vez la cronología, entrevistando a todos los que habían visto o tratado con Reynolds en los días críticos. Cada testimonio le recordaba el sufrimiento de las familias. Se reunió varias veces con los padres de Kaya, vio el dolor reflejado en sus rostros y les prometió hacer todo lo posible para que su hija tuviera justicia.

Conforme se acercaba la fecha, la atención mediática creció. Cada novedad era cubierta por la prensa y la indignación pública alcanzaba niveles nunca vistos. Charlotte sentía la presión en cada paso: este caso no era solo por Kaya, sino por todas las familias que habían perdido a sus hijos. Representaba una oportunidad para cerrar un capítulo de horror, para luchar contra la oscuridad que había empañado sus vidas. Sabía que los ojos de la nación estaban puestos en ella. Y estaba lista.

Cuando el juez tomó asiento y la sala quedó en silencio, Charlotte inspiró hondo, preparada para pronunciar su alegato de apertura. Su propósito era claro: revelar la verdad, honrar la memoria de Kaya y luchar por la justicia que aquellas familias ansiaban desesperadamente.

—Señoras y señores del jurado: hoy nos reunimos en esta sala para enfrentar una tragedia que ha sacudido a nuestra comunidad hasta lo más profundo. Estamos aquí para buscar justicia para una niña llamada Kaya, cuya risa fue silenciada demasiado pronto y cuyos sueños le fueron arrebatados a plena luz del día. Kaya tenía solo ocho años. Era hija, hermana, amiga; estaba llena de vida y de esperanza. Una niña que merecía la seguridad y el amor de su familia, y que en cambio se convirtió en víctima de un crimen atroz que ningún padre debería sufrir jamás.

Kaya era una niña radiante, cuya belleza reflejaba su espíritu vibrante. Su piel cálida parecía atrapar la luz del sol. Sus grandes ojos marrones brillaban de curiosidad y alegría, revelando una profundidad que cautivaba al instante. Su largo cabello negro caía como una cascada por la espalda, adornado a menudo con horquillas de colores que mostraban su carácter juguetón. Tenía una sonrisa capaz de iluminar el día más oscuro, y su risa era una melodía que quedaba grabada en el corazón de quienes la amaban.

Aquel día fatídico, Kaya jugaba en el jardín de su casa, un lugar que debía ser refugio de risas y de seguridad. El sol brillaba, los pájaros cantaban, los árboles la rodeaban como un abrazo protector. Pero, en un instante, todo se quebró. En el espacio donde más segura debía sentirse, Kaya fue secuestrada. Le arrebataron su inocencia, y con ella desgarraron a su familia y a su comunidad.

Imaginen por un momento el dolor inconcebible de perder a un hijo. El vacío de una madre cuyos brazos anhelan volver a rodear a su pequeña, escuchar su voz, compartir su risa. Esta es la realidad que la familia de Kaya enfrenta cada día: no solo lloran una pérdida, sino que cargan con preguntas sin respuesta y con el peso insoportable de la injusticia.

A medida que avancemos en este juicio, les pido que recuerden que Kaya no es solo un nombre en un expediente. Era una niña con sueños truncados, una historia que merece ser escuchada, una familia que merece respuestas.

Escucharán pruebas que vinculan claramente al acusado, Mark Reynolds, con el destino de Kaya. Testigos lo vieron merodeando cerca de su casa aquel día. Sus relatos, pieza por pieza, construirán una cronología imposible de ignorar. Pruebas forenses que lo relacionan con este crimen: rastros físicos que cuentan una historia de violencia y de un patrón perturbador.

Sé que algunas pruebas serán difíciles de escuchar. Pero son necesarias. Juntas pintan el retrato de un hombre que cruzó repetidamente la línea, que se aprovechó de la inocencia de los niños de nuestra comunidad. Las pruebas mostrarán que lo ocurrido con Kaya no fue un hecho aislado, sino parte de un patrón que dejó a varias familias destrozadas, buscando respuestas.

Hoy no hablamos solo en nombre de Kaya, sino de todos los niños desaparecidos, de todas las familias que han vivido con miedo, de una comunidad entera que exige justicia. Las pruebas demostrarán que el acusado es culpable de este crimen desgarrador. Y será su deber, como jurado, garantizar que se haga justicia.

Mientras escuchen los testimonios y analicen la evidencia, les pido que recuerden el verdadero impacto de esta tragedia. El peso de su decisión lleva consigo las esperanzas de una familia que jamás volverá a ver los hermosos ojos marrones de Kaya, ni su sonrisa luminosa, ni su risa contagiosa. Una familia marcada para siempre por la pérdida de un espíritu brillante e inocente.

Juntos, podemos honrar la memoria de Kaya y asegurarnos de que su historia no termine aquí. Les pido un veredicto de culpabilidad. Porque ella —y su familia— lo necesitan desesperadamente. Gracias.

Charlotte hizo una pausa. Un silencio que llenó la sala. Al mirar al público, sus ojos se encontraron con la madre de Kaya en la primera fila. Ella mantenía las manos entrelazadas en el regazo, con una expresión frágil en la que se mezclaban esperanza y desesperación. Y aun así, en medio del dolor, brillaba en sus ojos una chispa: la fe en que se haría justicia, en que la memoria de su hija sería honrada en ese juicio.

Charlotte sintió una oleada de empatía. En ese breve cruce de miradas, se estableció entre ellas una conexión tácita, un entendimiento del dolor que las había llevado hasta allí. Charlotte inclinó levemente la cabeza, como una promesa silenciosa de luchar por la verdad y por Kaya. Con ese compromiso, tomó asiento en su silla.

CAPÍTULO VIII

Situada en una parcela de dos acres dentro de los límites de Washington D. C., la casa de Kaya formaba parte de un enclave singular: un espacio comunitario preservado y compartido con otras dos familias, todas descendientes de la tribu Monacan. Aquella tierra respiraba historia y fortaleza. Árboles imponentes ofrecían sombra y una sensación de abrigo, envolviendo a los niños mientras jugaban. La casa era sencilla pero cálida, llena de rincones donde resonaban las risas y el aroma de las comidas caseras que parecían flotar en el aire.

Kaya era la cuarta de cinco hermanos. Su espíritu vibrante iluminaba el hogar con energía inagotable y una risa contagiosa. La casa bullía con las ocurrencias de dos niños y tres niñas, cada uno con su carácter propio, pero unidos por un lazo profundo e inquebrantable. Kaya, como la menor hija, era la "princesa" de la familia. Sus hermanos la adoraban y, aunque no faltaban las discusiones, el cariño siempre prevalecía sobre cualquier diferencia.

La curiosidad definía a Kaya. Ya fuese jugando con sus hermanos o con otros niños de familias cercanas, mostraba un deseo insaciable de explorar el mundo a su alrededor. Incluso en medio de las risas, apreciaba los momentos de soledad: a veces se alejaba siguiendo su imaginación, persiguiendo mariposas o contemplando los pétalos de flores silvestres que se mecían con la brisa. Sus tierras eran un patio de recreo sin límites, y ella encontraba felicidad en lo simple: el murmullo de las hojas, la carrera fugaz de un conejo entre los arbustos.

Su espíritu aventurero la llevaba a descubrir pequeños tesoros de la naturaleza: una piedra lisa y brillante, una pluma enredada en la hierba, un grupo de hongos de colores vivos. Perdía la noción del tiempo, embelesada por esas maravillas, y solía volver con los bolsillos llenos de hallazgos que compartía con entusiasmo con su familia.

Su madre, la señora Adkins, dedicada al hogar, se aseguraba de que la casa siempre estuviera colmada de amor y de risas. Con sus manos delicadas preparaba comidas abundantes y con su voz cálida resolvía cualquier disgusto. En un hogar con cinco niños entrando y saliendo sin parar, el aire estaba lleno de vida: gritos de juego, el repiqueteo de pies descalzos, los ladridos alegres de Scout, el border collie que había aparecido un día vagando por el campo y que enseguida se convirtió en parte inseparable de la familia. Scout jugaba incansablemente a traer la pelota y repartía cariño empujando suavemente con el hocico.

Kaya y sus hermanos compartían aventuras con los hijos de las familias vecinas. Bajo el cielo abierto exploraban el bosque, levantaban fuertes con ramas caídas y guardaban secretos a la sombra de los árboles. Sus risas componían una sinfonía de alegría que se escuchaba a lo largo del campo.

Al caer la tarde, los adultos se reunían para conversar, no solo sobre la vida diaria, sino también sobre sus ancestros y el legado Monacan. Relataban historias de resistencia y fortaleza transmitidas de generación en generación. Aunque vivían tiempos modernos, mantenían vivas muchas costumbres: elaboraban artesanías, celebraban festivales estacionales y cultivaban una comunidad unida que valoraba la naturaleza y el respeto mutuo.

El señor Adkins, padre de Kaya, trabajaba en un campo a dos horas de distancia, cuidando caballos y velando por el funcionamiento del lugar. Su empleo lo mantenía a menudo lejos, pero siempre buscaba tiempo para regresar con su familia. Los niños esperaban con ilusión cada visita y valoraban el tiempo compartido. Era un hombre íntegro que enseñaba con el ejemplo la importancia del trabajo duro, la honestidad y el respeto. Cuando estaba en casa, narraba historias de los caballos y les inculcaba la paciencia y la amabilidad en el trato con los animales.

A pesar de las largas jornadas y las dificultades, la familia prosperaba gracias al apoyo mutuo. Hubo momentos de estrechez y de cansancio, pero salieron adelante juntos, aprendiendo de sus padres la resiliencia y la convicción de que con esfuerzo y determinación podían superar cualquier obstáculo.

Hoy, sin embargo, el aire vibrante de aquel hogar se ha transformado en un silencio denso. El santuario de dos acres que antes desbordaba vida ahora está marcado por la ausencia. La sombra de la pérdida se cierne sobre la casa, que se siente vacía, como si las paredes mismas lloraran a la niña exploradora que ya no volvería a llenarlas de risas.

Los hermanos de Kaya, antes incansables, parecen apagados. Los varones casi no salen; prefieren quedarse en el porche, mirando hacia el horizonte. Las chicas permanecen juntas, pero sus charlas ya no están llenas de risas. Las bromas se han extinguido y en su lugar habita un silencio pesado. Cada uno carga el dolor a su manera, pero todos sienten el vacío.

La madre, que había sido el corazón del hogar, ahora parece consumida. Su risa es apenas un eco, y se mueve por la casa como un espectro, preparando comidas que casi nadie toca. Su mente viaja constantemente hacia los recuerdos de Kaya: su curiosidad, su alegría, la forma en que unía a todos. La calidez de antaño se ha desvanecido y lo que queda es una tristeza callada que ha robado la vitalidad de su hogar.

El padre de Kaya, que antes era una figura de fortaleza, ahora cargaba con el peso de la desesperación. Las largas horas en el campo se le hacían interminables, ya que le costaba encontrar sentido a su trabajo sin el alegre regreso a casa y sin los hijos esperándolo. Las historias que solía contar sobre los caballos ahora no tenían sentido; luchaba con la realidad de que ya no habría nuevas anécdotas sobre las aventuras de Kaya. Su risa era apenas un recuerdo lejano, sustituida por una solemnidad que impregnaba cada uno de sus gestos. El hombre que había enseñado a sus hijos el valor de la honestidad y el respeto se debatía ahora con sentimientos de impotencia y pérdida.

La vida, que antes era un tapiz hermoso tejido con amor, risas y algún que otro hilo de dificultad, ahora se sentía deshilachada y rota. El espíritu de unión familiar estaba resquebrajado, sostenido más en el dolor que en la herencia compartida. Sin su querida Kaya, se encontraban navegando un territorio desconocido, luchando por aferrarse a los recuerdos que alguna vez les habían dado alegría, mientras intentaban encontrar la manera de seguir adelante en un mundo que parecía insoportablemente sombrío sin su luz.

Sentada en la sala del tribunal, la señora Adkins sintió que una oleada de recuerdos la invadía. Casi podía ver la sonrisa radiante de Kaya, podía oír su risa resonando en el aire. El peso de la pena le oprimía el pecho, recordándole con crudeza la alegría que le habían arrebatado. Entonces escuchó que la llamaban.

—Llamo a mi siguiente testigo al estrado —anunció Charlotte, mirando por encima del hombro—. Señora Isabelle Adkins, ¿podría acercarse, por favor?

—¿Señora Adkins? —repitió el juez, llamando su atención—. ¿Podría subir al estrado, por favor?

Con el corazón tembloroso, la señora Adkins se puso en pie. Las piernas le pesaban mientras avanzaba hacia el estrado. Se tomó un momento para recomponerse y secó una lágrima que le rodaba por la mejilla. El juez, un hombre mayor con larga reputación de amabilidad y justicia, la observaba con comprensión. Su figura delgada se complementaba con una barba blanca bien recortada; sus ojos verdes, tras unas finas gafas, desprendían una calidez que parecía envolver a quienes estaban en la sala. Había ejercido la abogacía durante veinte años antes de convertirse en juez en Washington D. C., y su trato afable lograba tranquilizar a muchos de los que comparecían ante él.

—Gracias por estar aquí, señora Adkins —dijo Charlotte en voz baja—. Sé que esto es muy difícil. ¿Podría contarle al jurado cómo fue el día en que Kaya desapareció? ¿Qué estaban haciendo usted y los niños?

La señora Adkins inspiró hondo antes de comenzar, con la voz ligeramente temblorosa. —Era una mañana cálida. Los niños estaban jugando afuera, en nuestra propiedad, que es bastante grande.

—¿Podría describirla brevemente? ¿Está cerca de la ruta? —preguntó Charlotte con suavidad.

—Vivimos al borde del bosque. No hay mucho alrededor de nuestra casa, salvo otras dos viviendas en la misma propiedad y un granero que compartimos todos. Tenemos un jardín junto a la casa y un arroyo pequeño que corre a un costado. No hay muchas calles o rutas, solo una, visible desde el porche delantero. Rodea la parte trasera de la casa y atraviesa el bosque. No hay cercos ni nada parecido. Es una zona tranquila; casi no pasan vehículos y, cuando lo hacen, se nota enseguida.

—¿Dónde estaba usted mientras los niños jugaban afuera?

—Estaba en el jardín, recogiendo verduras para preparar el almuerzo.

—¿Vio a alguien o escuchó algo inusual ese día? —continuó Charlotte con tono cuidadoso—. ¿Algún vehículo que le llamara la atención?

Los ojos de la señora Adkins se humedecieron.—Recuerdo haber oído una camioneta muy ruidosa. Parecía que estaba fallando; el tubo de escape hacía ruidos como si fuera a romperse. Como no suele haber tráfico, se escuchaba fuerte y claro. Me pareció extraño, pero en ese momento no le di importancia.

—¿De qué color era la camioneta?

—Blanca —respondió con firmeza.

—¿Notó si se detuvo en algún momento?

—No. Solo dejé de escuchar el ruido del escape. No sé si se detuvo o si se arregló sola. Como dije, no lo pensé demasiado en ese momento.

Entonces la señora Adkins rompió en llanto. *Ojalá hubiera prestado más atención. Tal vez podría haber protegido a Kaya*, pensó.

—Tómese su tiempo, señora Adkins —dijo Charlotte en un tono suave—. No hay apuro.

El juez asintió, inclinándose hacia adelante con un gesto alentador. —Lo está haciendo muy bien, señora Adkins —afirmó amablemente.

Después de una breve pausa, la madre de Kaya continuó: —Seguí recogiendo mis verduras y luego entré en casa para preparar el almuerzo. Cuando todo estuvo listo, llamé a los niños y fue entonces cuando noté que Kaya no estaba. Pensé que quizá se había alejado un poco más, pero nunca se iba demasiado lejos. Empecé a entrar en pánico al no encontrarla. No era propio de ella desaparecer así.

—¿Puede contarnos más sobre los niños? —preguntó Charlotte con delicadeza—. ¿Estaban jugando juntos ese día? ¿Notaron algo inusual?

—Sí, jugaban en los fuertes que su padre les había construido. Reían, todavía puedo oír sus voces en mi mente. Pero cuando les pregunté por Kaya, dijeron que hacía rato que no la veían. Pensé que quizá estaba escondida, jugando.

—¿Oyó algo más fuera de lo normal? —insistió Charlotte, consciente de lo doloroso que era revivir esos recuerdos.

—No, nada más —susurró la señora Adkins, con lágrimas corriendo por sus mejillas—. Todo parecía tan normal… hasta que dejó de serlo. Ojalá… ojalá hubiera prestado más atención.

—Señora Adkins —retomó Charlotte—, ¿había visto esa camioneta antes de ese día?

—Sí. La había visto dos veces esa semana. Hacía los mismos ruidos. Tampoco entonces le presté demasiada atención.

—Gracias, señora Adkins. Ha sido de gran ayuda —dijo Charlotte, asintiendo mientras se tomaba un momento para ordenar sus ideas—. Ahora me gustaría dirigir su atención a otra cosa.

—¿Tiene su familia un perro? —preguntó.

—Sí, tenemos uno —respondió la señora Adkins—. Se llama Scout. Es una preciosa border collie, llena de energía y siempre dispuesta a jugar. Kaya la quería más que a nada en el mundo.

—¿La vio esa mañana?

—Sí, estaba conmigo mientras trabajaba en el jardín —explicó la señora Adkins—. Pero después, cuando entré a preparar el almuerzo, ya no la volví a ver.

—¿Y cuando llamó a los niños para que entraran?

—Tampoco apareció —admitió, bajando la mirada.

Charlotte hizo una breve pausa, midiendo sus palabras.—¿Volvió a ver a Scout después de ese día?

La señora Adkins vaciló. —Cuando notamos que Kaya no estaba, todos empezamos a buscarla en el bosque. La llamábamos sin descanso, con el corazón desbocado de miedo. Y fue entonces cuando encontramos a Scout… tirada en el suelo.

Un escalofrío recorrió la sala mientras continuaba: —No respondía. No entendíamos por qué estaba tan quieta, tan silenciosa. Fue aterrador.

—¿Qué ocurrió después? —preguntó Charlotte, inclinándose hacia ella.

—No sabía qué hacer. Mi marido no estaba en casa y los niños eran demasiado pequeños para conducir. ¡Y Kaya había desaparecido! Por suerte, un vecino nos vio desesperados y se ofreció a llevar a Scout al veterinario mientras nosotros seguíamos buscando.

Un atisbo de alivio cruzó el rostro de la señora Adkins al recordar ese gesto, aunque el miedo por Kaya seguía atenazándole el pecho.

—¿Y el veterinario pudo hacer algo? —preguntó Charlotte.

La señora Adkins tragó saliva antes de responder: —Sí. Y entonces nos enteramos… de que la habían envenenado.

La sala quedó en silencio. El jurado intercambió miradas inquietas.

—Gracias a mi vecino, la veterinaria logró salvarla. Scout volvió a casa unos días después —concluyó la señora Adkins, la voz quebrada.

—Gracias, señora Adkins —dijo Charlotte en voz baja. —No tengo más preguntas por ahora.

Cuando la mujer bajó del estrado, el juez le dedicó una sonrisa comprensiva. Su gesto recordaba que incluso en medio de la tragedia era posible buscar justicia con humanidad.

La atención de la sala se centró en el siguiente testigo.

—Me gustaría llamar al estrado al señor Brian Rowlands —anunció Charlotte.

El hombre, robusto, con manos manchadas de grasa y un semblante afable, se acercó con paso firme. Tras confirmar sus credenciales como mecánico, Charlotte se inclinó hacia él:

—¿Conoce al acusado, Mark Reynolds?

—Sí, lo conozco —respondió con un leve asentimiento.

—¿Y de qué manera lo conoce?

—Me trajo su camioneta varias veces.

—¿De qué color era esa camioneta?

—Blanca —contestó sin dudar.

—¿Qué problemas tenía? —

Rowlands se inclinó hacia adelante. —Tenía fallas mecánicas que provocaban ruidos fuertes, como si fuera a desarmarse. En particular, había problemas en el sistema de escape y en la sincronización del encendido. Producía un ruido metálico y el motor se cortaba.

Un murmullo recorrió la sala.

Charlotte asintió, animándole a continuar. —Por desgracia, no pude repararla porque no contaba con las piezas en ese momento. El acusado se llevó la camioneta.

—¿Recuerda cuándo fue la última vez que la trajo?

Rowlands se rascó la barbilla. —Sí, exactamente la semana antes de la desaparición de la niña.

—¿Y cómo puede estar tan seguro?

—Porque le dije a Mark que encargaría la pieza y que tardaría una semana en llegar. Quedamos en una cita para la semana siguiente y lo anoté en mi calendario.

Charlotte sostuvo un documento en la mano.

—Señor Rowlands, ¿puede decirle al jurado qué es este papel?

—Es una copia de mi calendario.

—Por favor, ¿puede leer lo que figura el 18 de abril, seis días después de la desaparición de Kaya?

Rowlands se ajustó los anteojos, inclinándose sobre la hoja. —Dice: "Camioneta. Sr. Reynolds".

El silencio se apoderó de la sala mientras todos asimilaban el peso de esa revelación.

—Gracias, señor Rowlands —concluyó Charlotte, entregando el documento al jurado—. No tengo más preguntas, Su Señoría.

El juez asintió. —¿Desea contrainterrogar al testigo, licenciado? —preguntó el juez.

—Sí, Su Señoría —respondió el abogado defensor, poniéndose de pie. Caminó lentamente hasta el estrado, apoyando una mano en la barandilla antes de dirigirse a Rowlands.

—Señor Rowlands, usted nos dijo que conoce al señor Reynolds porque le llevó su camioneta varias veces, ¿correcto?

—Así es.

—Y esa camioneta era blanca.

—Correcto.

—¿Puede decirnos el año y el modelo de esa camioneta?

—Era una camioneta Ford F-150 del mil novecientos setenta y cinco.

—Gracias. Ahora bien, ¿puede afirmar ante el jurado que la camioneta blanca que la señora Adkins escuchó aquella tarde era precisamente la del señor Reynolds?

Rowlands dudó un momento. —No, no puedo asegurarlo. Solo sé que la suya hacía ruidos muy parecidos.

—¿Diría usted que había otras camionetas del mismo año y modelo circulando por el área?

—Sí, por supuesto, es un modelo muy común.

—¿Y es cierto que ese modelo en particular, en esos años, solía presentar problemas con el escape y el sistema de encendido?

—Sí, en efecto. He visto varios casos similares en otros vehículos de ese mismo tipo.

—Entonces, ¿no sería posible que otra camioneta blanca del mismo modelo y año, con la misma falla en el escape, produjera un ruido prácticamente idéntico?

—Es posible, sí.

El abogado defensor hizo una breve pausa, dejando que el jurado asimilara la respuesta. —En otras palabras, usted puede hablar de la camioneta del señor Reynolds porque la reparó, pero no puede garantizar que fue esa camioneta específica la que la señora Adkins escuchó cerca del lugar del crimen.

—Eso es correcto —admitió Rowlands, bajando ligeramente la mirada.

El abogado defensor asintió con calma. —No más preguntas, Su Señoría.

Charlotte se puso de pie con rapidez, casi tirando la silla al suelo. —Su Señoría, solicito reexaminación del testigo.

El juez asintió. —Concedido.

Charlotte, tomó una bolsa plástica marcada como Prueba D, ya admitida en el expediente, y se acercó al estrado.

—Señor Rowlands, ¿es cierto que la camioneta del señor Reynolds fue llevada a su taller después de su arresto?

—Sí.

—¿Encontró algo dentro del vehículo?

—Sí.

Con un movimiento preciso, Charlotte levanto la bolsa con el pequeño frasco. —¿Es este el frasco que encontró en la camioneta?

Rowlands ajustó la vista y asintió. —Sí, es ese.

—¿Y que contenía este frasco?

— El frasco contenía restos de una droga que se utiliza comúnmente para sacrificar perros.

—¿Cómo lo sabe?

—Es de conocimiento general, y, además, lo sé porque hace poco tuve que sacrificar al mío —respondió Rowlands, intentando contener las lágrimas.

Charlotte giró hacia el jurado, la voz clara y cortante. —Que conste también para el acta que este frasco fue incluido en el inventario realizado en el momento de la detención y que dicho inventario ya fue admitido como prueba y compartido con la defensa.

— Señor Rowlands, una última pregunta: ¿usted escuchó el testimonio de la señora Adkins hace solo unos minutos?

—Sí, lo escuche.

—¿Entonces también escucho que el perro de la señora Adkins habia sido drogado?

—¡Objeción, Su Señoría! — el abogado de la defensa gritó desde su asiento.

—No hay problema, Su Señoría. Retiro mi pregunta —, dijo Charlotte mirando al abogado de la defensa con una sonrisa. —No tengo más preguntas—.

De regreso a su asiento, Charlotte sostuvo la mirada del abogado defensor y, con una sonrisa casi burlona, le dejó claro que había recuperado el control antes de sentarse con calma y seguridad.

Acto seguido, el juez anunció: —El tribunal hará un receso para almorzar.

El público se retiró de sus asientos mientras Charlotte recogía sus papeles. Una satisfacción contenida le recorría el cuerpo: la mañana había ido bien, aunque sabía que aún quedaba mucho por delante.

Tras la pausa, el proceso continuó. Durante los dos días siguientes, Charlotte llamó a más testigos, aunque todavía esperaban algunos informes forenses externos. Consciente de su importancia y de la proximidad del Día de Acción de Gracias, Charlotte solicitó un aplazamiento. El juez lo concedió, y ella agradeció esa decisión.

Cuando la sala quedó vacía, el peso del día se abatió sobre ella. Permaneció un instante a solas, dejando que la magnitud del juicio se asentara. Los ecos de los testimonios aún resonaban en su mente, cada detalle recordándole lo que estaba en juego.

Charlotte inspiró profundamente, con la mirada fija en el estrado del jurado vacío. Una mezcla de alivio y agotamiento la invadió, prueba de la montaña rusa emocional que había atravesado. La búsqueda de justicia para Kaya y su familia la había consumido, dejándola al mismo tiempo fortalecida y exhausta.

Mientras guardaba sus pertenencias, se permitió un instante de introspección. Pensó en la señora Adkins, en la serena fuerza de su mirada, y en el valor que había mostrado al revivir aquel día. Este caso era más que un reto profesional: era una misión íntima, casi sagrada, para honrar la memoria de una niña cuya vida se había truncado demasiado pronto.

Con una última mirada a la sala, Charlotte se dispuso a seguir adelante. El juicio estaba lejos de terminar, pero por ahora necesitaba recargar fuerzas. Y para eso, nada mejor que *The Gavel*: el bar donde podía soltar, aunque fuera por un rato, el peso de la fiscalía, rodearse de sus colegas y encontrar un respiro de ligereza en medio de tanta gravedad.

CAPÍTULO IX

A medida que el estrés de la sala del tribunal comenzaba a disiparse, Charlotte se encontró dirigiéndose a *The Gavel*, un bar cercano, junto con sus colegas. Era ya una tradición: una forma de relajarse y disfrutar de la camaradería, algo difícil de encontrar en el competitivo mundo del derecho. *The Gavel* estaba escondido a pocas manzanas del juzgado, un enclave acogedor donde con frecuencia se reunían abogados de las firmas cercanas.

El lugar rebosaba encanto, con un ambiente que combinaba la comodidad rústica con una elegancia discreta. Las paredes de ladrillo visto estaban adornadas con parafernalia legal antigua: martillos de juez, balanzas de la justicia y recortes de periódico enmarcados sobre casos históricos. La luz cálida de las lámparas colgantes bañaba la barra de madera pulida, alrededor de la cual se agolpaban los clientes. En el aire flotaba el aroma del whisky añejo mezclado con un leve olor a cuero proveniente de los taburetes del bar.

The Gavel tenía una historia legendaria: había sido fundado casi un siglo atrás por un juez jubilado que soñaba con un espacio donde las mentes jurídicas pudieran reunirse e intercambiar ideas. Con los años se convirtió en una institución querida, frecuentada por abogados, jueces e incluso políticos. Se rumoreaba que más de una decisión histórica había nacido entre sus paredes, y las fotos que colgaban de jueces y políticos famosos recordaban esos momentos.

Charlotte y sus colegas ocuparon su mesa habitual en la esquina: un semicírculo cómodo que ofrecía un punto de vista ideal para observar el animado ambiente del bar. Los asientos de cuero estaban gastados por los años, pero se amoldaban con suavidad a los cuerpos cansados. Sobre la mesa, un pequeño jarrón con flores frescas aportaba un toque de delicadeza en medio de la decoración rústica.

La conversación fluyó enseguida. Charlotte pidió una copa de *champagne*; su elección fue recibida con bromas de sus compañeros, que conocían su desdén por la escasa selección de vinos del lugar.

—Siempre *champagne*, nunca vino o incluso una cerveza —bromeó uno, levantando su copa hacia ella.

Charlotte sonrió, aceptando el juego.

—Bueno, ya sabes lo que se dice —dijo con un tono ligero—. El *champagne* siempre es una elección segura. ¡Al fin y al cabo, es la bebida de las celebraciones!

Con gesto animado, prosiguió:

—El verdadero *champagne* solo puede proceder de la región francesa de Champagne. Se elabora con variedades de uva específicas —principalmente chardonnay, pinot noir y pinot meunier—, mediante un proceso llamado *méthode champenoise*, o método tradicional. La segunda fermentación en botella es lo que le da sus burbujas inconfundibles.

—Entonces, ¿no es simplemente vino espumante? —preguntó uno con curiosidad.

—No exactamente —respondió Charlotte con una sonrisa satisfecha—. Solo el que se produce en esa región y bajo esas reglas estrictas puede llamarse *champagne*. El suelo, el clima, el cuidado en el proceso… todo influye en su sabor único. Además, esas burbujas finas y ese equilibrio de notas cítricas, de manzana y hasta un toque de brioche lo hacen irresistible.

—Suena sofisticado —ironizó otro colega.

Charlotte rio, levantando su copa en un brindis juguetón.

—Quizás un poco. Pero por eso es mi preferido. Es más que una bebida, es una experiencia. Y francamente, me sorprende que lo sirvan aquí, sobre todo con la pobre selección de tintos que tienen. El *champagne* es lo único que nunca decepciona.

Las risas recorrieron la mesa, y con cada historia compartida la camaradería se profundizó. Para Charlotte, aquella velada era un recordatorio de los placeres sencillos: buena compañía, conversación animada y una copa de *champagne* bien elegido.

No pasó mucho antes de que el tema derivara hacia su vida personal.

—Bueno, Charlotte —dijo una colega con una chispa traviesa en los ojos—, ¿cuándo vas a presentarnos a ese hombre misterioso del que todos hemos oído hablar?

Charlotte fingió inocencia, con una sonrisa juguetona en los labios.

—¿Un hombre misterioso? No tengo ni idea de lo que hablan.

—¡Vamos, Charlotte! Sabemos que hay alguien —insistió otra—. ¿Es cierto que es del juzgado? ¿Quizá alguien que conocemos?

Charlotte negó con la cabeza, dando un sorbo a su copa.

—Tienen demasiada imaginación. Les aseguro que no hay ningún hombre misterioso.

—¿Ni siquiera de la mesa contraria en tu caso actual? —se atrevió a preguntar un tercero.

Un recuerdo fugaz del abogado contrario —un viejo compañero de facultad, inteligente y encantador— cruzó su mente. Habían tenido debates intensos, intercambiando ideas que la habían desafiado. Pero enseguida desechó la idea, con una sonrisa firme.

—Por supuesto que no —dijo con convicción, aunque su corazón se aceleró con tan solo pensarlo.

—Bueno, si alguien pudiera enamorar a Charlotte, tendría que ser alguien que le aguante el ritmo en los tribunales —remató otro, provocando carcajadas.

Charlotte puso los ojos en blanco con humor.

—Me están dando demasiado crédito. Lo único en lo que estoy centrada ahora es en este caso.

La charla derivó en otros temas, mientras las risas tejían un ambiente acogedor. A medida que avanzaba la noche, Charlotte se sintió agradecida por sus colegas, cuya amistad era un bálsamo frente a la presión constante. *The Gavel*, con su atmósfera cálida y sus caras familiares, era un refugio temporal frente al peso de la justicia.

Uno a uno, sus compañeros fueron despidiéndose. Charlotte se quedó un momento más, saboreando el último sorbo de su *champagne* antes de levantarse.

De regreso a su departamento, con las luces de la ciudad parpadeando a su alrededor, reflexionó sobre la velada. Sus colegas bromeaban con lo del "hombre misterioso", y aunque no estaban del todo equivocados, prefería mantener esa parte de su vida en privado. En ese instante, lo que sentía era un profundo agradecimiento por esas amistades que sostenían su día a día.

Ya en la entrada de su edificio, Alfred la recibió con un gesto amable.

—¿Noche larga, señorita Charlotte? —preguntó en tono cómplice.

—Un poco, sí —respondió con una risa suave—. Pero siempre es bueno relajarse con amigos. Que tenga un feliz Día de Acción de Gracias, Alfred. Estoy segura de que su esposa preparará un banquete espléndido.

—Así será. Que tenga buen viaje mañana —dijo él, cordial—. Y salude a su familia de mi parte.

—Lo haré, Alfred —prometió Charlotte.

La ciudad bullía de vida afuera, pero dentro de su hogar la esperaba la paz.

CAPÍTULO X

Mientras Charlotte avanzaba por los sinuosos caminos rumbo al campo de su abuela, la calma del paisaje otoñal la envolvía como un cálido abrazo. Se acomodó en los suaves asientos de cuero de su Mercedes azul oscuro, mientras el motor respondía con un zumbido firme al presionar el acelerador. Los recuerdos de los veranos de su infancia allí regresaban en oleadas, mezclándose con la inquietud que la perseguía desde que recibió el último informe del caso de Kaya.

El paisaje se desplegaba como un tapiz de colores: árboles en tonos de carmesí y dorado brillaban bajo el sol. El camino serpenteaba por las estribaciones de las montañas Blue Ridge, invitándola a respirar hondo ante la magnitud del horizonte. Bajó la ventanilla apenas unos centímetros, dejando entrar el aire fresco, impregnado del aroma terroso de las hojas y el leve olor a leña quemada que venía de cabañas lejanas. El susurro de las ramas y el canto ocasional de un pájaro componían una sinfonía otoñal que contrastaba con la agitación en su pecho.

Mientras manejaba, su mente era un torbellino. El descubrimiento en uno de los últimos informes de los investigadores la atormentaba: un detalle sobre la dura infancia de Mark Reynolds que encendía nuevas dudas. ¿Por qué sentía que las piezas del rompecabezas parecían encajar, pero el panorama completo seguía fuera de su alcance?

Reynolds había crecido en el condado de Rutherford, Tennessee. La muerte de su padre en la Segunda Guerra Mundial dejó un vacío imposible de llenar. Su madre, incapaz de sobrellevar sola el dolor y las responsabilidades, terminó por mudarse, dejando a Mark bajo el cuidado de una tía en una casa destartalada a las afueras. Aquel ambiente cargado de olor a cigarrillo rancio y whisky barato marcó su infancia.

Siempre se metía en problemas, un patrón que solo empeoró con los años. De cabello oscuro y revuelto, casi dos metros de altura y un físico atlético, tenía una intensidad melancólica en la mirada azul que dejaba entrever su tormento interior. En su adolescencia ya era inseparable del cigarrillo, envuelto en una nube de humo que pronto se sumó al alcohol y a las malas compañías nocturnas.

De adulto, le costaba mantener un empleo. Alternaba trabajos temporales en distintos campos de la región con estancias en la cárcel por alteración del orden público, acoso, vandalismo y delitos menores contra la propiedad. A fines de los años cincuenta se unió a un grupo de esquiladores de ovejas que recorrían Tennessee y Virginia. Durante esa época se mudó a Virginia, aprovechando cualquier oportunidad de trabajo siempre que estuviera lo bastante sobrio. Su destreza esquilando le dio cierta reputación, y los granjeros lo contrataban por pura necesidad.

A mediados de los años sesenta consiguió empleo más estable en una finca cerca de las Blue Ridge, trabajando para la familia Evans. El señor Evans, que viajaba con frecuencia a Washington D. C., necesitaba a alguien que cuidara de los animales. Pero esa oportunidad duró poco: acusado de intentar violar a una clienta de un bar, Reynolds terminó detenido y condenado.

Al salir de prisión, se trasladó al área de D.C. a fines de los setenta. Allí encontró el único empleo posible: mozo en un almacén a las afueras de la ciudad. Allí permaneció hasta su arresto por el secuestro y asesinato de Kaya. Los informes de su vida trazaban un cuadro sombrío, y Charlotte no podía dejar de pensar que había conexiones aún ocultas.

A medida que las montañas se acercaban, el aire se volvía más frío y puro. Charlotte se ajustó la bufanda alrededor del cuello, dejando que ese frescor la despejara. Con cada kilómetro, los perfiles imponentes de las Blue Ridge se alzaban contra el cielo pálido: majestuosos, hermosos, pero cargados de cierta melancolía.

Finalmente, la casa familiar apareció a la distancia, encajada entre colinas. La fachada adornada con calabazas y fardos de heno despertó en ella una oleada de nostalgia. Recordó los Días de Acción de Gracias de su niñez: la risa de su abuela, el aroma del pavo asado, la mesa rebosante de voces y afecto. Ese lugar era un santuario, un contrapunto perfecto frente a la dureza de su vida profesional.

El crujir del ripio bajo los neumáticos del auto le trajo más recuerdos. Charlotte estaba lista para dejarse envolver por la calidez familiar y las tradiciones que siempre la sostuvieron. Pero sabía también que, aunque allí encontrara consuelo, la batalla por la justicia seguía abierta.

Con la vista fija en sus seres queridos tras los ventanales, estacionó el Mercedes y se tomó un respiro para centrarse en el presente. Estaba en casa. Al bajar del auto, se prometió honrar tanto a Kaya como a Mari, manteniendo viva la lucha contra la oscuridad que había truncado sus vidas. Ese día celebraría el lazo familiar; al siguiente, volvería a los tribunales.

Lo primero que vio fue la camioneta de su padre junto al granero: una Ford vieja pero confiable, con la pintura descascarada y la caja llena de herramientas y restos de fardos. Había resistido años de trabajo duro, igual que la familia que la usaba.

Al entrar, la recibió el aroma de pan recién horneado. En la cocina estaban su madre, su padre y su abuela, reunidos en el ritual de siempre: a las cinco, té, scones y pan de cerveza alemán recién hecho. La imagen le arrancó una sonrisa.

—¡Hola a todos! —, exclamó Charlotte. Su madre levantó la vista con los ojos iluminados de alegría, mientras su padre alzó la mano en un saludo informal y la abuela Ann sonrió con orgullo.

—¡Entra, querida! Toma un poco de té—, dijo la abuela con una cálida sonrisa.

Charlotte aceptó, aunque la incomodaba una ansiedad persistente que la acompañaba desde que había llegado. Notaba que la abuela no deseaba terminar pronto la hora del té, pero sabía que no debía mostrarse impaciente, ya que eso molestaría tanto a ella como a su padre. Así que bebió con calma, mordisqueando un bollo, hasta que encontró la excusa perfecta para apartar a su padre.

—¿Me ayudas a sacar unas cosas del auto? —le pidió con tono despreocupado.

Él asintió, adivinando que su hija necesitaba un momento a solas. Juntos salieron al aire fresco del otoño.

Mientras caminaban hacia el granero, Charlotte se tomó un instante para observarlo. Con su metro setenta y ocho de estatura, William Jones conservaba los hombros anchos y el físico robusto de alguien forjado en el campo. Su mandíbula marcada y su cabello oscuro enmarcaban un rostro curtido por la experiencia, mientras sus ojos marrones, cálidos y atentos, le recordaban a la abuela Ann. Había algo de su madre en su mirada franca, pero la complexión fuerte y el porte provenían claramente del abuelo Louis.

William era uno de los hombres más inteligentes que Charlotte conocía. Su curiosidad insaciable lo llevaba a leer de todo: novelas, historia, textos académicos. Al igual que su padre, se convirtió en ingeniero agrónomo y dedicó su vida a asesorar a agricultores de distintos estados. Su enfoque siempre buscaba maximizar la producción sin descuidar el suelo ni el medio ambiente, promoviendo prácticas sustentables que garantizaran el futuro de los campos por generaciones.

La honestidad y dureza eran su sello distintivo, y todos lo respetaban. Sin embargo, debajo de esa dureza, guardaba una ternura especial hacia Charlotte y su esposa Victoria. Las trataba con una delicadeza que a veces, sobre todo en la adolescencia de Charlotte, se sentía como una mezcla de cariño y límites demasiado estrechos.

—Papá —comenzó ella en voz baja cuando llegaron al granero—, he estado pensando en algunas cosas del trabajo y necesito hablar contigo para aclarar mis ideas.

Él la miró con preocupación. —Por supuesto, hija. ¿Qué tienes en mente?

—¿Tienes un registro de toda la gente que trabajó en el campo?

—Sí, claro —respondió él—. Tu madre siempre se ocupó de eso, antes con tu abuelo y ahora conmigo. ¿Por qué lo preguntas?

—Necesito ver esos registros.

Él se detuvo, pensándolo. —Están en la otra casa.

—¿Podemos ir esta noche? —preguntó ella.

—Son veinte minutos de ida y veinte de vuelta. Mejor quedarnos para ayudar a tu abuela con la cena. ¿Qué hay tan urgente que no pueda esperar a mañana?

Charlotte frunció el ceño. —¿Te acuerdas del cuidador que contrató el abuelo Louis cuando yo era adolescente? El que nos miraba raro a Mari y a mí. El que descubrimos que estaba robándole y al que amenazó con demandar cuando lo despidió.

Su padre asintió lentamente. —Sí, lo recuerdo. Fue un dolor de cabeza para tu abuelo y para mí. ¿Por qué lo mencionas ahora?

—¿Recuerdas su nombre?

—No. Ya sabes que soy malo para eso, y pasaron más de veinte años. Pero tu madre probablemente sí.

—¿Era Mark Reynolds? —preguntó Charlotte de golpe, esperando un destello de reconocimiento en su padre.

—No, ese nombre no me suena.

—Entremos, seguro tu madre lo recuerda —propuso él.

Regresando al interior de la casa, Charlotte apenas sentía el calor acogedor de la cocina.

—Mamá, abuela —dijo apenas entrar—, ¿recuerdan al cuidador que trabajaba en el campo cuando yo era adolescente? El que tantos problemas le dio al abuelo.

Su madre se quedó pensativa. —Sí, lo recuerdo. No me venía el nombre... —hizo una pausa—. ¡Emmanuel! Así se llamaba. No recuerdo el apellido, creo que era español.

Charlotte se volvió hacia la abuela Ann, que escuchaba atenta.

—No recuerdo el nombre —admitió Ann con calma—, pero sí recuerdo al hombre. Nunca me gustó cómo se comportaba con ustedes, y le pedí varias veces a Louis que lo reemplazara.

—Pero se quedó, ¿verdad? —insistió Charlotte.

—Sí —respondió su madre—. Louis quiso despedirlo, pero el hombre lo amenazó con una demanda y todo se complicó.

—Al final logramos sacarlo un par de años después de que Mari muriera —añadió la abuela.

Charlotte sintió la tensión. —Tengo que ver esos registros —insistió.

—Ya te dije que no era Reynolds —replicó su padre—. Tu madre dijo que se llamaba Emmanuel.

—Aun así necesito revisarlos. Tal vez haya algo más, otra pista, alguien que me dé una dirección distinta.

La abuela intervino con suavidad para aligerar el momento. —Por ahora mejor pensemos en la cena. Ven, abre una botella de vino —dijo con calidez—. Todos se quedan aquí el fin de semana.

Charlotte asintió, dejando que la rutina familiar la envolviera poco a poco. El misterio de los registros seguiría allí, esperándola, pero por ahora se permitió disfrutar del calor de los suyos.

La cocina estaba llena de vida. Su madre y la abuela Ann se movían en perfecta coordinación, preparando la mesa que brillaba bajo la luz cálida de la lámpara. Sobre el mantel de lino blanco caían delicados encajes, pequeños gestos de tradición que hablaban de la unión familiar. Los aromas de la cena impregnaban el aire, envolviendo a Charlotte en un momento de paz largamente esperado.

Charlotte observaba cómo su madre desplegaba las servilletas de tela a juego, cada una cuidadosamente planchada y colocada junto a los platos. Los cubiertos brillaban bajo la luz, una mezcla de acero inoxidable y algunas preciadas reliquias que habían pertenecido a la madre de la abuela. Los tenedores y cuchillos estaban dispuestos con precisión, mientras que las cucharas relucían, listas para sostener los deliciosos platos que pronto llegarían.

El centro de mesa era un vibrante arreglo de flores de temporada, cuyos colores resaltaban sobre el mantel blanco. Girasoles, margaritas y flores silvestres se entrelazaban en un jarrón de cristal, llenando el aire con una fragancia sutil y dulce que se sumaba a la calidez de la reunión.

Una vez terminada la mesa, la madre de Charlotte colocó cuidadosamente los platos, cada uno parte de su herencia familiar. Un gran pavo dorado ocupaba el lugar central, con la piel brillante salpicada de hierbas y especias, rodeado de un relleno fragante con castañas y arándanos. A su lado, un jugoso jamón glaseado con miel desprendía un aroma dulce que se mezclaba con el del pavo.

Un poco más allá, una ensalada colorida en una fuente de cristal mostraba verduras frescas coronadas con rodajas de palta, bayas y un chorrito de vinagreta picante. En otra esquina esperaba un cremoso puré de papas, coronado con mantequilla derretida y cebollino fresco.

Fieles a sus raíces galesas, un guiso tradicional de cordero se cocinaba a fuego lento en una olla profunda, llenando la cocina de un aroma rico y reconfortante. Junto a él, unos pasteles galeses recién horneados, dorados y ligeramente especiados, aguardaban para ser disfrutados después de la comida.

Charlotte sintió una oleada de gratitud mientras ayudaba a terminar de poner la mesa. La combinación de recetas heredadas y tradiciones familiares creaba un tapiz de sabores y recuerdos que la conectaban profundamente con sus raíces.

—¡Todo se ve estupendo! —exclamó Charlotte, dando un paso atrás para admirar el resultado.

La abuela sonrió orgullosa. —Espera a probarlo, querida. Esta comida es para todos, y tener a la familia reunida es la mayor alegría.

Con la mesa lista y los aromas envolviéndolos, Charlotte sintió una gran expectación. El misterio de los registros aún rondaba su mente, pero allí, rodeada de los suyos, una chispa de esperanza le recordaba que incluso en los momentos más oscuros el amor podía iluminar el camino.

***

Al día siguiente, Charlotte despertó con el sol entrando por la ventana, tiñendo la habitación de tonos cálidos. Los recuerdos de la noche anterior —una mesa llena, risas, la reconfortante fuerza de la tradición— aún flotaban en su mente. Pero también lo hacía la urgencia por revisar los registros del campo.

Al bajar los pies al suelo, notó que el vino de la víspera le nublaba un poco los sentidos. Con un suspiro, se levantó y fue al baño a echarse agua fría en la cara, intentando despejarse.

Mientras recorría el pasillo, la envolvió el aroma del pan tostado, el café recién hecho y el té humeante, guiándola hasta la cocina. Allí la esperaban los sonidos familiares de su familia: risas suaves, platos tintineando, páginas de periódico al pasar.

La escena era acogedora: la mesa cubierta con un mantel amarillo alegre, platos desparejados dispuestos con encanto y, en el centro, una cesta de pan aún tibio. En la mesada burbujeaba la cafetera, llenando la habitación con su aroma, y a su lado una tetera con flores pintadas recordaba a la vajilla favorita de la abuela.

Su madre, en un suéter cómodo, daba vuelta a los *pancakes* en la plancha, mientras la abuela Ann tomaba té en la mesa y hojeaba una revista, con los ojos iluminados de ternura al ver entrar a Charlotte.

—¡Buenos días, querida! —la saludó la abuela con la voz cálida como el ambiente mismo—. ¡Ven, siéntate con nosotros!

—Buenos días a todos —respondió Charlotte con una sonrisa ligera mientras tomaba asiento. Sentía la calidez de la familia, aunque su mente ya volvía a los registros. Sabía que debía disfrutar de esos momentos, pero la necesidad de desenterrar el pasado la tironeaba sin tregua.

La charla transcurrió animada. Charlotte se sirvió una taza de café, agradeciendo su amargor que la ayudaba a despejarse. Poco después, su padre entró con el cabello revuelto y una sonrisa somnolienta, arrancando en ella un destello de afecto.

—¿Dormiste bien? —preguntó, sentándose con una tostada en la mano.

—Como un tronco —contestó ella, aunque sabía que su mente había estado agitada hasta en los sueños.

Entre risas y anécdotas, el desayuno fluyó con naturalidad. La madre contó un percance gracioso del día anterior, y la abuela compartió un recuerdo de su infancia que provocó carcajadas en todos. La conversación derivó, inevitablemente, hacia Mari.

—¿Recuerdan cuando jugaban en el patio y Mari insistía en ser la princesa? —dijo la madre de Charlotte con los ojos húmedos de nostalgia—. Siempre quería disfrazarse de princesa.

—Sí, y nos mandaba a todos —añadió William con una sonrisa afectuosa—. Pero nos encantaba. Tenía un corazón enorme y siempre buscaba mantenernos unidos.

Mientras revivían el espíritu vibrante de su hermana, Charlotte sintió una punzada agridulce. La risa compartida se mezclaba con la tristeza, pero también con un lazo firme que mantenía viva la memoria de Mari en medio de ellos.

Cuando se acercaban al final del desayuno, la conversación se desvió naturalmente hacia los planes para el día. Charlotte vio su oportunidad.

—Papá, ¿podemos hablar de los registros del campo?

Su padre arqueó una ceja y una sonrisa cómplice se dibujó en su rostro. —Sabía que no dejarías pasar el tema. Llevas pensando en ello desde anoche.

—Realmente necesito verlos —insistió Charlotte—. Tengo la sensación de que hay algo importante ahí.

Con una risa resignada, su padre asintió. —Está bien, iré contigo para mostrarte dónde están guardados. Pero primero terminemos de desayunar en paz; quiero asegurarme de que tengas energía para la excavación que tal vez tengamos que hacer.

Charlotte sintió una oleada de alivio. Agradecía su apoyo, sabiendo que juntos descubrirían las verdades ocultas en los registros. Mientras terminaban el desayuno, el calor familiar la envolvía como un recordatorio reconfortante de que, aun en medio de la confusión, no estaba sola.

Una vez que Charlotte y su padre llegaron a la casa de sus padres, los recuerdos la inundaron como una ola rompiendo en la orilla. La vivienda se erigía orgullosa a las afueras de un pequeño pueblo, ligeramente elevada en comparación con las demás, lo que le confería una vista imponente del paisaje. El exterior, en tonos cálidos y acogedores, estaba enmarcado por grandes ventanales que dejaban entrar la luz del sol.

La propiedad abarcaba una hectárea entera, rodeada de un frondoso jardín que parecía un santuario. Pinos, abetos y píceas bordeaban el perímetro, muchos de ellos vestigios de antiguos árboles de Navidad, altos y esbeltos, meciéndose suavemente con la brisa. El aroma resinoso de las coníferas se mezclaba con el aire fresco de otoño, envolviendo a Charlotte como un abrazo familiar.

En una esquina del terreno se alzaba un robusto galpón que había tenido múltiples usos: garaje, almacén para la lancha y taller de carpintería de su padre. Ese lugar había sido un centro de actividad, especialmente durante las reuniones familiares, cuando las risas y las historias resonaban en sus paredes. Adosada a la parte trasera de la casa estaba la gran chimenea con parrilla para asados, escenario de incontables fines de semana, cumpleaños y celebraciones. Charlotte casi podía oír el chisporroteo de las variadas carnes y sentir el aroma flotando en el aire mientras la familia y los amigos se reunían alrededor.

La casa contaba con un amplio porche adornado con las macetas preferidas de su madre y flores de vivos colores que florecían bajo el sol. En la segunda planta, un ventanal con balcón era el rincón perfecto para tomar café por las mañanas y contemplar cómo despertaba el mundo. Alrededor del patio crecían manzanos cargados de fruta y un gran árbol de saúco junto al galpón, el favorito de Charlotte y Mari para trepar de niñas.

Al cruzar la puerta principal, Charlotte recorrió con la vista el interior familiar, notando que muchos muebles habían sido movidos, lo que daba al espacio una sensación diferente. La sala de estar, antes acogedora y dispuesta para reuniones familiares, ahora tenía un aire más abierto: sofás lujosos colocados en círculo y una mesa de centro repleta de revistas y libros, restos de la última visita.

El comedor, normalmente reservado para cenas formales, mostraba un ambiente más relajado. Un mantel sencillo cubría la mesa y las sillas estaban dispuestas de manera improvisada, como si alguien hubiera estado ahí hacía apenas un rato. Las paredes lucían fotos familiares enmarcadas, capturando momentos de amor y alegría, mientras alfombras y pieles de animales aportaban calidez y textura.

Los ojos de Charlotte se detuvieron en el estudio, con sus estanterías empotradas repletas de libros: unos muy gastados, otros casi nuevos. El ambiente acogedor se reforzaba con cuadros cuidadosamente escogidos. Entre todos, destacaba un retrato: una imagen de Mari en su decimotercer cumpleaños. Vestía un delicado vestido que Charlotte la había ayudado a elegir, y su radiante sonrisa iluminaba la fotografía. El recuerdo de aquel día le arrancó lágrimas contenidas. Aunque solo habían pasado unos meses desde su última visita, el impacto emocional seguía siendo profundo. Los recuerdos de Mari parecían habitar cada rincón de la casa, impregnando todo con una nostalgia agridulce.

Charlotte sabía que la habitación de Mari estaba al final del pasillo, pasando la cocina. Dudó ante la idea de acercarse. A veces encontraba fuerzas para entrar, pero hoy no era uno de esos días. Hoy necesitaba concentrarse en los registros del campo de sus abuelos y en la posibilidad de descubrir pistas relacionadas con el caso de Kaya.

Con esa determinación, se volvió hacia su padre, que la esperaba en silencio. —¿Puedes mostrarme dónde están los registros?

—Por supuesto —respondió él, guiándola hasta un gran armario de cajones repletos de documentos.

William abrió el mueble, revelando un tesoro de recuerdos e historia, y luego retrocedió, dándole espacio.

—Tómate tu tiempo, cariño. Estaré aquí si me necesitas —dijo en voz baja, con un tono tranquilizador.

Charlotte abrió el primer cajón, consciente de que las respuestas podían estar escondidas en esas páginas. Los documentos estaban perfectamente organizados por año, tema y orden alfabético, una meticulosidad propia de su madre. Se tomó un instante para apreciarlo: un recordatorio del orden que ella siempre había tratado de imponer en medio del caos de la vida.

Empezó su búsqueda centrada en un intervalo muy concreto: entre 1950 y 1965. La muerte de Mari, el 27 de julio de 1962, rondaba su cabeza sin descanso. Quizás, pensó, rastrear unos años antes y después le daría una pista. Si Mark Reynolds estaba involucrado, la conexión debía de haberse producido en ese periodo. Sus fuentes indicaban que Reynolds se había mudado a la zona a principios de los cincuenta y que había estado encarcelado desde mediados de los sesenta hasta finales de los setenta. Charlotte estaba decidida a comprobarlo, aunque sus padres insistieran en que se trataba de otra persona. Ella creía que Reynolds sí había sido aquel cuidador siniestro del que todos guardaban recuerdos.

Examinó las carpetas cuidadosamente etiquetadas, con el corazón latiéndole con fuerza por la expectación. Entonces lo vio: el cuidador entre 1960 y 1964 había sido un hombre llamado Emmanuel Salazar. Su madre tenía razón. Charlotte no podía creerlo. La certeza que había impulsado su búsqueda comenzó a desvanecerse, sustituida por una sensación de derrota. Siguió hojeando las páginas, con un interés cada vez menor a medida que la decepción se apoderaba de ella.

Justo cuando estaba a punto de cerrar el cajón y abandonar, se fijó en otro de los rasgos organizativos de su madre. Junto a la etiqueta —Empleados—, había otra que decía —Trabajadores temporarios—. Un destello de esperanza la atravesó. Sacó esos registros y empezó a hojear las páginas con urgencia.

Su corazón se aceleraba con cada nombre, hasta que lo encontró: la confirmación de su corazonada. Mark Reynolds figuraba entre los trabajadores temporarios que su abuelo había contratado para esquilar ovejas entre 1961 y 1964.

Por fin, una pista. No era solo una intuición, ahora tenía un nombre respaldado por documentos reales. El hecho de que

Mark Reynolds hubiera estado vinculado al campo en un momento tan crucial de la historia familiar le produjo un escalofrío.

Era la conexión tangible que había estado buscando, un posible hilo que podía desvelar el misterio en torno al secuestro de su hermana. Sabía que debía actuar con cautela y reunir más pruebas antes de enfrentarse a sus padres, pero la emoción del hallazgo encendió una llama dentro de ella.

Mientras hojeaba, otro nombre la dejó helada: Sr. Adkins… ¿el padre de Kaya? Allí estaba, listado como parte del mismo equipo de esquiladores que Reynolds durante 1961 y 1962. ¿Podía ser él? ¿Se conocían? Las implicaciones se arremolinaron como una tormenta.

Ya no se trataba solo de buscar respuestas, sino de un posible vínculo entre el caso de Kaya y la tragedia de Mari.

De regreso al campo de sus abuelos, el silencio llenaba el auto, cargado de pensamientos no dichos. El padre de Charlotte, hombre de pocas palabras, mantenía el ceño ligeramente fruncido y las manos firmes en el volante mientras seguía el sinuoso camino de montaña. Siempre había preferido la acción al discurso, dejando que los silencios hablaran por sí mismos. Esta vez no interrumpió la tormenta que veía gestarse en el rostro de su hija.

Charlotte, en el asiento del copiloto, tamborileaba con los dedos sobre su regazo mientras la mirada se perdía en la ventana. Afuera, el mundo se difuminaba como un cuadro impresionista: rojos intensos y naranjas quemados entreverados con los verdes oscuros de los pinos, todos rindiéndose a la brisa. Su mente, en cambio, era un torbellino de conjeturas, cada una más enredada que la anterior.

El cielo se oscureció y una llovizna ligera comenzó a golpear el parabrisas con un ritmo hipnótico, en marcado contraste con el caos dentro de su cabeza. Las preguntas se acumulaban: ¿qué significaba para su familia? ¿qué significaba para el caso de Kaya?

El camino se estrechaba conforme ascendían, flanqueada por árboles que parecían cerrar filas a su alrededor. La niebla se levantaba del bosque y envolvía el paisaje en un aire etéreo. A lo lejos, las montañas Blue Ridge se alzaban contra el cielo gris pizarra, imponentes y silenciosas.

Charlotte respiró hondo, tratando de calmar la tormenta interna, pero sus pensamientos persistían como la bruma en las cumbres. Al mirar a su padre, leyó en su rostro las arrugas de preocupación. Ambos compartían un lazo tácito, forjado en el amor, la pérdida y la lucha contra lo desconocido.

El camino serpenteaba más adentro en el abrazo de las montañas. La nostalgia de los veranos de su infancia en ese mismo entorno regresó, ahora teñida de incertidumbre. Al acercarse a la curva que conducía al campo de sus abuelos, Charlotte se preguntó si ese refugio familiar le ofrecería las respuestas que tanto anhelaba.

Cuando la lluvia comenzó a caer con fuerza, se preparó mentalmente para las conversaciones que estaban por venir. El regreso al campo no era solo un retorno al hogar: era un paso más hacia el corazón del misterio que la había perseguido durante toda su vida.

CAPÍTULO XI

—Esas papas no se van a pelar solas, ¿sabes? —, dijo Victoria en tono juguetón, con una sonrisa cálida que iluminaba la cocina mientras miraba a Charlotte. La risa en su voz era ligera, burlona, pero con ese matiz comprensivo que revelaba que sabía muy bien que su hija estaba perdida en sus pensamientos, mirando distraídamente la mesada.

—Lo siento, mamá—, respondió Charlotte. —Te ayudo—. Se acercó y tomó el pelador junto a unas cuantas papas que esperaban sobre la tabla de cortar. La tarea familiar le trajo consuelo inmediato, un eco de tantas tardes en las que ella y Mari habían estado allí mismo, colaborando en la cocina dos décadas atrás.

Pelar papas había sido siempre su tarea asignada, algo de lo que ella y su hermana solían quejarse. —¡Esto es como estar en la cárcel, obligadas a trabajar en la cocina!—, bromeaba entonces, riendo mientras movía el pelador con la destreza de una presunta reclusa. Mari tenía sus propias obligaciones: secar los platos, guardarlos y preparar la mesa. Lo que en un principio fue una imposición acabó convirtiéndose en un ritual entrañable.

Victoria se movía con gracia por la cocina, un retrato de elegancia y eficiencia. Alta, esbelta, con el cabello rubio cayéndole en suaves ondas sobre los hombros y enmarcando su rostro en forma de corazón, irradiaba calidez desde sus ojos verdes, brillantes de inteligencia y amabilidad. Incluso en la agitación de la cocina, mantenía esa clase accesible y genuina que la caracterizaba.

Llevaba una blusa azul claro ajustada, vaqueros bien entallados y unas bailarinas cómodas: la mezcla perfecta de sofisticación y practicidad. Su estilo reflejaba sus raíces: hija de inmigrantes alemanes e italianos, criada en Nueva York, con un padre abogado inmobiliario y una madre dedicada al hogar. Crecer con cuatro hermanos la había hecho fuerte, colaboradora y resiliente.

Charlotte, mientras pelaba, no podía evitar admirarla. Su madre había sido siempre el pilar de la familia, la que los mantenía unidos incluso tras la pérdida de Mari. Su resiliencia era un faro constante.

El movimiento repetitivo del pelador le dio calma, y en su mente resonó la voz de la abuela recordándole la importancia del trabajo y los valores familiares. El aire estaba impregnado de aromas cálidos: hierbas, especias, comida en preparación.

—¿Te acuerdas de aquella vez que madrugaste para hacer el desayuno?—, preguntó Victoria con picardía, lanzándole una sonrisa. —Querías freír unos huevos, pero en lugar de un chorrito de aceite… ¡los ahogaste en él! La cocina se llenó de humo negro, ¡tu padre tuvo que abrir todas las ventanas! —

Charlotte se echó a reír, las mejillas encendidas por la vergüenza. —¡Yo solo quería sorprenderlos! Pensé que era un lindo detalle… ¡pero terminé armando un desastre! —

—¡Casi nos asfixias! —, replicó Victoria entre risas, negando con la cabeza. —Pero es uno de mis recuerdos favoritos. Mostró tu determinación… ¡y tu absoluta falta de experiencia en ese momento! Por suerte aprendiste rápido—.

Charlotte sonrió, agradecida. —Gracias, mamá. Sí, he mejorado bastante desde entonces—.

—¿Y qué vas a preparar con las papas? —, preguntó, curiosa.

—Hoy algo sencillo—, contestó Victoria, removiendo una olla. —Pero voy a hacer una de tus comidas favoritas: ¡milanesas con puré de papas! —

Los ojos de Charlotte se iluminaron. —¡Milanesas! ¡No puedo esperar! Siempre te quedan perfectas, crujientes… nunca me canso de comerlas—.

En ese instante la puerta se abrió y entró la abuela Ann, seguida de William. —¡Qué bien huele! —, exclamó ella. —Lo siento desde el porche—.

—Ya casi está todo. Es hora de poner la mesa—, dijo Victoria, secándose las manos con un repasador. —¿Me ayudas, Charlotte?—

—¡Claro! —, respondió ella, y salió junto a la abuela hacia el comedor a preparar los platos y cubiertos.

Mientras acomodaban la mesa, Charlotte se fijó en la ternura que brillaba en los ojos de Ann. —Espero que hayas podido dormir una siesta, abuela. Ayer parecías necesitarlo—

—Sí, aunque corta, me vino bien—, respondió con una sonrisa. —Qué suerte que hoy todo fue un poco más lento—

Cuando terminaron, el resto de la familia se reunió y pronto estaban todos sentados, listos para compartir. La tardía comida tenía el aire de una celebración íntima, a pesar de la tensión de la mañana.

Charlotte miró alrededor mientras servían las milanesas con puré, y el corazón se le llenó de gratitud. Eran esos momentos los que le recordaban la fortaleza de los lazos familiares.

Afuera, la lluvia arreciaba contra las ventanas, al principio como un murmullo sereno, luego como un tamborileo constante que envolvía la cocina en una música natural. El cielo oscurecido y algún trueno lejano añadían un dramatismo que hacía el interior aún más acogedor.

Charlotte volvió la vista hacia el paisaje difuminado, convertido en una acuarela en tonos apagados. Los árboles, casi desnudos, se balanceaban con el viento. Las últimas hojas doradas y rojizas descendían lentamente hasta formar una alfombra húmeda en el suelo.

El jardín, antes rebosante de vida con calabazas y flores de fin de temporada, ahora se encogía bajo el peso del aguacero. Los colores habían perdido su brillo, apagados por la lluvia implacable. A lo lejos, las montañas estaban envueltas en niebla, confiriéndole al paisaje un aire etéreo.

En el interior, el calor de la cocina contrastaba maravillosamente con la tormenta exterior. El aroma de las milanesas y del puré de papas los envolvía.

—Charlotte —comenzó la abuela Ann, rompiendo el sonido de la lluvia con su voz serena—. Tu padre me dijo que encontraste información sobre el padre de Kaya trabajando en nuestro campo en los años sesenta. ¿Qué piensas de eso?

Charlotte se detuvo, el tenedor suspendido en el aire. —Sinceramente, todavía no sé qué pensar —admitió—. Estoy desconcertada. No entiendo por qué el padre de Kaya no dijo nada sobre conocer a Reynolds. Siento que hay algo más que no estamos viendo.

Hizo una pausa breve, recordando su encuentro con el señor Adkins. —Lo conocí, y me pareció un buen hombre.

Trabajador, dedicado a su familia. Es que no encaja… ¿qué relación puede tener con todo esto?

La abuela asintió lentamente, pensativa. —¿No mencionaste que eran de la comunidad Monacan?

—Sí —respondió Charlotte—. Pero, ¿qué tiene que ver?

—Me pregunto si tendrá relación con los problemas que vivimos con algunos campos vecinos en los años cincuenta y sesenta —dijo la abuela—. Hubo activistas nativos que se manifestaban abiertamente contra el trato que los colonos galeses habían dado a sus antepasados siglos atrás.

Charlotte se inclinó hacia ella, intrigada. —¿Qué pasó exactamente?

—Bueno —comenzó la abuela—, la relación entre colonos galeses y Monacanos fue complicada. Cuando los galeses llegaron en el siglo XVII, dependían de los Monacanos para aprender a trabajar la tierra. Pero, al principio, los Monacanos no querían trato con ellos: para ellos, ingleses y galeses eran lo mismo, y odiaban a los ingleses. Muchos se desplazaron al oeste, hacia Amherst, e incluso a Pensilvania y Canadá. Con el tiempo, algunos comprendieron que los galeses eran distintos y trabaron amistad. Terminaron estableciéndose juntos a orillas del río James, cerca de lo que hoy es Lynchburg, y convivieron allí durante doscientos años.

—Los Monacanos les enseñaron a cultivar tabaco, a criar animales, a aprovechar la tierra. Durante un tiempo, la relación fue beneficiosa para ambos. Pero otras tribus, como los Powhatans, no lo aceptaban. Les robaban o incluso incendiaban sus casas.

La mirada de la abuela se volvió distante, como si evocara historias escuchadas desde niña. —Y no todo fue armonía. A veces, los colonos confundían a los Monacanos con otras tribus y los maltrataban. Hubo violencia, a pesar de la amistad.

—Ah… no tenía ni idea —murmuró Charlotte.

—No solo cultivaban cereales o tabaco. También frutas, e incluso extraían cobre para fabricar collares y joyas. Durante generaciones, Monacanos y galeses comerciaron con caballos y ganado. Pero con los años surgieron activistas que buscaban venganza. Algunos robaban caballos, vacas u ovejas a los granjeros galeses.

Charlotte abrió los ojos sorprendida. —¿Entonces crees que el señor Adkins podría estar relacionado con todo esto?

—Es posible —respondió la abuela con un suspiro—. Que haya trabajado aquí en los sesenta no significa que su familia no tuviera vínculos más antiguos. Si en esa época había tensiones, quizá eso explique algunas cosas. Puede que la familia de Kaya tenga raíces más profundas de lo que pensamos, una historia entrelazada con las luchas de nuestros antepasados.

Charlotte se recostó en la silla, procesando la información. Afuera, la lluvia seguía cayendo con fuerza.

—Pensemos esto —dijo Charlotte, con el ceño fruncido—. Reynolds estaba en el campo cuando secuestraron a Mari, y ahora está siendo juzgado por lo de Kaya. Y el padre de Kaya también trabajaba aquí en esos años. Pero entonces, el padre de Kaya tendría rencor hacia nosotros, no hacia Reynolds. ¿Por qué Reynolds se fijó en su familia?

Las miradas cruzadas alrededor de la mesa hicieron evidente el peso de sus palabras. Un relámpago iluminó la cocina, seguido del rugido del trueno.

—¿Quién más estaba aquí en esos años? —insistió Charlotte—. ¿Hay más conexiones que debamos considerar?

—Bueno, estaba ese tal Emmanuel Salazar —intervino William con un deje de desprecio—. Nunca me gustó. Siempre había algo raro en él… y ya sabes cómo terminó, amenazando a tu abuelo con demandas legales.

Charlotte asintió, recordando a Salazar, siempre presente de manera incómoda en los márgenes.

—Y tu exnovio, Jack Henry, también venía seguido por esa época —añadió la abuela—. Tendría más o menos tu edad entonces. Criaba caballos y a menudo ayudaba con el ganado y las ovejas. Lo recuerdo mucho en los veranos.

—Exacto —dijo Charlotte—. Así que tenemos a Mark Reynolds, al señor Adkins, a Emmanuel Salazar y a Jack Henry, todos coincidiendo en esa época. —Hizo una pausa, mirando a cada uno—. Pero ¿qué significa todo esto? ¿Quieres decir que no fue una coincidencia que me asignaran el caso de Kaya a mí?

Quiso sonar incrédula, incluso bromear, pero su voz se quebró con una seriedad involuntaria. La cocina quedó en silencio, mientras la lluvia golpeaba con fuerza creciente las ventanas, reflejando la tormenta de pensamientos que agitaba sus mentes.

—Bueno, ¿lo fue? —preguntó la abuela Ann.

Charlotte soltó una risa nerviosa. —Abuela, me asignaron el caso porque yo lo pedí. Sabes lo mucho que me importan estos casos que involucran a niños. Me hacen sentir que puedo ayudar al menos a algunos de ellos. Aunque no pude salvar a Mari.

El peso de esas palabras le encogió el corazón. Los recuerdos de su hermana la envolvieron como una manta pesada: sofocante, pero demasiado familiar.

Mientras el calor de la cocina la arropaba, su mente se sumió en un silencio contemplativo. Las voces de su familia se difuminaron en el fondo, y la urgencia de actuar se abrió paso dentro de ella con una claridad punzante.

—¿Cuánto tardaríamos en llegar al campo de los Underwood? —preguntó de pronto, rompiendo la calma.

Su padre levantó la vista, sorprendido por la repentina pregunta. —Con lluvia, puede que unos treinta o cuarenta minutos en auto. ¿Por qué lo preguntas?

—Ahí es donde trabaja el señor Adkins —dijo Charlotte con voz firme, mientras agarraba su abrigo del respaldo de la silla.

En la entrada, todavía calzaba las gruesas pantuflas de lana de su abuela. Se las quitó despacio y comenzó a ponerse las botas, aunque los dedos le temblaban al tratar de ajustarlas. La prisa por salir se mezclaba con el vértigo de lo que estaba a punto de enfrentar.

—Charlotte, está oscureciendo y sigue lloviendo. No deberías ir allí esta noche —advirtió su padre. El tono suave revelaba cariño, pero la preocupación se dibujaba en su rostro.

La determinación de Charlotte, sin embargo, se endureció. —Tengo que ir. Hay algo que necesito averiguar. No puedo dejar que nada me detenga. Por favor… necesito hacer esto por Kaya y por Mari.

Su padre suspiró, con el gesto cansado de quien lucha entre proteger y permitir. Tras unos segundos de silencio, cedió. —Está bien… Pero yo manejo. Y lleva tu rifle. Si el señor Adkins tiene algo que ver con Mark Reynolds o con Emmanuel Salazar, debemos estar preparados. Los míos ya están en mi camioneta.

Charlotte asintió, agradecida. El rifle en sus manos pesaba más que metal y madera: era un recordatorio de la fuerza que recorría su sangre. La tormenta arreciaba afuera, como si acompañara la decisión que acababa de tomar.

Poco después estaba en el asiento del copiloto, mientras el motor de la camioneta se imponía al tamborileo de la lluvia contra el techo. Los faros cortaban la oscuridad y abrían camino en la ruta sinuosa. A su lado, la presencia serena de su padre era un ancla contra el vendaval interior.

Apretó el rifle sobre su regazo y dejó que el contacto firme la tranquilizara. Cada kilómetro que avanzaban la acercaba no solo a los Underwood, sino a las respuestas que había perseguido desde la desaparición de Mari.

Pensó en esa familia hospitalaria, que siempre la había recibido con afecto. Pero esa noche la visita tenía otro sentido: era una llave posible para abrir las sombras del pasado.

La lluvia seguía golpeando el vidrio, el cielo se deshacía en agua, y el eco del trueno parecía empujarla hacia adelante. Charlotte miró a su padre; él le devolvió un gesto firme con la cabeza. Estaba lista para lo que sea.

CAPÍTULO XII

Los Underwood llevaban mucho tiempo siendo un referente en la comunidad, y su campo era una piedra angular de la historia y la tradición local. Aunque no estaban directamente emparentados con la familia de Charlotte, sus vidas se habían entrelazado a lo largo de los años de una manera que solo el tiempo y las experiencias compartidas podían tejer.

Harold Underwood era un hombre de la tierra. Sus anchos hombros y sus manos curtidas contaban la historia de una vida dedicada al trabajo bajo el sol. El cabello, ya plateado, enmarcaba un rostro sereno en el que brillaban unos ojos azules llenos de sabiduría. Había algo en su manera de moverse, una calma digna que inspiraba respeto. Conocido por su carácter meticuloso, Harold se enorgullecía de la precisión de su labor, ya fuera en los cuidados del campo o reparando alguna de sus máquinas.

Desde muy joven, William, el padre de Charlotte, había colaborado con Harold. Lo ayudaba con las tierras y con las ovejas, dándole consejos sobre los mejores momentos para trasladar los rebaños o dejar descansar el suelo para que floreciera después. Lo unía una colaboración nacida del respeto mutuo y del amor compartido por la tierra. En más de una ocasión, William llevaba consigo a Charlotte, prometiéndole que, cuando terminaran el trabajo, se escaparían hasta el río a pescar con mosca.

El campo de los Underwood se extendía en hectáreas fértiles atravesadas por ríos y lagos, un paraíso para la pesca. Charlotte sabía que las últimas horas del verano y las primeras del otoño eran las mejores, y aunque la paciencia nunca había sido su fuerte, el solo hecho de esperar valía la pena cuando al final podía disfrutar de esas salidas con su padre.

Mientras William trabajaba, Charlotte solía pasar el tiempo con Edna Underwood. Escuchaba sus historias y disfrutaba de sus pasteles recién horneados. Edna era el alma de la casa: más baja que su marido, con una calidez que envolvía a cualquiera. Su cabello, que en otros tiempos fue de un vivo tono castaño rojizo, ahora lucía grisáceo, recogido en un moño práctico. Sus ojos marrones irradiaban ternura y picardía. Famosa por sus dotes culinarias, sus tartas y conservas eran un clásico del mercado local, y su cocina estaba siempre impregnada de aromas tentadores.

Cuando Charlotte creció, empezó a visitar el campo de los Underwood por su cuenta, cabalgando desde las tierras contiguas de sus abuelos. Le encantaba detenerse allí antes de continuar hacia el río, aunque los Underwood siempre le repetían que no hacía falta pedir permiso. Su padre le había inculcado la importancia de la cortesía, y ella se tomaba en serio esa enseñanza.

El lugar no solo era un paraíso para la pesca; también escondía rincones ideales para nadar. Entre las grandes rocas del río se formaban piscinas naturales donde Charlotte, Mari y sus amigos pasaban tardes enteras en el agua. En los veranos, esos espacios se convertían en refugios memorables, llenos de risas y chapoteos.

Los Underwood tenían una hija que vivía en Washington D. C., y aunque rara vez viajaba a verlos, sus hijos solían pasar los veranos con los abuelos. Charlotte y Mari se hicieron muy amigas de esos primos estivales, compartiendo aventuras que llenaron su niñez de recuerdos luminosos.

Con el tiempo, los Underwood se convirtieron en una presencia constante para la familia Jones. Habían acompañado a Louis y Ann en épocas difíciles, y tras la muerte de Mari fueron de los primeros en llegar con guisos, palabras serenas y una presencia silenciosa pero firme. Su amistad inquebrantable fue un bálsamo en medio del dolor.

Mientras Charlotte se preparaba para regresar a la casa de los Underwood, no pudo evitar reflexionar sobre la huella que habían dejado en su vida. Su sabiduría, su generosidad y su ejemplo de resiliencia habían moldeado en ella un sentido profundo de comunidad. Sabía que, más allá de los misterios que aún pesaban sobre su historia, los Underwood seguirían allí: firmes, acogedores y leales, como siempre lo habían sido.

La lluvia golpeaba suavemente las ventanas, y el eco de las risas familiares todavía flotaba en la memoria de Charlotte. En medio de todo, sintió un agradecimiento sincero hacia los Underwood y el lugar que ocupaban en su vida.

CAPÍTULO XIII

Mientras Charlotte y su padre recorrían el largo camino de ripio que conducía a la casa de los Underwood, la lluvia había amainado hasta convertirse en una suave llovizna, aunque la oscuridad del atardecer era densa. La luz que se desvanecía teñía el paisaje de un gris apagado, haciendo que todo pareciera más sombrío de lo habitual.

Árboles altos se alzaban a ambos lados del camino, con sus hojas susurrando al compás del viento. A la derecha se erguía el granero, robusto pero marcado por los años, con la pintura descascarada que revelaba su desgaste. A la izquierda, la casa del cuidador brillaba cálidamente desde dentro, sencilla y acogedora, con mecedoras en el porche que se movían suavemente con la brisa.

Charlotte alzó la vista hacia la vivienda principal mientras se acercaban. Era una casa de dos plantas, modesta, con paredes de un tono crema suave y postigos verde oscuro que enmarcaban las ventanas. El porche estaba adornado con macetas cuyas flores lucían apagadas por la lluvia reciente. El tejado inclinando y la chimenea humeante prometían calor en el interior. A pesar de la penumbra, la casa transmitía una sensación de bienvenida y familiaridad que le recordó a Charlotte el hogar de sus abuelos.

De pronto, una figura emergió de las sombras del porche: un hombre con un rifle, atento a la llegada de visitantes inesperados en medio de la tormenta. Avanzó un paso, la silueta recortada contra la luz del interior. Al reconocerlo como Harold Underwood, Charlotte y su padre bajaron de la camioneta, dejando atrás sus rifles y levantando los brazos en señal de paz.

—¡No buscamos problemas, Harold! —gritó Charlotte— ¡Perdone que interrumpamos su cena!

—¡Charlotte! ¡Qué sorpresa! —respondió Harold, bajando el rifle al reconocerlos—. Recuerdo muy bien a tu familia. ¡Entren, por favor!

Con un gesto, los invitó a acercarse. Subieron al porche y sintieron al instante el calor que emanaba del interior. Harold apoyó el rifle en la pared, convencido de que no había motivo de alarma.

El interior de la casa resultaba acogedor, muy parecido al de los abuelos de Charlotte, aunque más pequeño. Las paredes, pintadas en tonos cálidos, estaban adornadas con fotografías familiares que narraban décadas de recuerdos. Una mesa de madera ocupaba el centro de la estancia, rodeada de sillas, y una chimenea crepitaba suavemente en un rincón. El aroma de la leña se mezclaba con el de algo recién horneado, creando un ambiente hogareño. Harold y Edna, ya mayores, se acomodaban en sus sillones, los rostros iluminados por la luz del fuego.

—No interrumpen en absoluto —dijo Edna con una sonrisa cálida—. Acabamos de terminar de cenar. ¿Les apetece un té?

—Sí, por favor —respondió Charlotte, conteniendo la urgencia de preguntar por Adkins.

—Sí, gracias —añadió William.

—¿Con leche? —preguntó Edna.

—Sí, por favor —contestaron al unísono.

Cuando todos tuvieron sus tazas calientes, Harold los observó con curiosidad. —¿Qué los trae por aquí tan tarde y con este tiempo?

Charlotte eligió las palabras con cuidado. No quería despertar sospechas, ni precipitarse. —Soy la abogada encargada del caso de Kaya Adkins —empezó, observando la reacción de Harold, que asintió despacio—. Creo que su padre podría ayudarme a entender cierta información que acabo de recibir.

Antes de que él pudiera dudar de la visita intempestiva, añadió: —También estoy siguiendo otras pistas relacionadas con el secuestro de mi hermana, y mañana debo regresar a Washington. No quisiera marcharme sin hablar con él.

Harold asintió con gesto comprensivo. —Por supuesto. Está en la casa del cuidador, justo allí —dijo, señalando hacia la oscuridad—. Llévense esta linterna, algunas luces de afuera no funcionan.

Charlotte terminó su té y agradeció a los Underwood antes de dirigirse a la puerta, con su padre a su lado. La casa del cuidador estaba a menos de doscientos metros de la principal, y saber que Harold estaba alerta los tranquilizaba.

Al pasar junto al granero, una débil luz se filtraba por las rendijas. También se oía el ruido de alguien revolviendo el heno. Charlotte empujó la puerta y encontró a Adkins dentro. Parecía exhausto: no se había afeitado ni descansado en días. Al verla, su rostro reflejó sorpresa.

—¿Señorita Jones? —susurró, y tras un instante añadió con desconcierto—: ¿Señor Jones? ¿Qué hacen aquí?—

La reacción solo encendió la frustración de Charlotte. —¿Sabe quién es mi padre? ¿Cómo es posible que lo reconociera? —dijo con voz más aguda de lo que pretendía.

Adkins asintió despacio. —Nos conocemos.

Sin más explicación, dejó la pala a un lado y los condujo hasta su casa, junto al granero, invitándolos cortésmente a pasar.

La pequeña casa era sencilla pero funcional, con una única sala que servía a la vez de cocina y de estar. Conservaba un aire rústico: una estufa de hierro en la esquina, alimentada con leña apilada con esmero, y encima de ella una olla vieja y ennegrecida por los años. En el centro había una mesa con dos sillas desparejadas, cubierta por un mantel gastado que apenas disimulaba las manchas de uso. Todo estaba cubierto por una fina capa de polvo, pero a pesar de la suciedad, cada cosa parecía tener su lugar.

Algunos habrían dudado en sentarse ahí, pero Charlotte no. Se había criado visitando campos con su padre, quien siempre le repetía que se debía aceptar lo que se ofreciera y tratar con respeto a cada trabajador. Recordaba con claridad cómo, cuando tenía ocho años, había hecho amistad con la hija de un cuidador: trepaban por los fardos de heno y se escondían entre las ovejas.

Adkins les ofreció asiento. Arrastró una tercera silla desde el pequeño dormitorio y se dejó caer en ella, evitando mirarlos, el cuerpo encorvado bajo el peso de algo que llevaba dentro.

Tras un silencio incómodo, levantó al fin la vista hacia Charlotte. Su rostro mostraba arrepentimiento. —Sabía que este día llegaría —dijo con voz quebrada—. Pero le juro que no tengo nada que ver con el asesinato de mi hija... ni con la muerte de su hermana.

Charlotte lo miró, sorprendida. —¿De qué está hablando?

—No soy ingenuo, y usted tampoco. Me sorprendió que no me reconociera la primera vez que hablamos del caso de Kaya, pero sabía que tarde o temprano lo descubriría.

Se movió en la silla, inquieto, y se levantó. Sirvió agua en dos vasos y los dejó frente a Charlotte y William; sus manos temblaban visiblemente.

—¿Y qué conexión es esa? —preguntó William con calma.

—Que trabajé para su abuelo, igual que Reynolds, en los mismos años... —Adkins vaciló—. Pero ustedes no entienden...

—¿Entender qué? —lo apremió Charlotte.

—Fue hace mucho. Yo era joven y estúpido. Me mezclé con un grupo de activistas que robaban caballos a los granjeros galeses. Cuando planearon atacar a su abuelo, no solo pensaban robar: querían quemar el campo y llevarse todo lo que pudieran.

Hizo una pausa, la mirada clavada en la mesa. —Pero su abuelo siempre había sido amable conmigo. No quería participar. Intenté detenerlos, aunque al final sí se llevaron algunos caballos. Reynolds se enteró de mi implicación y lo usó contra mí. Me amenazó con contárselo todo si no guardaba silencio sobre lo que sabía: sus tratos con aquel grupo y cómo todo se estaba saliendo de control.

—¿Y por qué le importaría tanto a Reynolds? ¿Qué clase de tratos? —preguntó Charlotte.

—Creo que sospechaba que yo había escuchado demasiado. Conversaciones que insinuaban negocios turbios. Estaba metido en asuntos más grandes que el campo, cosas que podían hundirlo si se sabían. Y creo que quería callarme, no solo para protegerse, sino también para cubrir cualquier acuerdo sucio que tuviera con Emmanuel Salazar.

—¿Emmanuel? —Charlotte frunció el ceño—. ¿El antiguo cuidador del campo de mi abuelo? ¿Qué papel jugaba él?

—Exacto. Salazar siempre estaba a la sombra de Reynolds, dispuesto a complacerlo. Yo nunca confié en él. Tenía fama de despiadado, y sospechaba que sabía mucho más de lo que aparentaba. Eran muy cercanos. Y yo temía que, si Reynolds decidía silenciarme, Emmanuel lo apoyaría sin dudar.

—¿Cree entonces que Reynolds atacó a Kaya como una forma de vengarse de usted? ¿Para callarlo?

—No lo sé —contestó Adkins, con la voz rota—. Llevaba más de veinte años sin saber de él. Pero no puedo evitar pensar que mi pasado la convirtió en blanco. Vivo con esa culpa desde entonces. Si no hubiera tenido tanto miedo de Reynolds y Salazar, quizá habría hecho algo para protegerla.

Se le humedecieron los ojos. Charlotte sintió que el corazón se le encogía. —¿Por qué no me lo dijo? ¿Por qué calló todo esto cuando lo entrevisté por primera vez?

—Por vergüenza. Siempre le he debido mucho a su abuelo. No quería que me viera como alguien indigno. Y sabía que, si mi pasado salía a la luz, podía convertirme en sospechoso de la muerte de mi propia hija. No me atreví. Lo siento de verdad.

Charlotte lo miró fijamente. —Cuénteme todo lo que sepa de Reynolds y de Salazar. Lo necesito.

Adkins vaciló y miró de reojo hacia la puerta, como si temiera que alguien entrara. Luego suspiró hondo. —Reynolds siempre sabía más de lo que debía. Era manipulador y tenía la mano metida en todo. Lo escuché hablar de otras chicas desaparecidas en la región. Yo sabía que era peligroso, pero tenía demasiado miedo para actuar. Salazar era su mano derecha. Juntos estaban metidos en algo… algo muy oscuro.

—¿Oscuro cómo? ¿En qué estaban metidos?

—No conozco todos los detalles —dijo Adkins, bajando la voz—. Pero sospecho que traficaban con niñas. Escuché rumores… vi cosas que me helaron la sangre. Pensé que, si me mantenía en silencio, protegería a mi familia. Ahora temo que fue al revés, que el silencio los puso en riesgo.

Un escalofrío recorrió a Charlotte. Se subió el cierre de la chaqueta y preguntó con voz grave: —¿Cree que también estuvieron detrás del secuestro de Mari?

Adkins negó con la cabeza, pero sus palabras fueron inquietantes: —No puedo asegurarlo, pero la época encaja. Reynolds tenía una red. Y nunca actuaba solo.

Las palabras de Adkins solo aumentaban la urgencia de Charlotte por llegar a la verdad. Sabía que cada detalle podía marcar la diferencia, aunque también intuía lo delicado de remover esas memorias.

—Necesito que me cuente todo lo que recuerde sobre Reynolds, sobre Emmanuel Salazar y sobre lo que ocurrió entonces —insistió, con voz firme—. Si quiero hacer justicia por Kaya, no puede guardarse nada. Cada detalle importa.

—Te diré lo que sé.

Charlotte asintió con seriedad. —El juicio se reanudará en unos días. Si logramos establecer una conexión entre Reynolds y lo que pasó con Kaya... y con Mari, tal vez podamos conseguir una condena y al mismo tiempo sacar a la luz su pasado.

Sabía que se movía en una línea peligrosa: como abogada en el caso, debía ser imparcial, dejar que los investigadores hicieran su trabajo. Si mezclaba su papel en el juicio con la investigación personal del caso de Mari, corría el riesgo de contaminar las pruebas, incluso de que fueran declaradas inadmisibles. Era una tensión constante entre su deber profesional y la necesidad visceral de encontrar respuestas.

Adkins se recostó en la silla y comenzó. —Ah, Emmanuel... —sacudió la cabeza, como si el recuerdo le pesara—. Era un hombre extraño. Bajo, apenas metro sesenta y cinco, con el pelo oscuro siempre desordenado y la piel curtida por el sol. Llevaba sombrero todo el tiempo, incluso dentro de la casa. Era como si necesitara protegerse, aparentar control.

Hizo una pausa antes de continuar. —Vivía en la casa del cuidador del campo de tu abuelo, con su esposa y siete hijos. La casa estaba abarrotada. El mayor tenía síndrome de Down y las hijas del medio se encargaban de cuidarlo. La madre, agotada, apenas podía con los dos más pequeños. Era una vida dura, y eso lo volvía más amargado.

Se inclinó hacia delante. —Creo que ahí nacía gran parte de su resentimiento. Cada vez que los veía a ti y a Mari montar a caballo, jugar al aire libre o correr libres por el campo, se le notaba en los ojos... envidia pura. Decía que era injusto que ustedes tuvieran libertad mientras sus hijos quedaban atrapados cuidando hermanos o trabajando sin descanso. Hacía comentarios sarcásticos: "los ricos se hacen más ricos", repetía, como si todo lo que ustedes tenían fuera privilegio, y no trabajo.

Charlotte apretó los puños. —¡Eso no es cierto! —replicó con rabia—. Mari y yo trabajábamos tanto como sus hijos. Alimentábamos a los animales, limpiábamos los establos, ayudábamos en el huerto... ¡Nada nos caía del cielo!

—Lo sé —respondió Adkins, con tono conciliador—. Pero él no lo veía así. Para él todo era cuestión de percepción, y esa percepción lo consumía.

El padre de Charlotte, serio, intervino por primera vez. —Sí, recuerdo bien ese resentimiento. Emmanuel refunfuñaba cada vez que veía que ustedes dos tenían un rato libre. Siempre buscaba la oportunidad de quejarse.

Adkins asintió y su voz se volvió más grave. —Además, bebía demasiado. El alcohol lo volvía aún más amargado. Hablaba pestes de su abuelo, decía que se aprovechaban de él, que nunca le daban oportunidades. Y no solo se quejaba: le robaba. Mataba ovejas y las vendía a escondidas. Dejaba entrar a extraños a cazar o a cortar leña en la propiedad. Era como si montara su propio negocio paralelo... a costa de su familia.

—No puedo creer que mi abuelo tolerara algo así.

—Era astuto —continuó Adkins—. Sabía moverse. Y su abuelo, cansado de problemas, evitaba confrontarlo. Pero en retrospectiva fue un error.

Se frotó las sienes, como si quisiera borrar un recuerdo. —Una vez, incluso se jactó de un cuchillo que le había robado a usted, señorita Jones. Ese que le regaló su padre, con el mango de colmillo de jabalí y hoja de acero alemán. Presumía de él como si fuera un trofeo, contaba lo fácil que había sido quitárselo cuando no usted miraba. Era perverso escucharlo alardear de algo así.

Charlotte se estremeció, entre la ira y la tristeza. —Nunca lo supe... No puedo creer que se quedara en el campo después de todo eso.

Adkins la miró con gravedad. —Emmanuel siempre tuvo sus propios planes. Era un hombre oportunista, y no me sorprendería que estuviera metido en los negocios más oscuros de Reynolds. Tenían demasiadas coincidencias: manipulación, secretos, resentimiento. Y si trabajaban juntos, me temo que lo que hacían iba mucho más allá de lo que cualquiera imaginaba.

El corazón de Charlotte latía con fuerza al asimilar todo lo que acababa de escuchar. Las piezas comenzaban a encajar.

—¿Entonces dices que podrían haber estado trabajando juntos?

—Es una posibilidad —conjeturó Adkins—. Y si es así, hay que actuar con mucha cautela. Reynolds es peligroso... y me temo que Emmanuel podría ser una amenaza igual de grande. Tenga cuidado, señorita Jones.

Las palabras de advertencia resonaron en Charlotte. Sintió la urgencia de moverse rápido, de no dejar que el tiempo borrara la pista que empezaba a perfilarse ante ella.

—¿Tiene alguna idea de dónde podría encontrar a Emmanuel Salazar?

—Lo último que supe —respondió Adkins— es que se mudó a la ciudad con su familia. Hace trabajos esporádicos aquí y allá, pero nunca nada fijo. Tengo entendido que anda con problemas económicos.

Charlotte asintió despacio, midiendo cada palabra. Había firmeza en el tono de Adkins, pero también la sensación de que aún había silencios cargados, cosas que él prefería no decir.

—Gracias por su tiempo, señor Adkins. Le agradezco que haya estado dispuesto a compartir todo esto.

—No hay problema. Solo... tenga cuidado, señorita Jones.

Al salir, el aire parecía distinto: denso, cargado por el peso de lo que acababan de escuchar. William la miró mientras bordeaban el granero.

—¿Le crees?

—Solo creo en lo que puedo probar. Y ahora mismo, lo único que tengo es su versión de la historia. Ya veremos.

La lluvia había cesado y el campo estaba cubierto por un cielo abierto, repleto de estrellas. La luna proyectaba una luz plateada sobre la tierra húmeda, transformando el paisaje en un contraste sereno frente a la pesadez de la conversación.

Cuando llegaron a la camioneta, notaron que la casa de los Underwood estaba completamente a oscuras: Harold y

Edna ya se habrían acostado. El silencio era profundo, solo interrumpido por el crujido del ripio bajo sus botas.

Charlotte se dejó caer en el asiento de cuero de la camioneta, cansada pero con el estómago vacío. —Espero que la abuela y mamá nos hayan guardado algo para cenar —dijo con una sonrisa.

Su padre arrancó el motor, y el rugido familiar llenó el silencio. Mientras la camioneta avanzaba por el camino oscuro, Charlotte no podía quitarse de la cabeza que esto apenas era el comienzo. Los hilos del pasado estaban empezando a entretejerse en un tapiz inquietante, lleno de verdades ocultas y misterios aún por revelar.

Con una última mirada a la tranquila finca, se alejó en la camioneta con su padre. El camino de vuelta estaba cubierto de sombras... pero ahora había en ella un resplandor nuevo: la tenue luz de la esperanza.

CAPÍTULO XIV

La luz del sol entraba por la ventana de la oficina de Charlotte, iluminando las pilas de expedientes que se amontonaban en su escritorio. Sentada frente a sus cuadernos, giraba un bolígrafo azul entre los dedos mientras trataba de organizar sus pensamientos. El juicio del caso de Kaya se aproximaba como una tormenta, y realmente podía sentir el peso de la responsabilidad que tenía. Sentía, una vez más, la tensión entre su papel de fiscal y su búsqueda personal de respuestas sobre el secuestro de Mari. Había avanzado en reconstruir las conexiones entre ambos casos, pero el temor de poner en riesgo la acusación por la que luchaba la mantenía anclada al presente.

Vestía un traje gris a medida que realzaba la intensidad de sus ojos azules y se ceñía con precisión a su silueta. La blusa blanca aportaba un contraste elegante y su cabello rubio, recogido en un moño impecable, completaba la imagen de seguridad. Hoy debía proyectar profesionalismo y confianza al entrar en la sala: claridad en la voz, convicción en los gestos, control absoluto del terreno.

—Concéntrate, Charlotte —se dijo a sí misma mientras miraba el reloj. El tiempo se agotaba, y el día estaba por comenzar.

El tribunal, familiar y siempre imponente, la recibió con su solemne atmósfera de techos altos y paredes de madera oscura. Al cruzar la puerta de entrada, Charlotte sintió el murmullo contenido del público y las miradas dirigidas hacia ella. El estrado del juez, erguido como una presencia inmutable, dominaba la sala. A la derecha, el jurado aguardaba con rostros atentos y expectantes.

Charlotte avanzó hasta la mesa de la fiscalía. Al otro lado estaba Mark Reynolds, sereno en apariencia, aunque la tensión se insinuaba en sus hombros rígidos. Pero lo que realmente capturó su atención fue la figura que acababa de entrar: Eric Carter.

Eric, el abogado defensor de Reynolds, había sido su compañero en la Facultad de Derecho de William and Mary. Sus caminos se habían cruzado en incontables noches de estudio, en debates encendidos durante los juicios simulados y, de forma más íntima, en encuentros secretos que nunca llegaron a transformarse en algo estable. La chispa siempre había estado allí, latente.

Alto, de cabello oscuro y porte seguro, Eric imponía con naturalidad. Ese día vestía un traje azul marino perfectamente entallado, acompañado por una corbata burdeos y un pañuelo de seda a juego. Sus ojos verdes, penetrantes, parecían iluminar la sala tanto como las lámparas de techo. Su sonrisa, cargada de confianza, era una mezcla peligrosa de encanto y arrogancia.

Por un instante, sus miradas se encontraron y Charlotte sintió que el pasado se filtraba en el presente. Ahora estaban en lados opuestos, pero la tensión intelectual —y algo más— volvía a encenderse.

—Charlotte —la saludó Eric con un leve gesto de cabeza, acercándose a su mesa con una media sonrisa—. ¿Lista para bailar hoy en la sala?

—Siempre —respondió ella, sin perder la compostura—. ¿Cómo se siente tu cliente?

—Confiado —contestó él, ensanchando la sonrisa—. Y con razón: las pruebas, digamos, son endebles.

Charlotte reprimió una mueca.

—Ya veremos qué tan seguro está cuando escuche a los peritos.

Eric arqueó una ceja. —Ah, claro. Ojalá estén tan preparados como tú crees.

En ese instante, la puerta lateral se abrió y el juez entró en la sala. El golpe seco de la puerta impuso silencio y todos se pusieron de pie. La figura veterana del magistrado recorrió la sala con una mirada aguda antes de tomar asiento.

—Buenos días a todos —dijo con voz firme—. Continuaremos con el caso de los Estados Unidos contra Mark Reynolds.

Charlotte sintió la descarga de adrenalina que siempre acompañaba a esos momentos. Había llegado la hora. Su testigo estrella, la doctora Emily Hartman, especialista forense de renombre en casos de secuestro infantil, aguardaba su turno. Habían trabajado juntas durante semanas para preparar su declaración, pieza clave de la estrategia de la fiscalía. Hoy, más que nunca, cada palabra contaba.

La doctora Emily Hartman subió al estrado. Era una mujer de unos treinta y tantos, alta y serena, con el cabello castaño recogido en un moño impecable. De su bolsillo colgaban los anteojos, apenas un detalle que contrastaba con el porte firme de su traje negro y la blusa blanca que irradiaba confianza. El jurado la observaba con atención, expectante.

—Doctora Hartman, ¿puede indicar sus cualificaciones ante el tribunal? —preguntó Charlotte.

—Por supuesto. Tengo un doctorado en ciencias forenses por la Universidad Johns Hopkins y más de diez años de experiencia en casos de secuestro de menores. He colaborado con organismos policiales de todo el país para analizar pruebas y apoyar investigaciones relacionadas con secuestros y homicidios.

Charlotte asintió, reforzando ante el jurado la credibilidad de la testigo.

—Gracias, doctora Hartman. ¿Podría explicar qué pruebas forenses examinó en este caso?

—Analicé toda la evidencia recogida en la escena donde fue hallada Kaya, junto al río Potomac.

—¿Y qué reveló su análisis?

—Detectamos ADN coincidente con el acusado, específicamente un cabello encontrado en el lugar, además de fibras compatibles con la ropa que llevaba el mismo día en que se denunció la desaparición de Kaya.

Charlotte notó cómo algunos miembros del jurado se inclinaban hacia adelante.

—¿Encontró indicios de que hubiera alguien más presente en la escena?

La doctora frunció levemente el ceño antes de responder:

—No. Las muestras son específicas del acusado y de la víctima.

—¿Qué importancia tienen estas pruebas de ADN para el caso?

—Son fundamentales. La presencia del ADN de Mark Reynolds vincula directamente al acusado con el lugar donde apareció la víctima. Esa conexión es esencial para establecer su participación en el crimen.

Charlotte dejó que el silencio hiciera eco antes de continuar.

—¿Qué tan fiables son, en general, las pruebas de ADN?

—El ADN es una de las formas de prueba forense más confiables. Puede ofrecer coincidencias altamente precisas.

Claro que siempre es necesario considerar el contexto en que se obtiene y se maneja.

—¿Podría precisar a qué se refiere con el contexto?

—Por ejemplo, no es lo mismo hallar ADN en un espacio público que en un sitio donde el sospechoso no tendría por qué estar. Además, la recogida debe hacerse con protocolos rigurosos para evitar contaminación. Si no, la validez en juicio puede quedar comprometida.

Charlotte sonrió con sobriedad.

—Gracias, doctora Hartman. No tengo más preguntas.

Cuando Charlotte regresó a su mesa, Eric Carter se levantó con paso firme para iniciar el contrainterrogatorio. Su tono era cortés, pero cada palabra llevaba la intención de minar la solidez del testimonio.

—Doctora Hartman —empezó—, ¿puede explicar al jurado cómo se recogen normalmente las muestras de ADN?

—Sí. La recogida es un proceso meticuloso porque cualquier error compromete la integridad de las pruebas. Primero se asegura la escena para evitar contaminación: se delimita el acceso y se restringe a personal autorizado. Después, los investigadores identifican las posibles fuentes de ADN —fluidos, cabellos, piel, objetos en contacto con víctima o agresor— y se documenta la escena con fotografías, videos y bocetos.

Hizo una pausa para beber agua antes de continuar.

—Luego se examina el cuerpo. Los forenses toman muestras de boca, uñas, heridas visibles; buscan cabellos o células que indiquen contacto con otra persona. Todo se manipula con guantes y material estéril. Cada muestra se etiqueta y se sella de inmediato. Y algo crucial: se mantiene siempre la cadena de custodia, registrando quién recogió la prueba, cuándo, dónde y cómo se almacenó.

Eric asintió, sin apartar la mirada.

—¿Y qué ocurre después?

—Las pruebas se guardan bajo condiciones controladas, muchas veces refrigeradas o congeladas para evitar degradación. Luego se trasladan al laboratorio, siempre respetando la cadena de custodia. Allí se extrae el ADN, se amplifica mediante técnicas como la PCR y se elabora un perfil genético que se compara con muestras conocidas o bases de datos. Finalmente, se redacta un informe con las conclusiones, incluyendo las probabilidades estadísticas de coincidencia.

El murmullo del público apenas se contuvo. Charlotte mantuvo el gesto sereno, pero en su interior sabía que Eric intentaría usar tanta explicación técnica para sembrar dudas más adelante.

—Gracias por su detallada respuesta —dijo Eric, con una ligera sonrisa en los labios—. Entonces, ¿se siguió cuidadosamente ese minucioso proceso en este caso concreto?

—Sí —respondió la doctora Hartman—. Que yo sepa, así fue.

—¿Está segura, doctora Hartman? Recuerde que está bajo juramento.

—Sí, lo estoy. ¿Por qué no habría de estarlo?

Eric regresó al escritorio de la defensa, tomó una carpeta de documentos y volvió al estrado con paso calculado. Levantó las hojas para que el juez pudiera verlas.

—Su Señoría, este es el informe forense preparado por la doctora Hartman y ya admitido como prueba. Me gustaría usarlo para refrescar la memoria de la testigo.

—Lo permito —respondió el juez.

Eric giró hacia ella con voz medida.

—Doctora Hartman, por favor diríjase a la página setenta y ocho y lea en voz alta la frase resaltada en amarillo. Solo esa frase.

La doctora se colocó los anteojos, pasó las páginas y leyó con cierta vacilación:

—"Sin embargo, debo destacar que hubo algunas discrepancias en el proceso de recogida".

Eric se inclinó hacia adelante.

—¿Podría explicar al jurado esas discrepancias?

La doctora Hartman se movió en su asiento, lanzó una mirada fugaz al jurado y contestó con un tono más cauteloso:

—Es posible que la recogida no se realizara en un entorno completamente estéril, lo que siempre plantea dudas de contaminación. El cuerpo fue hallado al aire libre, junto al río… y en esas condiciones es difícil mantener un ambiente totalmente controlado. Pero…

Eric la interrumpió con voz firme, leyendo directamente del informe:

—"Además, el proceso de análisis de ADN se prolongó inusualmente, lo que deja margen para posibles errores en los resultados". ¿No es así?

—Sí —admitió la doctora—. Es correcto.

Eric asintió y remató:

—Aunque la coincidencia es convincente, no puede descartarse la posibilidad de contaminación cruzada.

Un silencio denso se apoderó de la sala. Charlotte sintió cómo se le formaba un nudo en el estómago: Eric había dado con la grieta y la estaba abriendo frente al jurado.

—Doctora Hartman —prosiguió él, bajando el tono como quien conduce al oyente a una conclusión inevitable—, ¿está sugiriendo en su propio informe que las pruebas de ADN en este caso podrían ser poco fiables?

—Sí —respondió ella, con un dejo de frustración—. Aunque el ADN coincide, las circunstancias de su recogida podrían afectar a su fiabilidad. En ciencia forense debemos contemplar todas las variables, y aquí existe una posibilidad, aunque mínima, de error.

Eric se movió con renovada seguridad, acorralándola con preguntas rápidas:

—¿Y no es cierto que, sin un entorno controlado, cualquier prueba recogida sería cuestionable? ¿Que esto abre la puerta a interpretaciones alternativas?

La doctora asintió, su aplomo tambaleándose.

—Así es. La zona era transitada por otras personas, lo que podría ofrecer explicaciones alternativas para la presencia de ADN.

Eric se inclinó un poco hacia ella, con una media sonrisa.

—Entonces, aunque las pruebas vinculen al acusado con la escena, no prueban de manera definitiva su culpabilidad, ¿correcto?

—No, no lo hacen —dijo finalmente, con un dejo de impotencia.

Charlotte sintió su teoría del caso derrumbarse. Eric paseaba frente al estrado como un depredador confiado.

—Exploremos otra posibilidad. ¿No es cierto que esta muestra de ADN podría pertenecer a otra persona? ¿Quizás un amigo cercano? ¿O incluso… su propio padre?

—Es posible, pero… —empezó la doctora.

Eric la interrumpió con dureza.

—Pero nada, doctora. La fiscalía quiere pintar un cuadro nítido. Sin embargo, usted misma reconoce que esta coincidencia, este cabello, no es prueba concluyente de culpabilidad. ¿No es así?

La testigo, visiblemente nerviosa, intentó mantener la compostura:

—La presencia de ADN indica una conexión, pero por sí sola no equivale a culpabilidad.

—Gracias, doctora —dijo Eric con un gesto teatral, volviéndose hacia el jurado—. Señoras y señores, lo han oído de la experta. Las pruebas no solo son circunstanciales, también están empañadas por la duda. Recuerden: mi cliente es inocente hasta que se demuestre lo contrario, y hoy la fiscalía no ha cumplido con esa carga.

El murmullo se extendió por la sala. Charlotte percibió las miradas del jurado, ahora teñidas de incertidumbre, y sintió una punzada de frustración. Eric volvió a su asiento con una sonrisa triunfal, seguro de haber ganado terreno.

La doctora Hartman abandonó el estrado con paso inseguro, dejando tras de sí una nube de duda que impregnó la sala. Los días siguientes no hicieron más que reforzar esa atmósfera. La defensa llamó a varios testigos, incluido el propio padre de Kaya, cuyas respuestas, ambiguas y cargadas de dolor, abrieron aún más el espectro de sospechas. Algunos empezaron a preguntarse en voz baja si Reynolds era realmente culpable o si había algo más oscuro detrás.

Charlotte peleó con todas sus fuerzas, pero sentía cómo el juicio se inclinaba. La sombra de la duda, sembrada con precisión quirúrgica por Eric, se extendía sobre cada palabra, cada prueba, cada gesto. Y aunque Reynolds tenía un historial que lo condenaba en el pasado, ahora su culpabilidad parecía escurrirse entre los dedos de la fiscalía, dejándola a ella con la amarga sensación de estar perdiendo la batalla más importante de su vida.

***

La lluvia había cesado por fin, dejando tras de sí un mundo lavado y brillante mientras Charlotte caminaba hacia el juzgado para el último día del juicio. El cielo, de un azul claro con nubes blancas esponjosas, parecía casi en contraste cruel con la gravedad de lo que estaba por suceder. El aire fresco le llenaba los pulmones, como si la naturaleza le ofreciera un respiro antes de la tormenta que estaba a punto de desatar en la sala.

Vestía un impecable vestido negro, ajustado a su figura, complementado con una chaqueta blanca que resaltaba aún más la fuerza de su porte. Sus tacos resonaban con firmeza sobre el mármol del vestíbulo, marcando cada paso como un anuncio de la determinación que la sostenía. Al entrar, percibió de inmediato la tensión que impregnaba la sala: el murmullo contenido del público, la solemnidad del juez, la seriedad expectante del jurado. Y entre todo ello, la presencia discreta pero firme de su padre en el público, como siempre, dándole el apoyo silencioso que tanto necesitaba.

El juez abrió la sesión con voz grave:

—Buenos días a todos. Procederemos con los alegatos finales.

Charlotte se puso de pie, el pulso acelerado pero la voz clara, y fijó su mirada en los doce hombres y mujeres que tendrían en sus manos la justicia.

—Señoras y señores del jurado —comenzó—, hoy estamos en un cruce de caminos. Un momento que decidirá si una niña inocente, Kaya Adkins, recibe al fin la justicia que le fue negada en vida.

Hizo una pausa. Su voz era firme, pero en sus ojos brillaba la emoción contenida.

—Kaya era hija, hermana, amiga. Su risa llenaba las habitaciones de su casa. Ahora, ese vacío es lo que su familia carga día a día. Y ese vacío está aquí, en esta sala, con nosotros.

El jurado la observaba en un silencio absoluto. Charlotte continuó:

—Durante este juicio han escuchado pruebas, testimonios, peritajes. Cada detalle es un hilo. Y esos hilos, entrelazados, forman un tapiz que revela la verdad: Mark Reynolds no solo estuvo allí; fue él quien arrebató la vida de Kaya.

Su voz se elevó, firme y vibrante:

—La defensa ha querido marearlos con tecnicismos, sembrar dudas en terrenos fértiles para la confusión. Pero no olviden lo esencial. No olviden a Kaya. No olviden a sus padres que esperan respuestas, ni a sus hermanos que han perdido a su compañera de juegos, de risas, de sueños. La defensa quiere que miren al vacío y lo llamen duda. Yo les pido que miren a ese vacío y lo llamen por su nombre: culpabilidad.

Se detuvo, respiró hondo y bajó ligeramente el tono, llevándolo a un registro íntimo.

—Recuerden la cronología. Recuerden los testigos. Recuerden los restos de la droga para el perro hallados en la camioneta. Recuerden el ADN. Sí, fue hallado en un entorno abierto, sí, hubo dificultades técnicas. Pero las pruebas no se miran aisladas; se miran en conjunto. Y en conjunto, señoras y señores, forman una verdad clara e ineludible.

Su voz tembló apenas cuando invocó a su hermana Mari en silencio, como si la trajera al estrado con ella. Cerró los ojos un instante y luego miró de frente al jurado.

—Quiero que me vean no solo como fiscal, sino como hermana. Quiero que piensen en los hermanos de Kaya, que están ahí sentados hoy. ¿Pueden imaginar la confusión en sus ojos? ¿El dolor en sus corazones? ¿Pueden imaginar que esa hermana con la que debían crecer, reír y soñar… ya no está?

Charlotte apretó los labios antes de soltar las palabras más duras.

—Mark Reynolds se la llevó. De su propio patio. La drogó. La ató. La violó. Y cuando ya no le sirvió, la arrojó al río como si fuera nada.

Se giró, señalando con la mano al acusado.

—Ese hombre. Ese hombre fue quien robó la vida de Kaya.

El silencio era absoluto, salvo por el murmullo de un sollozo en el público. Charlotte aprovechó ese instante para dar el golpe final.

—No me limito a pedirles un veredicto. Les pido que reconozcan que la vida de una niña importa. Que su voz no se apague. Que su memoria se honre. Ustedes tienen el poder de decirle al mundo que Kaya no murió en vano. Que la justicia… que la justicia existe.

Dio un paso atrás, con la respiración agitada y los puños cerrados con fuerza.

—Kaya merece justicia. Sus hermanos merecen justicia. Su familia merece paz. Y ustedes, señoras y señores del jurado, tienen el solemne deber de otorgarla.

La sala quedó suspendida en un silencio ensordecedor. El eco de sus palabras flotaba en el aire como un peso imposible de ignorar. Charlotte se quedó inmóvil, dejando que ese silencio hablara por ella. No había nada más que añadir.

Entonces, el abogado defensor se levantó para presentar su alegato final. Eric Carter avanzó con calma hacia el jurado, proyectando seguridad. Su postura era relajada y su voz suave, pero cada palabra estaba calculada para sembrar duda.

—Señoras y señores del jurado —comenzó—, entiendo el peso emocional de este caso. Pero no estamos aquí para dejarnos arrastrar por la emoción, sino para buscar la verdad.

Con precisión quirúrgica, Eric fue desmontando los argumentos de Charlotte.

—Han escuchado a la doctora Hartman admitir que hubo discrepancias en la recogida de pruebas. La fiscalía quiere que pasen por alto esas dudas. Pero pregúntense: ¿pueden condenar a un hombre por asesinato basándose en pruebas que podrían estar contaminadas? La respuesta es no.

Charlotte lo observaba, con los nudillos blancos al aferrarse al borde de la mesa. Eric avanzaba con paso firme, modulando su voz con maestría.

—Mark Reynolds no es un monstruo —prosiguió—. Es un hombre injustamente acusado. Las pruebas que han escuchado son, en el mejor de los casos, circunstanciales. La fiscalía no ha demostrado más allá de toda duda razonable que él sea culpable de la trágica muerte de Kaya.

El jurado escuchaba con rostros impenetrables, y la sala parecía contener la respiración.

—No podemos permitir —concluyó Eric, alzando la voz justo lo suficiente— que las emociones nublen nuestro juicio. Condenar a Reynolds con pruebas tan endebles sería una injusticia, un error irreparable.

Cuando terminó, se inclinó levemente hacia el jurado y regresó a su asiento con una seguridad que hizo que a Charlotte se le erizara la piel.

El juez decretó un breve receso. El murmullo de los presentes llenó la sala como un enjambre. Charlotte salió al pasillo y se dejó caer en un banco frente a su padre. El tiempo se dilató en un silencio pesado, roto solo por el tic-tac del reloj y el ruido apagado de los pasos en los pasillos. William le sostuvo la mirada y, con un leve gesto de cabeza, intentó transmitirle serenidad. Pero Charlotte leía la preocupación en sus ojos tan claramente como en los suyos propios.

Cuando el receso terminó, todos volvieron a la sala. El juez habló con solemnidad:

—Señoras y señores del jurado, han escuchado las pruebas y los alegatos. Ahora es su deber deliberar y llegar a un veredicto.

Charlotte contuvo la respiración al ver al jurado retirarse con rostros serios y concentrados. Pasaron minutos, luego horas. Cada segundo pesaba como plomo.

Finalmente, el jurado regresó. El portavoz llevaba un papel doblado en la mano.

—¿Han llegado a un veredicto? —preguntó el juez.

—Sí, Su Señoría.

Charlotte se inclinó hacia adelante, el corazón martilleando en sus sienes.

—Por el cargo de asesinato en primer grado, declaramos al acusado… culpable.

Las palabras resonaron en la sala como un trueno. Charlotte sintió cómo una oleada de alivio y emoción la invadía al mismo tiempo. Sus ojos se llenaron de lágrimas. El público estalló en murmullos, y en primera fila, los padres de

Kaya se abrazaron entre sollozos, con el rostro marcado por el dolor y el alivio de haber obtenido, al fin, justicia.

Pero el momento se quebró casi de inmediato. Entre la multitud que comenzaba a levantarse, una de las socias junior de Charlotte irrumpió en la sala, con el rostro desencajado y un papel doblado en la mano. Avanzó apresurada hasta ella.

Charlotte tomó la nota con dedos temblorosos y la abrió. Su vista recorrió las líneas con rapidez y el color se le escapó del rostro.

Habían encontrado otra víctima. Una niña de diez años, hallada a veinte minutos al oeste de Washington D. C. El cuerpo mostraba signos de haber estado cautiva y de abusos prolongados. Había sido secuestrada meses atrás, a plena luz del día. Y las similitudes con el caso de Kaya eran escalofriantes.

Charlotte se llevó la mano a la frente, sintiendo un vértigo nauseabundo. El alivio que acababa de saborear se desmoronaba con brutalidad.

—Dios mío… —susurró.

Eric, al verla pálida, se acercó.

—Charlotte, ¿qué ocurre? ¿Hay algo que pueda hacer?

Ella le tendió el papel, con las manos aún temblorosas. El aire en la sala cambió de inmediato, pasando de la euforia contenida a una inquietud latente. La victoria acababa de ensombrecerse con un nuevo y terrible descubrimiento.

—Su Señoría —intervino Eric con rapidez, apenas un segundo después de que el juez se pusiera de pie para retirarse—. En vista del reciente descubrimiento de otra víctima con similitudes sorprendentes con este caso, solicito un nuevo juicio.

Un murmullo recorrió la sala. La moción era arriesgada, casi desesperada, pero tenía sustento legal. En Washington D. C., un nuevo juicio puede pedirse cuando surgen pruebas que, de haberse conocido durante el proceso, podrían haber cambiado el resultado. El obstáculo siempre era el mismo: convencer al tribunal de que esas nuevas pruebas eran no solo relevantes, sino lo suficientemente poderosas como para poner en duda el veredicto.

El juez se detuvo y lo observó en silencio. Los ojos de todos iban del juez a Eric, y de Eric a Charlotte. La idea de que Reynolds pudiera escapar de la condena la estremecía.

—Tomaremos un receso de veinte minutos —anunció finalmente el juez, con voz grave—. Necesito deliberar sobre esta moción.

Era inusual que un juez concediera un receso tan inmediato: un gesto claro de la seriedad de la situación. El jurado recibió instrucciones de permanecer en la sala, aislado del rumor de los pasillos. Charlotte se dejó caer en su asiento, con los músculos tensos, intentando ordenar sus pensamientos. El trabajo de meses, el dolor de años, pendían ahora de una sola decisión.

Veinte minutos después, el juez regresó. El murmullo se apagó como si alguien hubiera cerrado una puerta invisible.

—Tras considerar detenidamente la moción de la defensa —dijo con calma—, concluyo que las pruebas presentadas durante el juicio fueron suficientes para sostener la condena. Sí, hubo cuestionamientos sobre la recogida de ADN, pero ese testimonio se vio reforzado por otros elementos: los testigos, la droga del perro, las circunstancias y el contexto que, en conjunto, establecieron la culpabilidad del acusado más allá de toda duda razonable.

El juez hizo una pausa, dejando que cada palabra calara en la sala expectante.

—Las nuevas pruebas relacionadas con otra víctima, aunque profundamente trágicas, no socavan la integridad del veredicto ya alcanzado en este proceso. Por tanto, la moción para un nuevo juicio queda denegada.

Un suspiro colectivo recorrió la sala. Charlotte cerró los ojos, dejando escapar el aire contenido, una mezcla de alivio y agotamiento. Habían ganado. Kaya y su familia habían recibido justicia.

Pero mientras observaba a los padres de la niña abrazarse con lágrimas en los ojos, sintió también el peso de la otra noticia, la sombra de la nueva víctima que acababa de salir a la luz. La victoria, aunque real, estaba teñida de tristeza.

Charlotte se quedó un momento más en la sala vacía, sola con sus pensamientos. Había logrado lo que se propuso, pero sabía que la lucha apenas comenzaba.

CAPÍTULO XV

El murmullo del bar seguía envolviendo la mesa cuando Charlotte giró hacia su compañera. El rostro de la joven estaba teñido de una preocupación genuina, aunque su voz bajaba un par de tonos para que nadie más la escuchara.

Charlotte apretó los labios, conteniendo la irritación que bullía bajo la superficie. Sabía que *The Gavel* era un hervidero de chismes legales y que la línea entre lo profesional y lo personal era demasiado fina cuando todos vivían bajo el mismo círculo de juicios, conferencias y largas horas en los tribunales.

—Te lo agradezco, de verdad —respondió con firmeza, aunque en un tono lo bastante templado como para no sonar a la defensiva—. Pero Eric y yo no tenemos nada más allá de lo estrictamente profesional.

Su colega la observó unos segundos, como calibrando si debía insistir. Finalmente asintió, aunque sus ojos aún reflejaban inquietud.

Charlotte volvió la vista hacia el bar. Eric se encontraba al otro lado, conversando con un par de abogados de la defensa. Reía con naturalidad, su carisma desplegado como una bandera, atrayendo a todos los presentes. Su porte impecable contrastaba con las sombras que los rumores habían dejado sobre él. ¿Hasta qué punto eran ciertos? ¿Cuánto de ese magnetismo era fachada?

La duda se filtró en la mente de Charlotte, aunque intentó desterrarla enseguida. No quería mezclar su victoria en el juicio con insinuaciones ajenas. Sin embargo, algo en la advertencia de su compañera se le quedó enganchado, como una astilla que no podía ignorar.

Pidió otro trago, esta vez un simple whisky con hielo, buscando apagar la incomodidad que se le había instalado en el pecho. Mientras el hielo tintineaba en el vaso, recordó la nota que había recibido en la sala del tribunal, aquella que había cambiado por completo el sabor de su victoria: otra niña, otro cuerpo, otro horror que exigía respuestas.

La conversación con Eric, los cumplidos, los rumores… todo parecía desdibujarse frente a esa realidad. El alivio de haber conseguido justicia para Kaya se mezclaba ahora con la certeza de que la pesadilla no había terminado.

Charlotte bebió un sorbo lento, dejando que el alcohol le quemara la garganta, y decidió que no perdería más tiempo en distracciones. Si había algo que había aprendido durante ese juicio era que cada instante contaba, y que la línea entre la justicia y el desastre podía ser tan fina como un susurro en un bar lleno de abogados.

Charlotte frunció el ceño, inquieta por los rumores. —A la gente le encanta especular, ¿verdad? —comentó con un tono desdeñoso, aunque en su interior no podía evitar sentir una punzada de preocupación.

—Sí, es verdad —asintió su colega, apoyándole una mano en el hombro—. Solo ten cuidado, ¿sí? No me gustaría que te vieras envuelta en ningún drama innecesario.

—Gracias por avisarme —respondió Charlotte, esforzándose por sonar ligera a pesar de la irritación que le bullía por dentro. Valoraba su reputación, y sabía que la insinuación de impropiedad podía empañar años de trabajo y esfuerzo. Lo último que necesitaba eran chismes infundados complicando su vida profesional.

Al volver a la mesa, notó la frustración aferrándose a ella. Las insinuaciones sobre su relación con Eric le parecían invasivas, una distorsión de la compleja dinámica que siempre habían mantenido. Sí, había historia entre ellos, pero lo que le unía ahora a Carter era, por encima de todo, el campo de batalla profesional. No pensaba permitir que otros lo interpretaran de otra manera.

Se obligó a centrarse en lo positivo. El bar vibraba con un aire festivo, las luces parpadeaban como brasas alegres y las conversaciones de sus colegas fluían con complicidad. Charlotte se dejó arrastrar por la risa de sus colegas, alzando su trago para brindar por la victoria. Era su noche, y no iba a dejar que nada la ensombreciera.

Aun así, conforme avanzaba la velada, los recuerdos fueron asaltándola. Pensó en sus enfrentamientos con Eric en los juicios simulados de la facultad, en esa rivalidad férrea que siempre había tenido un matiz estimulante, casi eléctrico. Recordó también las noches de estudio compartidas, las confidencias susurradas entre páginas de apuntes, cuando la frontera entre amistad y algo más parecía difuminarse. Esa dualidad —respeto profesional y chispa personal— seguía latente, aunque empañada ahora por rumores maliciosos.

Las guirnaldas verdes, el resplandor dorado de las lámparas y el murmullo alegre del bar parecían subrayar esa paradoja: celebración y tensión, victoria y duda, todo entretejido en un mismo momento.

Cuando al fin decidió retirarse, optó por caminar hasta su apartamento. El aire frío del invierno le despejó la mente, y el resplandor de las luces navideñas por las calles de Washington D.C. le devolvió cierta serenidad. Cada destello parecía recordarle que la vida seguía, que había motivos para celebrar, pese a las sombras.

Al llegar a su edificio, se topó con Alfred, el conserje, apostado en la entrada.

—¿Otra noche de juerga, señorita Charlotte? —bromeó él, con su tono afable de siempre.

Charlotte rió suavemente. —Me conoce demasiado bien. Ya sabe lo que digo: siempre es agradable relajarse con amigos.

—Que tenga un buen viaje mañana —dijo Alfred con cordialidad—. Y salude a su familia de mi parte.

—Lo haré, Alfred. Feliz Navidad.

—Feliz Navidad, señorita Charlotte —respondió él, sonriendo con calidez antes de retirarse a su apartamento.

Ya en su propio piso, Charlotte se detuvo un instante. Sintió que el día merecía un cierre distinto. Volvió a bajar con una botella de *champagne* y tres copas en la mano. Golpeó la puerta de Alfred, decidida a compartir un gesto de gratitud y cercanía.

El pequeño apartamento del conserje la sorprendió: acogedor, lleno de fotografías familiares y de detalles personales que irradiaban calidez. Margaret, la esposa de Alfred, la recibió con una sonrisa luminosa.

—¡Charlotte! Qué sorpresa tan agradable —exclamó, invitándola a entrar.

Charlotte le entregó la botella. —Pensé que podíamos brindar antes de las fiestas.

Alfred descorchó el *champagne* con destreza y las burbujas chispearon al llenar las copas.

—Por la amistad y la alegría de estas fiestas —brindó Charlotte.

—Por la familia y los momentos entrañables —añadió Margaret, chocando suavemente su copa.

Conversaron largo rato, entre risas y anécdotas. Charlotte escuchó con atención cuando Margaret le habló de sus hijos, Emily y Joe, y de los nietos que pronto llenarían la casa de caos alegre. Era un retrato de vida sencilla, pero plena, y esa calidez se le quedó grabada.

Mientras la música navideña sonaba de fondo y las luces del árbol centelleaban, Charlotte dejó que su mente divagara, apreciando la serenidad del instante. Aquella velada improvisada le recordó el verdadero espíritu de la temporada: la familia, la gratitud, los lazos humanos que sostenían incluso en los momentos más oscuros. Y en ese rincón del edificio, entre brindis y confidencias, encontró un respiro necesario, un remanso de paz antes de lo que estaba por venir.

CAPÍTULO XVI

El viaje en auto hacia el campo de sus abuelos, en la madrugada de Nochebuena, era un trayecto familiar que siempre despertaba en Charlotte una oleada de nostalgia. El camino sinuoso se abría paso entre el paisaje imponente de las montañas Blue Ridge, donde el aire frío anunciaba nieve. El sol naciente bañaba de tonos dorados los picos ya cubiertos, y los árboles que bordeaban el camino se erguían solemnes, con sus ramas coronadas por una delicada escarcha que brillaba como diamantes al contacto con la luz. Bajo los neumáticos, el crujir constante de la nieve marcaba cada curva como un eco lejano de Navidades pasadas.

Al llegar al campo, la recibió una oleada de calidez. Estacionó en la entrada y contempló la casa de sus abuelos, engalanada para la ocasión. En las puertas colgaban coronas festivas, guirnaldas adornaban el porche y las columnas estaban envueltas por hileras de luces centelleantes que se prolongaban hasta el abeto del jardín, resplandeciente bajo la nieve. El aire estaba impregnado del aroma fresco del pino mezclado con el olor terroso del invierno. Charlotte sonrió, sintiendo la risa de Mari reverberar en su memoria, como si aún corriera a su lado por aquel mismo patio.

Al cruzar el umbral, la envolvió la vitalidad de la cocina. Su madre y su abuela trabajaban codo a codo en los preparativos, rodeadas de ingredientes coloridos: pimientos rojos, hierbas frescas, mantequilla derretida que brillaba como oro bajo la luz. El aire estaba cargado con el aroma de especias y el murmullo alegre de la música navideña. Los sonidos del picar y del chisporroteo creaban una sinfonía doméstica que hablaba de amor y de tradición.

La abuela Ann, con su clásico cárdigan verde y el cabello gris recogido en un moño pulcro, se movía con la elegancia serena de quien ha pasado décadas dominando aquella cocina. Sus ojos marrones, siempre cálidos, se iluminaron al ver entrar a Charlotte.

—¡Charlotte! ¡Has venido! —exclamó con alegría, removiendo una olla de salsa que desprendía un aroma irresistible.

La mesa, cubierta con un mantel rojo festivo, brillaba con la plata pulida y los centros de mesa de Navidad y flores de temporada. Charlotte respiró hondo, quitándose el abrigo y la bufanda, y por un instante dejó que los recuerdos la inundaran: los años en que decoraba el árbol junto a Mari, las risas compartidas en aquellos mismos pasillos, la sensación de un hogar lleno de luz. La dulzura del recuerdo llevaba consigo el filo del vacío: Mari ya no estaba, y esa ausencia teñía de melancolía la calidez de la escena.

—Tu madre empezó temprano esta mañana —comentó la abuela—, para que podamos disfrutar de la velada sin prisas. Esta noche celebraremos con todos nuestros platos favoritos: galeses, alemanes e italianos, como siempre.

Charlotte se unió a su madre, que estaba preparando la ensalada de papas familiar. El plato, de raíces alemanas, mezclaba papas tiernas con huevos duros y cebolla, aliñados con mayonesa o con un aderezo sencillo de aceite, vinagre, sal y pimienta. Era una receta que evocaba su infancia, cuando sus manos pequeñas se cubrían de mayonesa mientras ayudaba a su madre a cocinar. A un lado reposaba un *vitello tonnato*: finas rodajas de ternera bañadas en una cremosa salsa de atún y alcaparras, que añadían a la mesa un toque italiano esperado cada año. El estómago de Charlotte se estremeció al pensar en su plato predilecto: huevos rellenos con un mix de mayonesa y jamón del diablo.

—No puedo esperar a los huevos rellenos —dijo con ojos brillantes, arrancando una sonrisa cómplice a su madre.

Entre charlas y risas, la cocina se convirtió en el corazón palpitante de la casa. El tintinear de los cuchillos, el vapor de las ollas, la música suave de fondo: todo componía un ambiente de celebración, en el que tradición y cariño se entretejían con naturalidad.

De repente, el sonido de risas infantiles inundó la entrada. La familia Adkins llegaba, con los hermanos de Kaya corriendo hacia la sala de estar, las mejillas encendidas por el frío y la emoción. Charlotte los había invitado a compartir aquella Navidad, un gesto de apoyo y solidaridad tras la tragedia que los había marcado.

—¡Charlotte! ¡Ven a jugar con nosotros! —gritó el más pequeño mientras pasaba junto a ella, sus pasos resonando como música ligera camino del árbol de Navidad.

Charlotte los observó con ternura. El árbol se alzaba radiante en la esquina de la sala de estar, adornado con esferas de colores, luces parpadeantes y decoraciones hechas a mano que guardaban las huellas de años pasados. Cada adorno era un recuerdo, una historia congelada en el tiempo.

Se volvió hacia su madre con una chispa en los ojos. —¿Te has acordado de los regalos para los Adkins?

—¡Por supuesto, querida! —respondió su madre, sonriendo—. Están en el armario. Los pondremos bajo el árbol mientras los niños salen a buscar a Papá Noel a medianoche.

Charlotte sonrió al recordar esa tradición tan particular: los niños salían emocionados al patio, jurando haber visto renos o un trineo surcando el cielo, mientras dentro los adultos se apresuraban a dejar los regalos bajo el árbol. Al regresar, los pequeños encontraban las sorpresas y la magia se renovaba año tras año. Era una costumbre que habían preservado incluso después de la muerte de Mari, una manera de honrar su memoria y de mantener vivo el espíritu de alegría y generosidad que ella había encarnado.

Al caer la tarde, la familia se puso abrigos, bufandas y gorros, lista para ir a la iglesia. La temperatura exterior había descendido con rapidez y el aire, fresco y punzante, traía consigo la promesa de nieve. De la mano, caminaron sobre la suave nieve crujiente, mientras las luces del campo titilaban a lo lejos como estrellas en el cielo nocturno. La iglesia se alzaba al final del camino, con su campanario elevándose sobre las copas de los árboles, iluminado por cálidas luces doradas que adornaban su entrada.

En el interior, el calor de la iglesia los envolvió, en marcado contraste con el frío del exterior. El aroma del pino se mezclaba con el de las velas encendidas, llenando el santuario con un aire acogedor. La congregación ya estaba reunida; sus voces se alzaban en canto, armonizando maravillosamente mientras daban la bienvenida al espíritu navideño. Charlotte recorrió con la mirada los rostros de la multitud y reconoció a viejos amigos de la comunidad Monacana, niños con los que había crecido, muchos de los cuales habían acompañado a su familia cada Nochebuena desde la muerte de Mari. Aquella tradición había comenzado como un gesto de apoyo y solidaridad, una forma de honrar la memoria de su hermana y de ofrecer consuelo en tiempos difíciles. Con los años, se transformó en un ritual entrañable que simbolizaba los lazos duraderos de la amistad y reflejaba la curiosidad y el respeto mutuos por las creencias y costumbres de cada comunidad.

A medida que avanzaba el servicio, Charlotte se perdió en los recuerdos de su infancia. Evocó las muchas Navidades compartidas con sus amigos Monacan, cuyas familias se unían a la suya para celebrar. La conexión entre ambos grupos siempre había sido fuerte, un vínculo que trascendía las diferencias y le daba un sentido de pertenencia. En la escuela, donde la mayoría de los niños lucían cabello oscuro y piel morena, rasgos del linaje Monacan, Charlotte solía sentirse una extraña con su melena rubia y su piel tan clara. Había sufrido burlas y abucheos por ser distinta, heridas que le dolían en su joven corazón. Pero sus amigos Monacan la habían defendido de los acosadores y la acogieron en su círculo.

Los recuerdos se sucedieron: días jugando en el bosque, trepando árboles y compartiendo historias de su herencia, con risas que resonaban como música en el aire fresco. Charlotte había desarrollado un profundo interés por la vida Monacan, ansiosa por aprender su historia y sus rituales. Los niños Monacan, a su vez, mostraban la misma curiosidad por sus raíces galesas. Juntos forjaron una amistad cimentada en el entendimiento y el respeto. Recordaba las vibrantes ceremonias de la cosecha del maíz, en las que las familias daban gracias por la abundancia de la tierra, y los rituales de siembra de primavera, destinados a bendecir las cosechas, siempre cargados de un hondo respeto por la naturaleza. A menudo le pedían que contara sobre las celebraciones del Día de San David, cuando su familia festejaba con canciones tradicionales galesas, lecturas de poesía, danzas y recitaciones de célebres textos de su tierra.

Con cada himno, Charlotte sentía una oleada de gratitud por esas amistades, especialmente en un momento tan difícil para la comunidad Monacana. El reciente juicio pesaba todavía en su mente, recordándole el dolor y la pérdida que seguían presentes. El servicio le trajo una paz momentánea, un espacio para reflexionar sobre el amor que los rodeaba y la fortaleza que brindaba la unión comunitaria. Cuando el pastor habló de esperanza y resiliencia, estableciendo paralelismos entre la historia navideña de nuevos comienzos y el espíritu perdurable del pueblo Monacan, el corazón de Charlotte se llenó de un renovado sentido de propósito. Sintió la calidez de la temporada abrazarla, recordándole que incluso en la adversidad, la luz del amor y la fe podía guiarlos hacia adelante.

Después del servicio, las familias se reunieron afuera. Las risas llenaron el aire mientras se intercambiaban felicitaciones y cálidos abrazos. Charlotte sintió una presencia reconfortante entre sus amigos, como si su historia compartida iluminara la oscuridad de su corazón.

De regreso al campo, sus pensamientos se desviaron hacia Mari, su hermana, que siempre había amado la Navidad: se entusiasmaba con las decoraciones, ayudaba a su madre en la cocina y preparaba regalos especiales para todos. Mari irradiaba alegría, su risa resonaba por la casa mientras colgaban adornos en el árbol o horneaban masas en la calidez del hogar. A menudo preparaban *Bara Brith*, un pastel de frutas galés que la familia había adaptado en forma de masas afrutadas. También disfrutaban horneando pasteles galeses, cuyo dulce aroma se mezclaba con el ambiente festivo. Mari siempre sugería hacer bolas de nieve: macarrones de coco espolvoreados con azúcar, listos para compartir con amigos y familiares.

Al llegar al campo de la abuela Ann, el ambiente era electrizante, lleno de calidez familiar y de la emoción de la Navidad. Se reunieron en torno a la mesa, hermosamente dispuesta y adornada con decoraciones festivas, preparados para compartir una comida que nutriría tanto sus cuerpos como sus espíritus. Charlotte levantó su copa, con el corazón desbordado de amor y gratitud por la familia que la rodeaba. Brindaron por la memoria de los seres ausentes, una tradición que había cobrado especial fuerza tras la partida de Mari, y el momento resultó tan agridulce como reconfortante.

—Antes de empezar, recordemos a quienes no están con nosotros —dijo el padre de Charlotte al alzar su copa—. Por Mari, por Kaya y por todos los que amamos. Que sus espíritus vivan en nuestros corazones en estas fiestas.

La conversación fluyó con naturalidad, y las risas llenaron la sala mientras compartían historias y recuerdos. Los hijos de los Adkins, con los ojos brillantes de expectación, aguardaban impacientes el momento de abrir sus regalos; su alegría era contagiosa.

Cuando el reloj marcó la medianoche, levantaron sus copas para brindar por el día de Navidad: una celebración del amor, la esperanza y el espíritu duradero de la familia. Tras el brindis, el padre de Charlotte salió corriendo a disfrazarse de Papá Noel, mientras los demás llevaban a los niños al exterior para "buscarlo". Minutos después regresaron, entre carcajadas, y lo sorprendieron aún colocando regalos bajo el árbol. Los ojos de los pequeños se abrieron con asombro: estaban seguros de haber visto a Papá Noel. Él repartió los paquetes, recibidos con gritos de júbilo, antes de soltar una carcajada y marcharse.

Al amanecer del día de Navidad, Charlotte despertó con la suave luz que se filtraba por la ventana de su dormitorio. Risas y conversaciones procedentes de la casa de invitados, donde los Adkins habían pasado la noche, llenaban el aire de emoción.

Pero mientras yacía en la cama, su mente volvió al juicio. Las conexiones entre la tragedia de Kaya y la de Mari eran demasiado significativas para ignorarlas. Decidida a descubrir la verdad, costara lo que costara, Charlotte se aferraba a la convicción de haber logrado justicia para Kaya. Aun así, la inquietante sospecha de que podían existir nuevos culpables en el caso de Mari empañaba la certeza sobre Reynolds. Cuanto más pensaba en las implicaciones, más crecía su ansiedad: cualquier revelación podía alterar la narrativa y cambiar el rumbo de su búsqueda de justicia para ambas niñas.

Dejando esos pensamientos a un lado por el momento, Charlotte quiso entregarse a la alegría de la Navidad con su familia. Se levantó de la cama y se vistió con un cómodo sweater rojo adornado con copos de nieve, acompañado de unos leggings oscuros que la mantenían abrigada. El atuendo festivo la envolvía como un abrazo reconfortante.

Mientras bajaba las escaleras, el aroma del café recién hecho y de los rollos de canela la atrajo hacia la cocina. Su madre se movía con alegre energía, ocupada en los preparativos del desayuno. La abuela Ann y la señora Adkins la ayudaban, mientras que el señor Adkins y los niños aguardaban sentados en la mesa de la sala de estar. Además de los rollos de canela, su madre preparaba una cazuela de huevos Benedict: esponjosos muffins ingleses con jamón ahumado y huevos perfectamente cocidos, bañados en una rica salsa holandesa. La escena rebosaba vitalidad, con el tintinear de las ollas y las risas llenando el ambiente.

—¡Buenos días, cariño! —saludó su madre con una sonrisa que iluminó la habitación. Llevaba un delantal verde festivo sobre su camisa de cuadros, cuyos colores reflejaban el espíritu navideño. —¡Buenos días, mamá! ¡Qué bien huele aquí!

La abuela Ann, vestida con un cómodo sweater color crema que contrastaba con sus pantalones verde oliva, se volvió hacia Charlotte con los ojos brillantes. —Estamos a punto de sacar los rollos de canela del horno. ¡Querrás probarlos calientes y recién hechos!

Las charlas y las risas fluían con naturalidad mientras todos colaboraban en la cocina. La emoción del día llenaba el aire, y Charlotte sintió una renovada esperanza al prepararse para celebrar juntos la Navidad.

Justo entonces apareció su padre, como siempre tarde para ayudar, pero puntual para sentarse a la mesa. Con la mesa dispuesta con esmero y la tentadora variedad de rollos de canela y huevos Benedict, Charlotte no pudo evitar sentir una chispa de alegría en medio de la tormenta de pensamientos que seguía agitándose en su mente. Ese sería un día dedicado a la familia, al amor y a los recuerdos, y tenía la firme intención de disfrutarlo plenamente.

Tras el desayuno, cuando ya habían retirado los platos, Charlotte se excusó y se apartó hacia un rincón tranquilo de la sala de estar. El suave resplandor de las luces del árbol de Navidad iluminaba su rostro, mientras sus pensamientos regresaban a la conversación con el señor Adkins en el campo de los Underwood: aquellas palabras crípticas sobre sus sospechas y los extraños sucesos que rodearon la muerte de Kaya. Se habían grabado en su memoria y comprendió que ya no podía posponer más su propia investigación. La necesidad de honrar la memoria de Mari y descubrir la verdad palpitaba con fuerza en su interior.

Con un suspiro, tomó la decisión de que, tan pronto como concluyeran las fiestas, profundizaría en la información que le había dado el señor Adkins. Necesitaba analizar los detalles y determinar si había conexiones que pudieran acercarla a la verdad.

No obstante, una voz en su interior le recordaba que debía mantener la cautela. El juez del caso de Kaya había denegado la moción de la defensa para un nuevo juicio, y con razón, pensaba ella. Había pocos datos sobre la nueva víctima. Sí, las similitudes con el caso de Kaya eran inquietantes, y la niña parecía haber sido secuestrada mientras Reynolds estaba en prisión, pero aquello solo probaba que él no era responsable de ese nuevo crimen. Nada, hasta entonces, vinculaba el hallazgo con el caso de Kaya. Y en aquel momento, realmente, sabían muy poco.

Charlotte agradecía que el juez hubiera rechazado la moción: eso permitía que la investigación sobre la nueva víctima siguiera adelante sin desviar la atención del veredicto alcanzado. Si en algún momento esa investigación revelaba información capaz de exonerar a Reynolds, habría tiempo para afrontarlo. Por ahora, lo que importaba era centrarse en el caso de Mari y asegurarse de que la justicia llegara para ambas.

CAPÍTULO XVII

Charlotte sabía que tenía que encontrar la manera de hablar con Emmanuel Salazar. El señor Adkins había mencionado que podría estar viviendo en un pueblo cercano. Floyd, Virginia, era una pequeña localidad enclavada a los pies de las majestuosas montañas Blue Ridge. Un pueblo pintoresco y rural que había conservado gran parte de su encanto desde los años sesenta. En los ochenta, era conocido por su comunidad unida y sus paisajes encantadores, con apenas unos miles de habitantes, lo que lo convertía en un lugar acogedor donde todos parecían conocerse.

Mientras Charlotte conducía por los sinuosos caminos que llevaban a Floyd, se dejó envolver por la belleza rústica de la región. El paisaje estaba cubierto por una delicada capa de escarcha, y las ramas desnudas de los árboles caducifolios brillaban como plata bajo el cielo invernal. El centro del pueblo estaba marcado por sus fachadas de madera, muchas de principios del siglo XX, pintadas en tonos pastel apagados y adornadas con letreros artesanales que se mecían suavemente con la brisa fría. La calle principal estaba animada con pequeñas tiendas: anticuarios repletos de tesoros polvorientos, con escaparates que exhibían baratijas vintage y fotografías descoloridas; una ferretería familiar con suelos de madera que crujían como si guardaran secretos de generaciones; y una acogedora cafetería, *The Floyd Grind*, un clásico del lugar desde antes de que ella naciera. De la panadería cercana llegaba el aroma de las tartas de manzana, dulces y tibias, que se mezclaba con el olor del café recién tostado, atrayendo a vecinos y visitantes de otros pueblos en busca de conforte.

En contraste, Charlotte recordaba cómo había sido Floyd décadas atrás: aún más tranquilo, casi una aldea somnolienta donde los chismes viajaban más rápido que los pocos autos que cruzaban sus calles. Entonces las tiendas eran simples locales generales, con estanterías llenas de productos básicos y utensilios domésticos. Ahora, con la llegada de artistas y músicos atraídos por el paisaje, Floyd había adquirido un aire vibrante, con festivales que celebraban la artesanía local, la música *bluegrass* y las tradiciones de la región.

Charlotte estacionó su auto junto a la pequeña comisaría, un edificio modesto con un letrero azul descolorido que rezaba: *Oficina del Sheriff del Condado de Floyd*. Su fachada de ladrillo con molduras blancas parecía salida de otra época, como si aún vigilara la historia del pueblo. Ajustándose la chaqueta azul marino sobre su blusa blanca impecable y los pantalones negros a medida, salió del auto. Su moño rubio y su maquillaje discreto le daban un aspecto pulcro y sobrio.

Dentro la esperaba el sheriff Thom Samuels, un viejo conocido de sus días de la escuela secundaria. Las paredes estaban adornadas con fotografías de eventos comunitarios y condecoraciones, testimonio de la cercanía entre agentes y vecinos. Samuels seguía siendo aquel rostro amable de su juventud, aunque ahora con el cabello algo canoso y la misma sonrisa acogedora.

—¡Charlotte! ¡Cuánto tiempo sin verte! ¿Qué te trae de vuelta a Floyd?

—Hola, sheriff Samuels —respondió ella con cortesía. —En realidad, estoy buscando a Emmanuel Salazar. He oído que podría estar viviendo por aquí.

—¿Emmanuel? Sí, creo haber escuchado algo. Puede que viva solo en la antigua finca Thompson —dijo, rascándose la barbilla pensativo—. Lo último que supe es que su mujer lo dejó hace tiempo y ha sobrevivido haciendo trabajos temporales en el campo. No es una vida fácil.

Charlotte sintió algo de compasión al pensar en la dureza de esa vida. —Gracias, sheriff. ¿Sabe si tiene hijos o alguien más con él?

—Que yo sepa, está solo. Apenas le queda familia por aquí. Pero ten cuidado, Charlotte. Ha pasado momentos difíciles y… la gente dice que no es el mismo desde entonces.

Ella asintió, agradeció la información y salió de la comisaría con la mente inquieta. La presión de la investigación pesaba en ella, pero un propósito firme la empujaba hacia adelante: debía hablar con Emmanuel cuanto antes.

Mientras caminaba por la calle principal, se dejó envolver por las imágenes y sonidos familiares de Floyd. El aire frío cortaba la piel, y a través del ventanal de la cafetería reconoció una cara querida. Era Maya, una amiga de la comunidad Monacana, siempre presente en su vida. Llevaba una bufanda roja que resaltaba sus rizos oscuros y su cálida piel morena brillaba bajo la pálida luz del invierno.

—¡Charlotte! ¡Qué sorpresa! —exclamó Maya, recibiéndola con un abrazo afectuoso. La cafetería estaba aún decorada con adornos festivos, un eco de la Navidad que flotaba en el aire—. ¿Cómo estás? Ven, siéntate conmigo. He oído algunas cosas… ¿qué ocurre?

—Estoy bien, solo muy ocupada —respondió Charlotte, sentándose con cierta reticencia y una leve sonrisa—. En realidad estoy investigando el caso de Mari. Estoy intentando atar algunos cabos.

El gesto de Maya se ensombreció. —No imagino lo duro que debe ser para ti volver a todo eso. ¿Has encontrado algo que te ayude a entender lo que pasó?

Charlotte vaciló, pero terminó contándole lo que Adkins le había dicho sobre Emmanuel Salazar y su posible conexión con Reynolds. Tras resumir la conversación, añadió con cautela:

—El señor Adkins mencionó que Salazar podría saber algo sobre Reynolds y sobre los hombres que trabajaban en el campo de mi abuelo cuando murió Mari. Necesito hablar con él. De hecho, iba a buscarlo cuando te vi.

Maya escuchó en silencio, sorbiendo su café, mientras el vapor se alzaba como un velo tibio entre ellas. —Sabes, he oído rumores sobre Jack Henry. Dicen que estaba presente en esa época. ¿Crees que podría estar implicado?

Un escalofrío recorrió a Charlotte al escucharlo. —Sé que andaba por allí —admitió en voz baja—. Pasaba mucho tiempo conmigo en el campo, siempre ayudándome incluso a ensillar los caballos. Pero no creo que estuviera involucrado en nada malo. Crecimos juntos. No es ese tipo de persona.

—Pero tienes que admitir que es extraño —insistió Maya—. La forma en que desapareció durante un tiempo… y ahora, con todo lo que está pasando. Un amigo del restaurante me dijo que lo han visto merodeando por la antigua finca Thompson. No suena bien, Charlotte.

Charlotte sintió un estremecimiento, pero negó con la cabeza. —Lo dudo. Floyd es un pueblo pequeño y acogedor. No creo que algo así pueda suceder aquí.

Maya se inclinó hacia ella. —Aun así, mantén los ojos abiertos. Después de todo lo vivido, debemos tener cuidado en quién confiamos. Vigila a Jack Henry y también a Emmanuel Salazar.

Charlotte asintió lentamente, mientras los recuerdos de Jack Henry y su relación pasada la invadían con fuerza. Un torbellino de emociones la dejó confundida. —Lo haré, Maya. Te lo prometo.

Mientras charlaban sobre los viejos tiempos y se ponían al día de sus vidas, Charlotte sintió una calidez inesperada. A pesar del peso de la investigación, reencontrarse con Maya le recordó la fuerza de su historia compartida y los lazos que aún las unían.

Tras despedirse de ella, Charlotte subió a su auto con el corazón apesadumbrado por los recuerdos que la conversación había despertado. La sensación cálida de la nostalgia se disipó con rapidez, sustituida por la urgencia de su misión. Giró la llave y el motor rugió con un sonido firme que, de algún modo, la tranquilizó en medio del torbellino de pensamientos que le recorrían la mente.

Mientras avanzaba por las pintorescas calles de Floyd, las fachadas de madera, los árboles cubiertos de escarcha y las montañas Blue Ridge a lo lejos se difuminaban a su paso. Cada curva le resultaba familiar y al mismo tiempo extraña, como si evocara un pasado a la vez reconfortante e inquietante. Sus pensamientos corrían por delante, enredándose en la maraña de conexiones que había empezado a descubrir.

¿Y si el secuestro a plena luz del día de la nueva víctima estuviera relacionado con el caso de Kaya? Las similitudes escalofriantes avivaban un temor profundo. El caso de Kaya compartía detalles con su propio pasado. ¿Podría ser que el mismo monstruo que se había llevado a Mari estuviera detrás de esta tragedia? ¿O se trataba de algo aún más oscuro: una red insidiosa que se alimentaba de niñas inocentes, con Reynolds en el centro?

Charlotte apretó con fuerza el volante mientras se enfrentaba a la aterradora posibilidad del tráfico de menores. La sola idea le resultaba tan ajena como espantosa, pero los descubrimientos recientes se le clavaban como un peso imposible de ignorar. No lograba sacudirse la sensación de que todos estos casos estaban entrelazados en una misma telaraña siniestra.

Recordó los informes de secuestros, abusos y tráfico de niñas que habían proliferado entre los años cincuenta y ochenta, no solo en Virginia, sino en todo los Estados Unidos.

El recuerdo del caso de Adam Walsh seguía vivo: el niño de seis años secuestrado en un centro comercial de Florida, cuyos restos fueron hallados dos semanas después en un canal de drenaje. Aquella tragedia había estremecido a la nación. La posguerra había traído un inquietante aumento de delitos contra mujeres y niños, y la cobertura mediática comenzaba a destapar horrores que durante demasiado tiempo habían permanecido ocultos. A medida que el movimiento feminista ganaba impulso, los debates sobre violencia y explotación sexual empezaban a romper silencios.

Y allí estaba ella, en Floyd, contemplando la posibilidad de que el secuestro de su propia hermana formara parte de ese mismo legado siniestro. El pensamiento le heló la sangre. ¿Y si Emmanuel, con su conexión al campo, había estado implicado en algo mucho más oscuro de lo que nadie se atrevía a imaginar? ¿Y si tenía lazos con una red de depredadores que operaban en las sombras?

El camino que serpenteaba frente a ella parecía reflejar su confusión interior. Había dedicado su vida a la justicia, pero la magnitud de lo que empezaba a vislumbrar amenazaba con deshacer todo por lo que había luchado. ¿Sería capaz de recorrer ese terreno traicionero sin perderse en el proceso?

Al acercarse a la casa de Emmanuel Salazar, sintió de golpe la realidad de su misión. Necesitaba respuestas, aunque temía tanto lo que podría encontrar como lo que aún ignoraba. El peso de la sospecha sobre tráfico de menores no la abandonaba, y presentía que esa conversación con Emmanuel podía darle claridad… o arrastrarla aún más al abismo de la incertidumbre.

Charlotte estacionó su auto frente a la modesta vivienda. El aire helado se coló en su abrigo en cuanto bajó y se abrochó la chaqueta con un gesto rápido. Las preguntas sobre Kaya, sobre Mari y sobre los patrones que emergían como espectros en la penumbra exigían respuestas.

Mientras avanzaba hacia la puerta principal, el sol poniente proyectaba sombras alargadas y la envolvía en una sensación perturbadora. El aire se sentía espeso, cargado de algo que no sabía nombrar. ¿Era solo el frío? ¿O había algo más, algo acechando fuera de su vista?

¿Qué estaba a punto de descubrir realmente? Era como si se adentrara en un rincón oscuro del pasado familiar, uno que había permanecido enterrado demasiado tiempo. La posibilidad de desenterrar algo peligroso le erizó la piel.

Con renovada determinación, se alisó el cabello y llamó a la puerta. Nadie contestó. Volvió a golpear, esta vez con más fuerza, y el sonido retumbó en la quietud de la tarde. Aguzó el oído, pero no percibió más que el susurro de las hojas en la brisa fría.

—¿Señor Salazar? —llamó, alzando la voz.

Silencio. El ambiente pesado hacía que cada segundo pareciera una eternidad. El patio, teñido por la luz declinante, proyectaba sombras inquietantes.

Se apartó de la entrada y recorrió la fachada con la mirada. La casa, con la pintura descascarada y la madera gastada, parecía abandonada desde hacía años. Las ventanas, cubiertas de polvo y suciedad, apenas dejaban pasar la luz. Charlotte se desplazó con cautela hacia un costado, buscando un ángulo mejor.

Pegó el rostro al cristal turbio y trató de distinguir algo dentro. El interior estaba apenas iluminado, las sombras de los árboles del exterior danzaban sobre las paredes, y alcanzó a distinguir muebles cubiertos de polvo. Partículas suspendidas en el aire brillaban en la penumbra, dando al lugar un aire espectral. ¿De verdad no había nadie?

Inquieta, decidió rodear la casa y probar con la puerta trasera. Sus pasos se amortiguaban en la hierba húmeda y descuidada, que crecía entre parches de nieve derretida. El jardín trasero estaba cubierto de maleza, y apenas se adivinaban los restos de lo que alguna vez fue un huerto. Todo parecía abandonado, como si el tiempo se hubiera detenido en ese rincón olvidado del mundo.

Al acercarse a la puerta trasera, un escalofrío le recorrió la espalda. La madera estaba gastada y agrietada, la pintura se desprendía como piel seca. Extendió la mano hacia el picaporte, convencida de que estaría cerrada, pero para su sorpresa giró sin resistencia entre sus dedos. La puerta cedió con un largo crujido, revelando un interior oscuro, como una boca abierta dispuesta a tragársela.

—¿Señor Salazar? —llamó Charlotte, asomándose a las tinieblas.

El silencio pareció devorar su voz. Entró con cautela, mientras la tenue luz que se filtraba por las ventanas sucias apenas alcanzaba a proyectar sombras alargadas sobre las paredes amarillentas.

El aire era viciado y helado, impregnado de ese olor agrio que deja el abandono. El polvo cubría cada superficie, y las telarañas colgaban de las esquinas como cortinas fantasmales. La sala de estar estaba abarrotada de muebles viejos, pesados, que parecían haber quedado varados allí por décadas. Un sillón hundido se desmoronaba en una esquina, mientras una mesa ratona maltrecha se amontonaba con periódicos amarillentos y cajas vacías de comida para llevar.

Los restos de una vida flotaban en aquel aire detenido: un televisor apagado al fondo, la pantalla muerta bajo una capa de polvo, como si nadie lo hubiera tocado en años. El silencio era tan denso que cada crujido de las tablas bajo sus pies resonaba como una advertencia.

Conforme se adentraba en la casa, los sentidos de Charlotte se agudizaron. Avanzaba despacio, el pulso en los oídos, escudriñando las habitaciones en penumbra. El ambiente pesaba, cargado con secretos demasiado viejos para haber sido olvidados.

Cruzó con cautela al cuarto contiguo y se le cortó la respiración. El suelo estaba cubierto de envoltorios de comida, y cucarachas diminutas escaparon a toda prisa al sentir su presencia. En una esquina, una manta sucia y deshilachada descansaba arrugada, manchada por el uso. Al verla, Charlotte sintió que el estómago se le encogía: alguien había estado viviendo allí, entre aquella miseria.

Las palabras del sheriff sobre la vida difícil de Emmanuel volvían a su mente, pero lo que tenía frente a ella parecía ir más allá de la simple penuria. ¿Dónde estaba ahora? ¿Seguía allí escondido, o se había marchado? La incertidumbre la mantenía alerta, y la necesidad de respuestas se volvía apremiante.

De regreso al pasillo, el silencio se cerró sobre ella. El aire era más espeso, casi sofocante. Miró hacia la puerta trasera, debatiendo su próximo paso. Tal vez el cobertizo del patio guardara alguna pista.

Al salir, el frío nocturno la golpeó de lleno. La hierba alta y enmarañada dificultaba el avance hasta el cobertizo, cuya puerta entreabierta se balanceaba con la brisa. Una quietud inquietante lo envolvía todo; la oscuridad del interior parecía respirar, atrayéndola hacia sí.

Cuando alargó la mano hacia el picaporte, un sonido la detuvo. Al principio fue apenas un murmullo, como hojas agitadas, pero pronto se transformó en pasos. Pasos firmes. Cercanos. El pulso de Charlotte se aceleraba mientras los oyó hacerse más fuertes, más nítidos, resonando en la quietud de la noche.

Instintivamente, se apartó del cobertizo y retrocedió hacia la parte trasera de la casa. El aire frío quemaba en sus pulmones mientras buscaba con la mirada la fuente del ruido.

La sensación era clara: alguien se acercaba. Una presencia invisible, cargada de peligro.

Se escondió detrás de un árbol, apoyando la espalda contra la corteza áspera, conteniendo la respiración. El mundo se sumió en un silencio expectante.

¿Quién estaba ahí fuera? ¿Emmanuel? ¿Otra persona? ¿Alguien peligroso?

De pronto, una silueta cruzó corriendo entre la casa de Salazar y la del vecino. Una figura grande, apurada, cuyos pasos resonaban sobre el suelo helado.

Charlotte sintió que la sangre se le helaba, pero, aun así, decidió salir de su escondite y correr hacia el sonido. Cada instinto le suplicaba que permaneciera oculta, pero la adrenalina fue más fuerte. Al girar la esquina, chocó de frente contra una figura imponente. El impacto la derribó de inmediato y, al golpear el suelo, perdió el conocimiento.

CAPÍTULO XVIII

Charlotte despertó lentamente, con el mundo a su alrededor reducido a una mancha borrosa y desorientadora. A medida que sus sentidos regresaban, descubrió que estaba tendida en una cama blanda pero desconocida. Las sábanas contrastaban con el frío que se le pegaba a la piel. El aire era denso, impregnado de un tenue aroma a canela mezclado con otro olor indefinible que le resultaba inquietantemente familiar. Las sombras titilaban a su alrededor como espectros, y la confusión se apoderó de ella.

Parpadeó, intentando ordenar sus pensamientos, pero el mareo la vencía. El pánico la golpeó cuando notó que estaba sin pantalones: solo unas bragas y una camisa demasiado grande que le quedaba holgada. La tela se deslizó por su hombro al moverse, dejando parte de su piel expuesta al aire frío. Era una camisa de hombre, impregnada con un leve rastro de colonia y un fondo terroso imposible de identificar.

El corazón de Charlotte se aceleró al recordar lo último: había chocado con una figura alta, oscura… y después, nada. ¿Dónde estaba?

Antes de que pudiera incorporarse, un peso se impuso sobre su cuello, inmovilizándola. Una mano fuerte le apresó las muñecas, forzándolas por encima de su cabeza. Otra mano áspera cubrió su boca. El miedo la atravesó como un rayo.

—No grites —susurró una voz grave, con un matiz extraño, entre calma y amenaza.

El calor del aliento masculino le rozó la cara, cargado de cigarrillos y sudor. Charlotte se tensó, forcejeando en vano.

Apenas podía distinguir su silueta en la penumbra, pero el peso de su cuerpo la aplastaba. Cada latido de su corazón era un tambor de desesperación.

La mano que le tapaba la boca descendió lentamente hasta su barbilla, luego a su cuello. El contacto, sorprendentemente suave, le erizó la piel. Él acercó el rostro, rozándole la oreja con los labios.

—Tranquila… —murmuró, con un tono que oscilaba entre la autoridad y algo más perturbador—. Relájate.

La respiración de Charlotte se aceleró, el estómago se le encogía. Su mente gritaba que empujara, que escapara, pero su cuerpo permanecía paralizado.

—No te muevas —susurró él, con una voz baja que contenía algo indefinible.

Sus dedos descendieron, recorriendo su pecho, luego la curva de su vientre. El miedo la estrangulaba mientras él le sujetaba el muslo y comenzaba a separar sus piernas.

La desesperación la consumía. Por favor, detente, rogó en silencio. Cuando sintió cómo le bajaba las bragas, un detalle detonó en su mente: ese aroma, mezcla de tierra y pino, inconfundible, familiar.

—¿Jack Henry? —murmuró, con la voz quebrada por la confusión.

El silencio se alargó, denso, hasta que él aflojó el agarre.

—Por fin —dijo con calma, casi burlón—. Llevas tres horas inconsciente. Empezaba a preguntarme si volverías en ti.

Charlotte sintió una oleada de furia mezclada con alivio. La indignación le recorrió las venas.

—¿Jack Henry? —repitió, incrédula—. ¿Qué estoy haciendo aquí? ¿Qué estabas haciendo?

Él sonrió, soltando sus muñecas, y se levantó de la cama. Encendió una lámpara, revelando un cuarto rústico, amueblado con piezas antiguas que parecían congeladas en el tiempo.

Charlotte entrecerró los ojos ante la luz, ajustándose la camisa instintivamente para cubrirse.

—En serio, ¿qué estabas haciendo? —le espetó, la voz afilada.

—Esperar a que despertaras —replicó Jack Henry con serenidad—. Chocaste conmigo, tu cara golpeó mi hombro y te desplomaste. Te desmayaste y diste contra el suelo.

—No —negó Charlotte, aún incrédula—. No lo creo. ¿Qué hacías realmente allí?

La expresión de Jack se suavizó, tornándose preocupada.

—Me encontré con el sheriff Samuels en la cafetería. Me dijo que habías estado haciendo preguntas sobre Emmanuel Salazar.

—¿Te preocupaste por mí? —preguntó Charlotte, bajando un poco la guardia. Lo miró fijamente, buscando sinceridad en sus ojos.

—Por supuesto —asintió él con firmeza—. Salazar es un tipo extraño. No deberías haber ido a buscarlo sola.

Charlotte sintió cómo el alivio y la gratitud se entrelazaban con la desconfianza.

—No necesitaba tu ayuda —dijo, desafiante, aunque sabía que en el fondo agradecía su presencia.

—Debes tener cuidado —insistió él—. Eres valiente, sí, pero hasta los valientes saben cuándo actuar con cautela.

El silencio entre ellos se cargó de tensión, de recuerdos y sentimientos sin resolver. Jack Henry, con su imponente figura, irradiaba fuerza. Su piel morena brillaba bajo la luz cálida; su cabello largo, negro y ondulado, enmarcaba un rostro de rasgos afilados y una mandíbula firme. Y cuando sonrió, sus dientes blancos destellaron con una facilidad desarmante.

Sus ojos marrones transmitían una amabilidad especial cuando se posaban en Charlotte, una suavidad que contrastaba con la intensidad del momento. Siempre habían reflejado una comprensión profunda, haciéndola sentir vista y valorada incluso en medio del caos. Aunque habían pasado los años, él seguía siendo el mismo de hacía veintidós, quizá incluso más seguro de sí mismo, con una presencia que irradiaba confianza y aceleraba el pulso de Charlotte.

Jack Henry vestía unos vaqueros que se ajustaban a sus firmes piernas, un cinturón de cuero marrón con una hebilla western ovalada de plata —el regalo más preciado de su abuelo en la adolescencia— y una camisa de cuadros verdes y azules desabrochada hasta la línea inferior del pecho, que dejaba entrever el contorno de su físico. Siempre había sostenido que las camisetas interiores eran incómodas, una peculiaridad que a Charlotte le resultaba entrañable y seductora. Sus botas texanas, relucientes por el pulido, completaban esa imagen de rudeza que lo anclaba a la esencia de su naturaleza trabajadora.

Mientras Charlotte lo observaba, registrando los detalles familiares de aquel hombre, una mezcla de nostalgia y renovada conexión la envolvió.

—Sinceramente, estaba preocupado por ti —dijo él con voz sincera, acercándose—. Lo último que quiero es que te hagan daño. Siempre te protegeré, te guste o no.

Charlotte abrió la boca para replicar, pero se contuvo, atraída por la calidez de su mirada. —En serio… ¿qué fue todo eso? —preguntó, con un tono más suave.

—Ya te lo dije —contestó Jack Henry con una sonrisa burlona—. Me estaba cansando de esperar a que despertaras. Intenté hacerlo a mi manera… como aquella vez en tu apartamento de Washington D.C.

Charlotte sintió un rubor subirle a las mejillas. La conexión entre ambos era innegable.

—Te lo agradezco, Jack Henry —admitió al fin—. Pero puedo cuidar de mí misma.

—Lo sé —respondió él, con una sonrisa cálida.

El silencio que siguió estaba cargado de significados tácitos. Charlotte no podía evitar pensar en lo mucho que había cambiado desde que él regresó a Floyd, tras separarse de su exmujer. Sus caminos se habían vuelto a cruzar meses atrás, y lo que empezó como encuentros furtivos en su departamento de Washington D.C. pronto la había sumido en sentimientos contradictorios: deseo, culpa y una sospecha que nunca la abandonaba.

Porque, aunque la atracción entre ellos era innegable, no podía apartar de su mente la posibilidad de que Jack Henry supiera más de lo que admitía sobre Reynolds, Salazar… e incluso sobre la muerte de Mari.

—Jack Henry —empezó Charlotte, con la voz firme al reunir valor—. El señor Adkins me dijo que algunos activistas estaban robando caballos, que querían vengarse de los descendientes de galeses. ¿Sabes algo de eso? ¿Estabas involucrado?

La expresión de Jack Henry se ensombreció. —Lo sabía —confesó—. Pero no podía traicionar a mi gente. No dije nada. Por eso no fui al campamento la noche en que Mari murió. No encontraba cómo explicártelo.

—¿Qué quieres decir? —preguntó, inclinándose hacia él.

—Ese día tuve una gran pelea con mi hermano —continuó Jack Henry, con el rostro tenso—. Quería que me mantuviera fiel a nuestras raíces, a nuestro legado. Pero yo no estaba preparado para sumergirme de nuevo en ese mundo. Cuando pasó lo de Mari, me quedé dividido: entre la lealtad a mi familia y lo que sentía por ti. No soportaba que pensaras que yo podía estar detrás de algo que dañara a los tuyos.

—Pero tú eras cercano a mi abuelo —dijo Charlotte en voz baja—. ¿No creías que merecía saberlo?

Jack Henry negó con frustración. —No quería arrastrarte a eso. Siempre odié a Reynolds y a Salazar. Sabía que había rumores sobre su implicación en algo más oscuro, incluso en secuestros para tráfico sexual. Algunos de los míos tenían tratos con ellos, sí, pero yo pensaba que solo se trataba de robar caballos y venderlos fuera del estado.

Charlotte lo miró con mezcla de alivio y desconfianza. —¿Entonces nunca tuviste nada que ver con ellos?

—Lo juro —dijo él, clavando sus ojos en los de ella—. Nunca me involucré con Reynolds ni con Salazar, salvo el trabajo en el campo. Los desprecio. Pero sí he oído cosas que me inquietan. Cosas que hacen pensar que representan una amenaza real para todos nosotros.

Charlotte bajó la mirada y asintió lentamente. —Ojalá tuviera más respuestas. Todo esto es un rompecabezas imposible, y no puedo quitarme de la cabeza la sensación de que todo está conectado.

Jack le tomó la mano, entrelazando los dedos. —Lo resolveremos juntos. Te lo prometo.

Charlotte lo sostuvo con la mirada. El peso de su historia compartida era más fuerte que los secretos que intentaban separarlos. Tras una pausa cargada, logró decir:

—Jack Henry… cuéntame más sobre esa pelea con tu hermano, el día que murió Mari. Siento que fue un momento decisivo para los dos.

La expresión de Jack Henry se ensombreció; apartó la mirada un instante, como si necesitara ordenar sus pensamientos.

—Fue duro —admitió—. Mi hermano se había involucrado de lleno en muchas de las actividades de la tribu, sobre todo en las represalias contra los granjeros galeses de la zona. Estaba consumido por la ira, por cómo habían tratado a nuestra gente, y eso lo estaba cambiando. Ya no era el chico alegre con el que crecí; se volvía conflictivo, buscaba problemas y hasta empezó a probar drogas.

—No puedo imaginar lo difícil que debió de ser para ti —murmuró Charlotte—. ¿Qué le dijiste?

—Lo enfrenté —respondió Jack Henry—. Le pedí que se detuviera. Sus acciones eran cada vez más imprudentes y temía lo que estaba haciéndose a sí mismo, y también a nuestra familia y a la comunidad. Él y sus amigos entraban en los campos para robar caballos, a veces incluso ovejas. Se llevaban lo que podían, diciendo que era una forma de resistencia contra los granjeros que, según ellos, habían perjudicado a nuestros antepasados. A veces los vendían, otras los regalaban a tribus vecinas para estrechar alianzas. Mi hermano jugaba un papel clave en todo eso, y yo temía que hubiera perdido de vista lo que significaba, en realidad, honrar a los nuestros.

Charlotte percibía el peso de aquellas palabras, una historia que arrastraba generaciones enteras. La nación Monacan había sufrido décadas de luchas por reconocimiento, identidad y derechos territoriales. El movimiento por los derechos civiles había inspirado a muchos de la comunidad a reafirmarse como tribu nativa, pero el escepticismo del mundo exterior y la resistencia institucional habían entorpecido esos esfuerzos.

—Mi hermano también resentía a tu familia —añadió Jack Henry—. Le disgustaba que estuviera contigo. Lo decía abiertamente: que estaba traicionando a los míos por involucrarme con alguien de una familia que, según él, se había beneficiado de las mismas injusticias contra las que luchábamos. Para él, nuestra relación era una traición personal.

Charlotte sintió una punzada de tristeza y culpa.

—Nunca quise ser un motivo de división entre ustedes —dijo con sinceridad—. Sé que hubo tensiones entre galeses y Monacanos, pero también hubo respeto. En mi familia siempre hemos agradecido que los Monacanos nos enseñaran técnicas agrícolas que todavía usamos. Nunca hemos tenido problemas con ninguna tribu; siempre hemos procurado tratar a todos con respeto. Pero entiendo lo complejos que pueden ser estos sentimientos.

Jack Henry asintió despacio.

—Lo sé, y eso para mí significaba mucho. Pero mi hermano no lo veía así. Para él, salir contigo era parte del problema. Ese día discutimos sobre todo: nuestra familia, nuestro futuro, nuestro pueblo. Me dolía verlo hundirse en esa espiral, y yo me sentía impotente.

Charlotte le tomó la mano.

—Ahora entiendo por qué no fuiste al campamento ese día —dijo en voz baja—. Siempre me pregunté por qué nunca me lo explicaste y por qué eras tan evasivo. Estabas atrapado entre tu lealtad a tu hermano y lo que sentías por mí.

Jack Henry bajó la cabeza, la voz cargada de pesar.

—Ojalá hubiera estado allí para ti y para Mari, pero la rabia de mi hermano me tenía atado de manos. No quería formar parte de nada de eso.

Charlotte dudó antes de preguntar.

—¿Crees que tu hermano pudo haber estado implicado en algo peor? ¿Las desapariciones… los asesinatos de chicas jóvenes?

Jack Henry negó con firmeza.

—No. Nunca. A pesar de todo, amaba a nuestra gente y jamás habría hecho algo así. Estaba perdido y lleno de rabia, sí, pero no era un monstruo. Quería luchar por los nuestros, aunque eligiera un camino equivocado.

El silencio que siguió estaba cargado de historia. Ambos pensaban en la larga lucha de la nación Monacan: resistencia, heridas y resiliencia. Charlotte comprendió que el camino hacia la verdad sería arduo, pero también que no lo recorrería sola.

En ese instante, entre la penumbra de la habitación y el primer resplandor del amanecer sobre las colinas de los Blue Ridge, percibió la promesa de un nuevo comienzo. El mismo suelo que había forjado la identidad de Jack Henry parecía susurrar que las respuestas estaban cerca, aunque aún ocultas entre las sombras del pasado.

CAPÍTULO XIX

Situada en las onduladas colinas de las montañas Blue Ridge de Virginia, la comunidad indígena Monacan prosperaba en un paisaje cargado de historia y belleza natural. El aire era fresco y fragante, impregnado de pino y flores silvestres, mientras los tonos verdes más intensos contrastaban con el azul profundo del cielo.

La familia de Jack Henry vivía en una modesta casa de madera, construida por sus propias manos, testimonio de su resiliencia y espíritu autosuficiente. La estructura, aunque sencilla, irradiaba calidez, adornada con artesanías que reflejaban la herencia y las historias de sus antepasados.

El exterior era el de una cabaña curtida por el tiempo, con vigas oscurecidas pero aún sólidas frente a los elementos. Un pequeño porche bordeaba la fachada, invitando a sentarse para contemplar los campos y bosques cercanos. El techo, cubierto de tejas rústicas, descendía suavemente hacia un costado, donde una chimenea solía exhalar volutas de humo cuando Tayanita preparaba la comida. Junto a las ventanas, jardineras rebosantes de flores silvestres —cuidada pasión de Nanyehi— añadían destellos de color a los tonos terrosos de la cabaña.

Al cruzar la puerta principal, uno se veía envuelto por un ambiente acogedor. La entrada se abría a una sala amplia, donde flotaba el aroma del cedro mezclado con un leve perfume de hierbas. Una gran chimenea de piedra dominaba la pared del fondo, repleta de leña lista para encender. Sobre la repisa colgaban atrapasueños tejidos, símbolos Monacan y fotografías familiares en sencillos marcos de madera que narraban alegrías pasadas.

La sala estaba amueblada con un sofá gastado cubierto por una manta tejida a mano, cuyos tonos evocaban la conexión con su tierra natal. Dos sillones tapizados, suavizados por el tiempo, flanqueaban la chimenea, creando un rincón ideal para leer o compartir historias. En el centro, una mesa de madera marcada por los años sostenía un cuenco con fruta fresca, libros de tapas dobladas y una pequeña colección de piedras y plumas recogidas en las excursiones de los hermanos.

A la izquierda se encontraba la cocina, corazón bullicioso de la casa, donde Nanyehi y Tayanita pasaban horas preparando comidas. Una mesa de madera ocupaba el centro, su superficie pulida por incontables encuentros familiares. Las sillas, desiguales, contaban su propia historia de desgaste. De las paredes colgaban ollas y sartenes, mientras los estantes se alineaban con frascos de hierbas secas, frutas y verduras en conserva: prueba de un modo de vida sustentable. Un armario de madera tallado a mano guardaba platos y cerámicas que Nanyehi misma había creado, decoradas con motivos tradicionales.

Junto a la cocina, una despensa fresca y oscura almacenaba cereales y productos secos. El aire estaba impregnado del olor terroso del maíz y las judías, pilares de su dieta. Una cesta trenzada contenía hierbas recién recogidas y una caja de madera, frutas de temporada del huerto y del pequeño vergel familiar.

Un pasillo conducía a los dormitorios. La primera puerta a la derecha llevaba al cuarto de Kweku, su santuario personal: posters de fauna local y mapas en las paredes, una cama robusta con colcha de retazos y un escritorio abarrotado de libros y papeles. Una estantería sencilla albergaba historias transmitidas de generación en generación y guías de naturaleza que lo acompañaban en sus exploraciones.

Al lado estaba el cuarto de Atohi, que parecía un pedazo del bosque. En las paredes colgaban bocetos de animales y, en estantes hechos a mano, huesos, piedras y plumas recogidos en sus andanzas. Entre dos postes, una hamaca lo esperaba para tardes de lectura o ensoñaciones, meciéndose al compás de los sonidos del campo.

Al final del pasillo estaba la habitación de Jack Henry, reflejo de sus aspiraciones y raíces. En las paredes de madera colgaban imágenes de la historia Monacan y símbolos de su cultura. Un escritorio muy usado, cubierto de cuadernos y materiales de arte, revelaba su creatividad, mientras que la cama con una manta tejida a mano ofrecía refugio. Desde la ventana, la vista de las montañas dejaba entrar la luz del amanecer, llenando el cuarto de posibilidades.

Frente a los dormitorios se encontraba el baño compartido: sencillo, funcional. Un tocador de madera con espejo tallado a mano, una bañera pequeña para el aseo tras largas jornadas en el campo y cestas tejidas para guardar jabones artesanales elaborados por Nanyehi con hierbas y leche de cabra.

La última estancia era una sala destinada a reuniones y narraciones. Sus paredes se cubrían de tejidos coloridos, cada uno con su propia historia. Cojines dispersos invitaban a sentarse juntos, escuchar y contar. En un rincón, un altar con objetos sagrados, fotografías de antepasados y ofrendas de gratitud recordaba a todos la conexión con su linaje.

Más que una estructura, aquella casa era un testimonio vivo del modo de vida Monacan: un lugar donde se compartían historias, se honraban las tradiciones y se reforzaban los lazos.

Jack Henry era el mediano de tres hermanos, cada uno portador de una parte distinta del legado familiar. El mayor, Kweku, destacaba por su sentido agudo de la justicia y su inquebrantable compromiso con la causa Monacan. Pasaba los días organizando reuniones comunitarias y enseñando a los más jóvenes la historia de su pueblo. El menor, Atohi, era un espíritu libre, siempre explorando los bosques cercanos en busca de aventuras y del consuelo que le brindaba la naturaleza.

Sus padres, Nanyehi y Tayanita, eran el pilar de la familia y encarnaban la fortaleza y la resistencia de los Monacan. Nanyehi, hábil tejedora, plasmaba en sus tejidos intrincados las historias de su cultura; Tayanita, en cambio, encontraba su propósito en la tierra, cultivando los alimentos que sustentaban no solo a su familia, sino también a la comunidad. Su hogar era un lugar de risas y de cuentos, donde el ritmo de los tambores acompañaba las reuniones en las que las tradiciones Monacan cobraban vida a través de la danza y el canto.

Charlotte había sido una visitante frecuente de aquella comunidad, fascinada desde niña por su cultura y su modo de vida. Se adentraba en el patio con ojos curiosos, ansiosa por aprender, y la familia la acogía con cariño. Pasaba horas en la cocina junto a Nanyehi, ayudándola a preparar las comidas mientras compartían risas, o escuchaba a Tayanita relatar historias de sus ancestros, con la mirada iluminada de asombro.

Una de las historias más repetidas en la familia era la del propio nacimiento de Jack Henry. Su madre y Tayanita viajaban en una vieja camioneta cuando quedaron varados en un tramo desierto de ruta, con el vehículo averiado. Mientras las horas pasaban, Nanyehi entró en labor de parto, y el pánico se apoderó de ambos: no había hospital ni ayuda cerca. Cuando la desesperación parecía inminente, un granjero llamado Jack Henry apareció en el camino. Al comprender la urgencia, los llevó de inmediato a su casa y, con la ayuda de su esposa, asistió a Nanyehi en el parto. En aquella humilde vivienda rodeada de campos de trigo dorado nació Jack Henry.

En agradecimiento por la ayuda recibida, sus padres decidieron llamarlo así: Jack Henry, nombre que se convirtió en símbolo de gratitud y del espíritu comunitario que marcaba la vida Monacan. Creció escuchando esa historia, que lo vinculaba no solo a su familia, sino también al lazo invisible que unía a todos en la comunidad.

La presencia de Charlotte en su vida familiar reforzó ese puente entre culturas. Ella participaba en danzas, aprendía cantos tradicionales y compartía sus propias historias. Su cercanía aportaba un entendimiento mutuo que con el tiempo se hizo más profundo.

Los Monacan, herederos de una cultura milenaria, habían habitado aquellas tierras mucho antes de la llegada de los colonos europeos. Desde el siglo XVII, las presiones externas se sumaron a tensiones antiguas con tribus vecinas como la Confederación Powhatan o los Shawnee. Las disputas por la caza, la pesca y la tierra sagrada los obligaban a luchar una y otra vez por proteger su modo de vida.

A pesar de los conflictos, la comunidad sobrevivió apoyada en su conexión con la tierra. Practicaban una agricultura sustentable, cultivando las Tres Hermanas: maíz, frijoles y calabazas, en ciclos armoniosos con la naturaleza. Esa relación con el entorno era parte de su identidad y de la memoria ancestral que los guiaba.

Jack Henry recordaba su infancia entre risas con Kweku y Atohi, las lecciones de coraje y respeto de sus padres, y las narraciones de los ancianos que hablaban de valentía y supervivencia. Sin embargo, la adolescencia trajo consigo un conflicto: las expectativas de lealtad a su comunidad y, al mismo tiempo, la atracción de un mundo más amplio que parecía llamarlo. La muerte de Mari y los cambios en la nación Monacan intensificaron esa tensión.

Ahora, de adulto, debatía entre la herencia que debía proteger y las dudas que lo asaltaban sobre el rumbo de su pueblo. Su identidad se anclaba en la tierra, las tradiciones y las historias transmitidas, pero también en la lucha por no perderlas frente a un mundo que avanzaba sin detenerse.

Con el sol elevándose sobre el horizonte, Jack Henry se acomodó en la casa de huéspedes que sus padres le habían ofrecido tras el divorcio. La construcción, hecha con los mismos troncos curtidos que la cabaña principal, se alzaba entre altos pinos cubiertos de nieve fresca. Allí encontraba refugio: un lugar tranquilo donde ordenar sus pensamientos y sanar.

El exterior de la casa de huéspedes guardaba la misma esencia que la cabaña principal: techo de tejas rústicas, cajas de madera bajo las ventanas rebosantes de ramitas de hoja perenne y un porche pequeño con un par de mecedoras que invitaban a la contemplación tranquila. Dentro, el ambiente era cálido, impregnado del aroma a cedro y ropa de cama limpia, un refugio acogedor en medio del invierno.

La sala de estar era sencilla, pero funcional: un sillón cómodo, una mesa de café de madera y una manta tejida a mano que colgaba del reposabrazos, recuerdo tangible del cariño de su madre. Fotografías familiares y paisajes naturales adornaban las paredes, mientras que en una esquina una pequeña cocina ofrecía lo esencial. En las estanterías descansaban los platos, tazas y varios libros.

El dormitorio era un santuario. La cama, cubierta por una colcha vibrante que recogía los tonos verdes, marrones y dorados del paisaje Monacan, irradiaba calidez. Una mesita rústica sostenía una lámpara de luz suave y un diario lleno de bocetos y reflexiones. Desde la ventana, las montañas se desplegaban como un recordatorio de la fuerza de sus raíces, bañadas por la primera luz del amanecer.

Aquella mañana, Jack Henry permanecía junto a la ventana, absorto en recuerdos de su infancia y en la nostalgia que le provocaba la presencia de Charlotte, aún dormida en la cama. La contemplaba respirar con calma, envuelta en la luz matinal que resaltaba los contornos delicados de su rostro. Una oleada de gratitud lo atravesó: ella se había convertido en un faro de consuelo en medio de su tormenta interior.

Cuando Charlotte abrió los ojos y sus miradas se encontraron, la atmósfera cambió.

—Buenos días —susurró él, esbozando una sonrisa. —Dormiste bien?

—Mejor que en mucho tiempo —respondió ella con voz pastosa por el sueño, estirándose con languidez.

La sinceridad de sus palabras encendió el corazón de Jack Henry. Le contó que su madre había preparado el desayuno y la invitaba a unirse. Charlotte aceptó con entusiasmo, recordando con una sonrisa los famosos *pancakes* de Nanyehi. Él rió suavemente, asegurándole que no la decepcionarían.

Salieron juntos al aire fresco de la mañana, que los envolvió con un vigor renovador. La escarcha cubría las ramas desnudas y el sol naciente bañaba el paisaje en tonos dorados. El aroma del desayuno ya flotaba en el aire, arrastrado desde la casa principal.

Al aproximarse, risas y el sonido de ollas chocando les dieron la bienvenida, envolviendo la escena en un halo de calidez familiar. Sin embargo, al doblar el sendero, Jack Henry se detuvo en seco. Una camioneta con el exterior desgastado y una franja azul a lo largo del lateral estaba estacionada frente a la cabaña. La reconoció de inmediato.

—Charlotte —dijo, con un cambio perceptible en la voz—. Mira. —Señaló el vehículo.

El rostro de ella se tensó al instante. —Es la camioneta de mi padre… —murmuró—. Debe estar buscándome.

Jack Henry sintió un nudo de aprensión. Sabía lo protectores que eran los padres de Charlotte, y comprendió que su ausencia nocturna no había pasado inadvertida.

—¿Crees que estarán preocupados? —preguntó, mirándola con cautela.

Ella asintió. —No puedo creer que no pensé en ellos… Seguramente imaginaron lo peor cuando no regresé anoche. Solo les dije que iba a buscar a Salazar.

Mientras avanzaban hacia la casa principal, los pensamientos de Charlotte volvían una y otra vez a la noche anterior. Haberse quedado con Jack Henry había tenido consecuencias inevitables: sus padres, al notar su ausencia, sin duda se habían alarmado. Probablemente habían hablado con el sheriff, que les habría contado que ella había pasado por su oficina para preguntar por la dirección de Salazar. La camioneta de Jack Henry seguía estacionada frente a aquella casa desierta, y él había conducido de vuelta en el auto de Charlotte tras su desmayo. Sus padres, al encontrar su camioneta allí, habrían unido las piezas con rapidez.

—Si llamaron al sheriff Samuels, estoy segura de que él les dijo que yo había pasado por la oficina. Sabían dónde iba. Seguro que fueron a la casa de Salazar a buscarme —explicó Charlotte, recomponiendo mentalmente la cadena de sucesos—. Al ver tu camioneta estacionada, habrán sospechado lo que pasó.

Jack Henry asintió con serenidad. —Entremos y tranquilicémoslos. Lo único que quieren es saber que estás bien.

Al cruzar el umbral de la cabaña principal, el olor del desayuno los envolvió. Risas y voces animadas flotaban en el aire, llenando el espacio con una energía cálida. En la cocina, Nanyehi y Tayanita se movían con destreza entre ollas y sartenes, mientras en la mesa ya aguardaban los padres de

Charlotte y la abuela Ann. Los rostros de sus seres queridos se iluminaron de inmediato al verla.

—¡Charlotte! —exclamó su madre, incorporándose—. ¡Estábamos tan preocupados!

Ella corrió hacia ellos, con las mejillas encendidas de vergüenza. —Lo siento mucho, no quería alarmarlos —dijo, entregándose al abrazo apretado de sus padres. El alivio que se reflejaba en sus ojos suavizó la tensión del momento.

Jack Henry se mantuvo unos pasos atrás, observando con respeto aquella escena de ternura. Pudo ver cómo la ansiedad de los padres de Charlotte se disipaba lentamente al sentirla de nuevo entre sus brazos. En la mesa, la abuela Ann les sonrió con dulzura.

—Vengan, siéntense. Hemos preparado más que suficiente —anunció Nanyehi, dando la vuelta a un *pancake* con la gracia de la costumbre—. Necesitan reponer energías.

Al sentarse todos, el ambiente recobró su bullicio. El tintinear de los cubiertos, el murmullo de las conversaciones y las carcajadas llenaban la estancia, bañada por la luz del sol que entraba a raudales por las ventanas.

—Bueno —intervino la abuela Ann con una chispa traviesa en la mirada—, ustedes dos tendrán que dar explicaciones. ¿Volvieron a estar juntos?

Charlotte se sonrojó de inmediato. —No sabía cómo decírselo a todos… —murmuró, buscando con la mirada el apoyo de Jack Henry—. Pensamos que lo mejor era mantenerlo en secreto un tiempo.

Jack Henry sintió el corazón latir con fuerza. Aquel instante, cargado de vulnerabilidad, lo unía aún más a ella. La aceptación tácita de la familia les regalaba un inesperado alivio.

Cuando la charla se fue calmando, la abuela Ann volvió a tomar la palabra, esta vez con tono más serio: —Charlotte, cuéntanos. ¿Qué pasó con Salazar? ¿Pudiste hablar con él?

Charlotte bajó la mirada un segundo antes de responder. —Fui a la dirección que tenía, pero… fue extraño. El lugar parecía vacío, casi abandonado. La atmósfera era inquietante, como si nadie hubiera vivido allí en mucho tiempo.

Un estremecimiento la recorrió al revivir la escena. —Había una manta en el suelo, como si alguien hubiera dormido allí. Busqué pistas, cualquier indicio. Afuera vi un cobertizo y me dirigí hacia él. Fue entonces cuando escuché pasos… cada vez más cerca. Giré demasiado rápido y… —una sonrisa nerviosa se dibujó en sus labios— choqué de frente con el hombro de Jack Henry. Después, todo se volvió negro.

La mesa se llenó de exclamaciones y risas suaves. Charlotte también sonrió, aunque en su mirada aún quedaba un destello de inquietud.

—Cuando desperté estaba en la casa de invitados, sin entender nada —añadió, mirando de reojo a sus padres—. Me sentía desorientada.

El padre de Charlotte clavó los ojos en Jack Henry. —¿Y tú qué hacías allí? ¿La estabas siguiendo?

Jack Henry se enderezó, hablando con calma. —Me encontré con el sheriff Samuels en la cafetería. Me contó que Charlotte había estado preguntando por Salazar. Me preocupé y decidí ir a buscarla. Quería asegurarme de que estuviera bien. Como dijo, tropezó conmigo, se desmayó y me pareció lo más seguro llevarla conmigo y vigilar que no tuviera una conmoción.

El padre de Charlotte lo observó un largo momento antes de asentir lentamente. —Gracias, Jack Henry. Al ver tu camioneta cerca de la casa de Salazar, imaginé lo peor. Me alegra que estuvieras cuidando de ella.

—Ambos vivieron una noche agitada —intervino la abuela Ann con dulzura—. Charlotte, debes cuidarte más. No debiste haber ido sola.

—Lo sé —respondió ella, con una sonrisa tímida—. Prometo ser más cuidadosa.

Bajo la mesa, Jack Henry entrelazó su mano con la de Charlotte, un gesto silencioso de apoyo y promesa. La calidez del ambiente, con el sol iluminando las superficies de madera y las fotos familiares, envolvía a Charlotte en un bálsamo de calma tras la tempestad de las últimas horas.

Entonces, unos golpes secos en la puerta cortaron el murmullo de la mesa. La puerta se abrió con un chirrido y el sheriff Samuels entró en la cocina, con el rostro sombrío y la mirada cargada de preocupación.

—Buenos días a todos —dijo el sheriff Samuels al entrar—. Necesito hablar contigo, Tayanita, en privado un momento.

Los padres de Jack Henry y los Jones intercambiaron miradas cargadas de inquietud. —¿Qué sucede? —preguntó Charlotte, con la voz impregnada de preocupación.

—Por favor, danos un momento —respondió el sheriff, haciendo un gesto a Tayanita para que lo acompañara afuera. El ambiente en la cocina cambió de inmediato: la ligereza que antes llenaba la mesa se desvaneció, sustituida por un silencio denso y expectante.

—¿De qué crees que se trata? —murmuró Jack Henry, inclinándose hacia Charlotte.

—No lo sé —admitió ella, mordiéndose el labio—. Pero no puede ser nada bueno.

Los minutos se alargaron como si fueran horas. La ansiedad se instaló en cada rincón de la cocina, transformando la espera en un suplicio. Charlotte se abrazó a sí misma, luchando contra el nudo en el estómago, mientras intentaba distraerse observando detalles triviales: el vapor que salía de la cafetera, la luz del sol que iluminaba las motas de polvo en el aire… cualquier cosa que la mantuviera anclada al presente.

Cuando Tayanita y el sheriff regresaron, sus rostros graves confirmaron los temores de Charlotte. —Charlotte —comenzó Tayanita con voz apagada—, se trata de Emmanuel Salazar. Lo encontraron muerto a la orilla del río, cerca de donde apareció Mari.

Las palabras la golpearon como un puñetazo en el pecho. El recuerdo de su hermana se precipitó sobre ella, arrastrándola a un torbellino de dolor y pérdida que la dejó momentáneamente sin aliento. —¿Qué? ¿Cómo? ¿Qué pasó? —logró balbucear.

El sheriff Samuels tomó la palabra. —Aún estamos reuniendo información, pero todo apunta a que fue asesinado. Lo encontraron en el río, aunque creemos que lo mataron en otro lugar antes de arrojarlo allí. Y hay algo más: en su casa hallamos una manta que coincide con la descripción de una que pertenecía a una niña de nueve años desaparecida hace meses. Fue secuestrada a plena luz del día y su familia lleva buscándola desde entonces.

La mención de aquella niña desaparecida multiplicaba el peso de las implicaciones. —¿Qué significa todo esto? —pensó Charlotte, incapaz de contener el vértigo de las posibilidades.

El sheriff fijó en ella una mirada firme. —Charlotte, Jack Henry… ustedes fueron las últimas personas en estar en la casa de Salazar anoche. Necesito que me acompañen a la comisaría. Tendrán que dar su versión de los hechos para descartarlos como sospechosos.

—¿Sospechosos? —protestó Charlotte, con incredulidad y rabia en la voz.

—Lo sé —respondió Samuels, bajando un poco el tono. —Pero debemos manejarlo con el debido proceso.

La mandíbula de Jack Henry se tensó. —Iremos. Tenemos que aclarar esto. Le seguiremos en el auto de Charlotte, ¿de acuerdo?

—Yo también voy —intervino el padre de Charlotte con firmeza, poniéndose de pie. Su voz no dejaba lugar a discusión; su instinto protector lo mantenía alerta.

Antes de salir, el sheriff lanzó una pregunta inesperada a Jack Henry: —Por cierto, ¿has sabido algo de tu hermano menor últimamente?

El ceño de Jack Henry se frunció de inmediato. Negó con la cabeza, desconcertado. —No. No he hablado con él desde hace semanas. No sé dónde está.

La respuesta dejó en el aire un silencio denso, como un enigma sin resolver. El sheriff asintió con gesto grave, y la sombra de la preocupación cruzó fugazmente su rostro.

Mientras caminaban hacia la salida, Jack Henry se inclinó hacia Charlotte y le susurró al oído: —Por favor, no menciones lo que te conté anoche sobre mi hermano.

Charlotte lo miró con el ceño fruncido. —¿Te refieres a la pelea que tuviste con él? ¿A su implicación con los activistas que robaban caballos? —susurró de vuelta.

—Sí. Por favor… todavía no. No sabemos en quién confiar.

Ella sostuvo su mirada unos segundos, buscando certezas en sus ojos, y al final asintió. Subieron al Mercedes de Charlotte y, con el sheriff delante, comenzaron el trayecto hasta la comisaría. El aire frío entraba por las ventanillas, hiriéndoles la piel, mientras la tensión se apoderaba de cada segundo del viaje. Las preguntas bullían en la mente de Charlotte: ¿Qué le había ocurrido realmente a Emmanuel Salazar? ¿Y qué vínculo tenía con la sombra oscura que había perseguido a su familia durante tantos años?

La comisaría los recibió con un silencio expectante. El sheriff Samuels los condujo por unas puertas dobles hasta una sala de conferencias modesta: paredes desnudas con fotografías antiguas de la ciudad, una mesa amplia en el centro y un zumbido constante de la cafetera en la esquina. El aroma del café recién hecho parecía el único elemento humano en aquella atmósfera cargada de sospechas.

—Por favor, siéntense —pidió el sheriff, sirviendo tres tazas y entregándoles una a cada uno antes de ocupar su lugar frente a ellos. El padre de Charlotte se quedó de pie junto a la puerta, firme, como una figura de vigilancia.

Charlotte tomó un sorbo, agradecida por el calor que le devolvía un instante de calma.

—Quiero que este proceso sea lo más sencillo posible —dijo Samuels, cruzando una pierna sobre la rodilla—. Charlotte, necesito que me detalles todo lo que hiciste o viste en la casa de Salazar.

—Claro. Llamé varias veces a la puerta principal, grité, pero nadie respondió. Rodeé la casa y vi que la puerta trasera estaba entreabierta. Empujé y entré. Todo estaba cubierto de polvo, como si el tiempo se hubiera detenido allí. Era inquietante, sheriff, como una ciudad fantasma.

Hizo una pausa, repasando cada imagen en su memoria. —En la primera habitación encontré una manta en el suelo. Era lo único que parecía reciente, como si alguien hubiera dormido allí. Lo asocié con Salazar… pensé que esas eran sus condiciones de vida, dormir en el suelo. Usted mismo me había dicho que estaba pasando por un mal momento.

El sheriff asintió, inclinándose un poco hacia adelante. —Continúa.

—Vi algunos envases de comida para llevar esparcidos por la cocina, lo que reforzó la idea de que alguien había estado allí recientemente, pero no le di mucha atención. Sentí que estaba entrometiéndome, así que decidí salir. Había un cobertizo en la parte trasera, así que me acerqué para mirar adentro. Fue entonces cuando oí pasos en la distancia. A medida que el sonido se acercaba, me quedé paralizada. Sin pensarlo, di la vuelta y corrí hacia la casa, doblé la esquina...
—

La voz de Charlotte se quebró al recordar ese momento. —Ni siquiera sabía que era Jack Henry. Simplemente choqué con él y me quedé inconsciente.

Jack Henry intervino con calma: —Sí, oí los pasos de Charlotte. Cuando giré, ella venía corriendo hacia mí. No tuve tiempo de reaccionar. Estaba inconsciente, así que la cargué, la metí en su auto y la llevé a mi casa para asegurarme de que estuviera bien.

El padre de Charlotte escuchaba en silencio, con el ceño fruncido, entre la preocupación y el alivio de tener a su hija delante. El sheriff Samuels se recostó en la silla, procesando cada palabra con atención.

Tras un breve silencio, Charlotte preguntó con voz baja pero firme: —¿Y la niña de nueve años? ¿Quién es? ¿Qué puede decirnos sobre ella y lo que le pasó?

El sheriff Samuels la miró directamente. —Me temo que no puedo darles más detalles de los que ya se han hecho públicos. Su familia denunció la desaparición hace unos meses. Desde entonces no ha habido ninguna pista.

Las coincidencias eran demasiado inquietantes. —Esto es demasiada casualidad —pensó en voz alta—. Desaparece otra niña, luego matan a Salazar, y su cuerpo aparece justo donde encontraron a mi hermana años atrás... ¿Qué está pasando aquí?

Jack Henry le puso la mano sobre la suya, apretándola con firmeza. —Lo averiguaremos, Charlotte. Tenemos que hacerlo. El sheriff y su gente llegarán al fondo del asunto.

El sheriff Samuels se inclinó hacia adelante, el rostro endurecido. —Entiendo que todo esto sea abrumador, pero necesitamos concentración. Charlotte, cada detalle que recuerdes puede ayudarnos, no solo con Salazar, sino también con la niña desaparecida.

Ella asintió lentamente, consciente de la responsabilidad que cargaba. —Gracias por escucharme, sheriff. Solo quiero asegurarme de que esto no vuelva a suceder.

El sheriff sostuvo su mirada antes de preguntar: —¿Hay algo más que hayas descubierto? Sé que has estado hablando con personas. ¿Alguna otra información que pueda ser relevante?

Charlotte vaciló. Recordó la advertencia de Jack Henry de no revelar demasiado sobre lo que él le había confesado la noche anterior. Al final, eligió un punto intermedio. —Hablé con el señor Adkins hace unos días. Mencionó cosas preocupantes sobre los activistas con los que trabajaba en los sesenta: robos de caballos y ovejas, rumores sobre la desaparición de chicas jóvenes. Sugirió que podía haber una operación más amplia detrás de todo eso.

El sheriff alzó una ceja, claramente interesado. —¿Mencionó algún nombre o conexión específica con esa operación?

—No —respondió Charlotte, negando con la cabeza—. Fue muy vago, pero parecía realmente preocupado. Confirmó que conocía a Salazar y que también había trabajado con Reynolds. Los tres trabajaron en el campo de mi abuelo en los años sesenta.

El sheriff anotaba con rapidez. —Esto podría ser clave. No sabía que existiera esa conexión.

Charlotte sintió que la inquietud crecía dentro de ella. —No puedo ignorar que todo parece estar relacionado: otra desaparición, la muerte de Salazar, y el historial de chicas desaparecidas aquí y en otros lugares. Es como si estuviéramos al borde de algo mucho más grave.

—Y tienes razón en estar preocupada —dijo Samuels con gravedad—. Ya no se trata de un solo caso. Vamos a seguir cada pista.

Charlotte agregó: —El señor Adkins me dijo que Salazar y Reynolds podrían haber estado involucrados en actividades ilegales, aunque no sabía hasta qué punto.

—Tendremos que investigarlo más a fondo —replicó el sheriff—. El sheriff anterior no me mencionó nunca nada de esas conexiones. Si Salazar estaba metido en algo criminal, podría ayudarnos a entender lo que ocurrió con él… y con tu hermana.

—¿Y Reynolds? —preguntó después.

—Reynolds está en prisión en Washington D.C. —explicó Charlotte—. Acabo de procesarlo por el secuestro y asesinato de la hija del señor Adkins. El jurado lo condenó hace pocas semanas.

La sorpresa se reflejó en el rostro del sheriff. —¿Reynolds mató a la hija del señor Adkins?

—Así es. Y Adkins cree que pudo hacerlo en represalia por algo que ocurrió entre ellos en los sesenta, cuando trabajaban juntos en el campo.

—Hablaré con él directamente —afirmó Samuels—. Quizá ahora esté dispuesto a contarnos más.

La reunión concluyó con un silencio cargado. Charlotte, Jack Henry y William se levantaron para marcharse. Justo antes de que salieran, la voz del sheriff los detuvo.

—Charlotte —dijo, con un tono más suave, casi paternal—. Ten cuidado.

—Lo haré— asintió, y se marchó.

CAPÍTULO XX

Al salir de la comisaría, el aire fresco de diciembre les acarició la piel, cortante como una navaja fina. El cielo, bajo y encapotado, cubría la tarde con un velo gris, y el suelo todavía resbalaba por los restos de la lluvia reciente.

Charlotte se volvió hacia Jack Henry y bajó la voz para que su padre no la oyera: —Jack Henry, tenemos que hablar. ¿Podrías acompañarnos al campo de mis abuelos?

Él la miró a los ojos, percibiendo la importancia de su petición. —De acuerdo —respondió, tras un breve silencio—. Pero primero debemos ir a por mi camioneta. Sigue en casa de Salazar.

—No hay tiempo para eso —insistió Charlotte—. Ven con nosotros, por favor. Te prometo que luego te llevaré a buscarla.

Jack Henry asintió y, sin más, se acomodó en el asiento trasero del Mercedes. Su padre, al lado de Charlotte, parecía ajeno a la tensión que se respiraba en el vehículo. El trayecto de regreso al campo se hizo más largo de lo habitual: el silencio se adensaba, cargado de pensamientos no expresados.

Cuando al fin llegaron, Charlotte paró un momento para observar cómo los campos abiertos se extendían ante ellos, como un tapiz ondulado, moteado de escarcha que brillaba débilmente bajo la luz mortecina del invierno. El viejo granero se alzaba firme, con sus maderas gastadas susurrando historias de generaciones pasadas: había sido establo de caballos, refugio para los esquiladores, almacén de lana y heno, e incluso patio de juegos en su infancia.

—Démonos prisa —dijo Charlotte, saliendo del Mercedes con paso decidido y ajustándose la bufanda al cuello.

El granero, imponente y a la vez reconfortante, se erguía como símbolo del legado familiar. Dentro, el intenso olor a paja y tierra los envolvió. La luz se filtraba a través de las rendijas, dibujando haces dorados que caían sobre el suelo cubierto de virutas.

Charlotte se encaminó al establo de Blaze. El mustang, erguido y orgulloso, mostraba su pelaje castaño que brillaba aun en la penumbra. Era la encarnación viva del espíritu salvaje que corría por la sangre de su familia. Charlotte extendió la mano y acarició su cuello. —Hola, mi gran amigo —murmuró con suavidad. Blaze relinchó, inclinándose hacia ella como si percibiera su necesidad de calma.

—Vamos a ensillarlo —dijo, imponiéndose la tarea como refugio contra sus pensamientos. Colocó la almohadilla, eligió con cuidado su silla favorita —la de cuero marrón con flores grabadas que había recibido en un cumpleaños— y la ajustó con precisión. El olor a cuero le trajo una ráfaga de memorias, de días felices y sencillos. A un lado, descansaba su rifle en la funda, el inseparable compañero de sus cabalgatas.

Jack Henry preparaba en silencio a Rhiannon, la yegua negra de temperamento dócil y fuerza contenida. Su pelaje brillante y sus pasos seguros parecían reflejar la solidez de su jinete.

—¿Lista para montar? —preguntó él con una sonrisa ladeada, ajustando la cincha de la silla. El contraste entre el fuego castaño de Blaze y el negro intenso de Rhiannon creaba un efecto poderoso, casi simbólico.

—Casi —respondió Charlotte, mientras su mente seguía atrapada en la conversación pendiente.

El sonido de los caballos moviéndose en sus establos y el crujido del heno llenaban el aire con un ritmo familiar que calmaba, aunque el peso de sus preguntas aún latía en su interior.

—¿Recuerdas la última vez que montamos juntos? —preguntó, algo inquieta. Lo miró con intensidad, sabiendo que estaban a punto de adentrarse en un terreno delicado—. Fue justo antes de... lo de Mari.

Jack Henry bajó la vista. —Sí, lo recuerdo. Cabalgamos por los prados al atardecer, con las montañas encendidas en oro y carmesí. Aquel día nada podía alcanzarnos: éramos solo tú y yo, y el mundo desaparecía. Todavía siento cómo el viento nos envolvía, llevando nuestras risas. Ojalá pudiéramos regresar a ese momento.

Charlotte asintió. —Echo de menos esos días, Jack Henry. Antes de que todo cambiara.

—Podemos crear nuevos recuerdos —respondió él, casi en un susurro.

Ella montó a Blaze y la familiar sensación de estar sobre su lomo la reconfortó. Jack Henry subió a Rhiannon con destreza, y ambos caballos resoplaron como si compartieran la misma anticipación. Charlotte sintió la adrenalina recorrerle las venas: era el inicio de una cabalgata marcada por la tensión de lo no dicho y la promesa de lo que estaba por revelarse.

—Dirijámonos hacia los senderos traseros —sugirió Charlotte.

Los caballos avanzaban hombro con hombro, sus cascos quebrando la fina escarcha que cubría el suelo. El aire invernal les mordía el rostro, y los árboles desnudos se alzaban como espectros de madera, con sus ramas extendidas al cielo gris. El paisaje parecía detenido en un cuadro de tonos apagados: marrones, grises y blancos que brillaban bajo la luz fría del sol.

Charlotte sentía cómo el silencio helado, interrumpido solo por el ritmo de los caballos, contrastaba con la tormenta que llevaba dentro. Sabía que Jack Henry ocultaba algo: lo había presentido en la forma en que había hablado de su hermano, en los huecos de su relato, en los silencios demasiado prolongados. No podía posponerlo más.

—Jack Henry —dijo de pronto, bajando el paso a un trote lento—. He estado pensando en todo esto, y siento que me estás ocultando algo.

Él giró el rostro, sorprendido por la firmeza de su voz. —¿Ocultándote algo? ¿A qué te refieres?

—A lo que sabes —insistió Charlotte, clavándole la mirada—. Hablaste de tu hermano y de los activistas, de la pelea que tuvieron aquel día. Pero también trabajaste en el campo ese verano, al mismo tiempo que el señor Adkins, Reynolds y Emmanuel Salazar. Sé que sabes más de lo que me has contado. Ya no puedes callarlo.

El peso de sus palabras lo golpeó como un martillo. Charlotte vio el conflicto en sus facciones: la tensión en la mandíbula, la mirada desviada. —Yo… solo quería evitar involucrarte —dijo al fin, en voz baja—. Es complicado.

—Sea complicado o no, merezco la verdad. Estamos juntos en esto. Necesito que seas sincero conmigo —replicó ella, la frustración asomando en cada sílaba.

El bosque se cerraba en torno a ellos con un silencio expectante. Hasta el crujir de las ramas parecía una advertencia. Finalmente, Jack Henry bajó el tono, resignado. —Está bien. Pero escucha… hay más de lo que imaginas.

Cuando llegaron al claro, Charlotte desmontó y llevó a Blaze junto a un tronco caído que tantas veces había usado como banco en su infancia. El frío de la escarcha se filtraba por las suelas de sus botas. Jack Henry hizo lo mismo con Rhiannon, y juntos se sentaron sobre la madera helada.

—Cuéntame —pidió Charlotte, con voz más suave, tendiéndole espacio para hablar.

Él se tomó unos segundos antes de responder, con la mirada perdida en algún recuerdo. —Lo que sé es lo que oí aquel verano en el campo. No puedo asegurarte qué era cierto y qué no, pero se hablaba de que mi hermano, con otros Monacanos, estaba metido en venganzas contra los galeses: robar caballos, ovejas, cualquier cosa de valor. Yo no podía delatarlos sin traicionar a mi gente, pero tracé un límite cuando se trató de tu familia. Les dije que no quería formar parte de eso. Y me costó caro. Pero no podía traicionarte a ti ni a los tuyos. Siempre has sido lo más importante para mí.

Charlotte le apretó la rodilla, dolida por la sinceridad que le brotaba como una herida abierta. —¿Qué más sabes?

—En el campo, los esquiladores eran los que más hablaban. Después de un día de trabajo, se sentaban a cenar, con alcohol y otras cosas, y ahí soltaban lo que no dirían en otro momento. Había peleas constantes, y recuerdo en especial la tensión entre Reynolds y el supervisor de los esquiladores —un hombre blanco, cuyo nombre no logro recordar. Si pudiera ver la lista de trabajadores de tu abuelo, lo reconocería al instante. Aquellos dos se odiaban y varias veces tuvieron que separarlos.

Charlotte lo observaba, absorbiendo cada detalle. —¿Y qué decían de Reynolds?

Jack Henry tragó saliva. —Que tenía tratos turbios con los activistas. Pero lo más delicado era lo del supervisor. Ese hombre estaba metido en un negocio de robar los fardos de lana completos, no solo un poco de lo que había dentro. Como ellos mismos los esquilaban, los prensaban y los cargaban, sabían las rutas, las fechas, los camiones. Así que podían interceptar los cargamentos sin que nadie lo notara. Era un robo limpio, calculado.

Se inclinó hacia ella, la voz casi un susurro. —Y había otro rumor todavía más oscuro… Decían que Reynolds, y tal vez hasta el supervisor, estaban ligados a algo peor: secuestrar y vender chicas jóvenes. Yo nunca lo quise creer. Me parecía imposible. Mi hermano Atohi participaba en algunas de esas actividades menores, y siempre me negué a pensar que pudiera estar vinculado a algo tan siniestro como la trata de personas. Pero ahora… después de todo lo que hemos descubierto… ya no sé qué pensar.

A Charlotte se le puso la piel de gallina.

Jack Henry continuó, con la voz rota: —Cuando Mari murió, me quedé destrozado. No podía evitar pensar que tal vez todo estaba conectado: Reynolds, los activistas, incluso mi propio hermano. Y me callé… porque no quería hundirte más. No podía soportar la idea de que pensaras que esa oscuridad alcanzaba también a tu familia.

Charlotte permaneció inmóvil unos segundos, sus pensamientos atrapados en las revelaciones de Jack Henry. La duda se le aferraba al pecho como una sombra, recordándole las veces en que ya había sentido esa misma incertidumbre años atrás. Apenas comenzaban a reconstruir un vínculo quebrado, y ahora la sospecha amenazaba con abrir de nuevo la herida.

Entonces, el aire cambió. Una ráfaga helada recorrió el claro y las hojas secas se agitaron en un murmullo inquietante. El bosque, que un momento antes respiraba calma, se sumió en un silencio antinatural, como si hasta los pájaros contuvieran la respiración. Charlotte se estremeció y alzó la vista hacia Jack Henry.

—¿Lo sientes? —susurró.

Él asintió con gravedad. —Sí. Algo no está bien.

Se levantaron casi al unísono, instintivamente más cerca uno del otro, con la mirada fija en los árboles que los rodeaban.

La seguridad del claro se había desvanecido; en su lugar, se instalaba la sensación sofocante de ser observados desde las sombras.

—Volvamos a los caballos —dijo Charlotte, forzando un tono de calma que no sentía.

Subieron a Blaze y Rhiannon con manos temblorosas, aferrándose a la familiaridad de sus monturas. El rítmico golpeteo de los cascos sobre la escarcha les ofreció un mínimo respiro, aunque Charlotte tenía la certeza de que la amenaza estaba muy cerca.

El sendero se cerraba bajo las copas desnudas de los árboles, la luz filtrándose en fragmentos que dibujaban manchas inquietas en el suelo. De pronto, un murmullo cortó el aire. Un susurro imposible de ubicar, demasiado próximo para ser casual.

—¡Jack Henry, espera! —exclamó Charlotte.

Él giró la cabeza, con los ojos llenos de desconcierto, justo en el instante en que un silbido desgarrador atravesó el bosque. Una flecha cortó el aire y se incrustó en el costado de Jack Henry.

—¡Ah! —rugió de dolor, inclinándose sobre la silla. Rhiannon se encabritó con un relincho agudo, levantándose sobre sus patas traseras, y Charlotte sintió cómo el mundo se tambaleaba bajo ella.

Otra flecha pasó rozando, desgarrándole el muslo y clavándose en la montura. La sangre oscureció sus vaqueros, y el olor metálico se mezcló con el cuero chamuscado. El cuero grueso de la silla había detenido lo peor para Rhiannon, pero el golpe bastaba para desbocarla del pánico.

Una tercera flecha silbó, cortándole la oreja a Charlotte con una punzada ardiente. La sangre tibia le resbaló por la mejilla.

—¡Charlotte! —bramó Jack Henry, aunque ella apenas lo escuchó. Su cuerpo actuó antes que su mente: sacó el rifle, apuntó hacia las sombras de donde habían surgido los proyectiles y disparó. El estampido retumbó entre los árboles como un trueno, rompiendo la opresiva quietud.

—¡Tenemos que volver a la casa! —gritó ella, la adrenalina transformando su miedo en pura determinación.

Espolearon a los caballos, lanzándose al galope por el sendero helado. El aire frío les golpeaba la cara como cuchillas, y el dolor en el costado de Jack Henry lo doblaba sobre la silla, aunque mantenía las riendas con los nudillos blancos.

Cuando las primeras luces de la casa surgieron entre los árboles, Charlotte sintió un destello de alivio. Pero ese alivio se quebró de inmediato.

—¡Dios mío! —gritó.

Del campo se elevaba una columna de humo negro. El resplandor anaranjado del fuego teñía el cielo gris. El granero ardía.

—¡El granero!

El santuario de su infancia, aquel espacio impregnado de heno y recuerdos, estaba envuelto en llamas que rugían con furia, devorando vigas y paredes como si fueran papel. Charlotte supo al instante lo que significaba: había caballos atrapados dentro.

—¡Ayuda! —clamó, saltando de Blaze sin pensarlo.

Jack Henry intentó desmontar, el rostro desencajado por el dolor de la flecha aún clavada en su costado. El sudor le perlaba la frente. —¡No puedes! —gritó, la voz áspera por el esfuerzo.

—¡Tenemos que salvarlos! —replicó Charlotte, con una determinación que quemaba más que el fuego mismo.

Corrió hacia las llamas, mientras veía a sus padres y a la abuela Ann correr desde la casa. El calor era insoportable, el humo acre le llenaba los pulmones, y aún así siguió adelante.

Dentro, los relinchos desesperados y los golpes frenéticos contra las puertas resonaban como gritos humanos. Charlotte apretó los dientes. No podía dejarlos morir.

Al llegar a la entrada del granero, el calor era insoportable. Las llamas rugían como un monstruo vivo, y los relinchos desesperados de los caballos desgarraban el aire. Charlotte vio a sus padres forcejeando con la puerta, los músculos tensos mientras empujaban contra el peso de la madera y el fuego.

—¡Tenemos que sacarlos! —gritó, sumándose al esfuerzo.

Con un crujido largo y agudo, la puerta cedió. Una oleada de humo denso salió disparada hacia ellos, tragándose el aire fresco y obligándolos a toser. Charlotte sintió que los pulmones le ardían, pero no se detuvo.

—¡Vamos! ¡sáquenlos ya! —gritó su madre, con una voz que atravesaba el caos.

Impulsada por esas palabras, Charlotte se lanzó al interior. El calor la envolvió de inmediato, abrasador, lamiendo sus ropas mientras corría hacia los establos. Los ojos de los caballos brillaban de terror, reflejando las llamaradas que danzaban a su alrededor. El corazón se le partió al verlos golpeando las puertas, desesperados por huir.

—¡Tranquilos, tranquilos, vamos a sacarlos! —les dijo con urgencia, liberando a uno y luego al otro.

El sudor le corría a chorros por la frente, mezclándose con el hollín que ennegrecía su piel. Tiró de los cabestros y los guió hacia la salida, luchando contra el humo que la cegaba. El rugido de las llamas le retumbaba en los oídos, pero siguió adelante.

Al fin, los animales rompieron hacia la noche, y el aire frío golpeó a Charlotte como un respiro de vida. Apenas tuvo tiempo de recuperar el aliento cuando una voz quebrada la alcanzó:

—¡Charlotte! ¡Creo que voy a desmayar!

Giró de inmediato. Jack Henry se tambaleaba junto a Rhiannon, su piel pálida, el costado manchado de sangre y la flecha aún clavada.

—¡Aguanta! —gritó, corriendo hacia él. Le pasó el brazo por los hombros y lo sostuvo mientras el peso de su cuerpo casi la derribaba. La urgencia le taladraba las sienes.

—¡Tenemos que meterte dentro! —le dijo, arrastrándolo hacia la casa.

Él jadeaba, con el rostro contraído por el dolor. —¡Tenemos que salir de aquí...!

—¡Cállate y camina! —lo apremió Charlotte, sintiendo el calor del fuego lamerle la espalda.

Sus padres estaban ya en el porche, formando una cadena de baldes junto a los vecinos para frenar las llamas antes de que alcanzaran la casa.

—¡Charlotte! ¿Qué le ha pasado? —gritó la abuela Ann al verlos acercarse tambaleantes—. ¡Tráelo adentro, ya!

Jack Henry colapsó contra la barandilla, sin fuerzas.

—No puedo... —susurró, con los labios blancos.

—Sí puedes —le dijo Charlotte, apretando los dientes y tirando de él con toda su fuerza.

Con ayuda de la abuela, lograron meterlo en la sala. El contraste con el exterior era brutal: el aire aún cargado de humo, pero fresco en comparación con el infierno del granero. La penumbra de la estancia ofrecía una ilusión de refugio.

Ann, con la calma curtida en años de experiencia, se arrodilló a su lado. Sus manos, firmes y seguras, ya estaban trabajando.

—Necesito el botiquín. Y alcohol —ordenó, sin aceptar objeciones.

Charlotte corrió a traerlo, mientras Jack Henry intentaba sonreír entre dientes apretados. —Estoy bien...

—¡Quédate quieto! —lo cortó Ann, tajante. Con un gesto rápido rasgó su camisa, exponiendo la herida. La flecha sobresalía cruelmente, manchada de sangre oscura.

El olor a bourbon llenó la sala cuando Ann vertió el líquido sobre la herida. Jack Henry gruñó, apretando los puños hasta que los nudillos se quedaron sin circulación.

—Esto va a doler más todavía —advirtió ella, con voz firme—. Pero tiene que salir ya.

Charlotte, con el corazón desbocado y llena de culpa, se arrodilló a su lado y le sostuvo la mano. —Estoy aquí, Jack Henry. No me sueltes.

Él la miró, y en sus ojos brillaba la angustia mezclada con algo más profundo. —Nada de esto es tu culpa...

Un estruendo afuera sacudió la casa, recordándoles que el incendio seguía vivo.

—¡Démonos prisa! —instó Charlotte.

Ann asintió, agarró el astil de la flecha y, con una precisión implacable, contó: —Uno... dos...

El grito de Jack Henry desgarró el aire cuando la flecha salió de su cuerpo. Charlotte lo sostuvo con fuerza, susurrándole palabras de consuelo mientras él, exhausto, cerraba los ojos, rozando el límite entre la conciencia y la oscuridad.

Cuando la flecha cayó al suelo, Charlotte sintió que el estómago se le encogía. La herida en el costado de Jack Henry era profunda, y la sangre brotaba en oleadas que empapaban la tela de su camisa rasgada.

—¡Tenemos que limpiarla! —gritó, con la voz quebrada por el pánico.

—¡Más paños! —ordenó la abuela Ann, firme y sin perder la calma—. ¡Y tráeme más de ese bourbon si encuentras!

Charlotte corrió a la cocina, buscando desesperada cualquier cosa que pudiera servir. El rugido del fuego afuera seguía recordándole que no solo peleaban por la vida de Jack Henry, sino también por su hogar, por su familia, por todo lo que habían construido.

Regresó con los paños y los colocó en manos de su abuela. Ann trabajaba con precisión de cirujana, limpiando la herida y controlando la hemorragia, mientras Jack Henry se retorcía, cada gemido suyo clavándose como un puñal en el pecho de Charlotte. Ella le sostuvo la mano con fuerza, jurándose en silencio que no lo perdería.

Afuera, la batalla contra el fuego continuaba. El crujir de la madera consumida se mezclaba con gritos, pasos apresurados y el golpeteo rítmico de los baldes de agua que pasaban de mano en mano. Charlotte alcanzó a ver, desde la ventana ennegrecida, cómo dos vecinos del campo y sus hijos se unían al esfuerzo, trayendo más mangueras y formando una cadena humana que no se detuvo en toda la noche.

Las horas se desangraron en medio de humo y hollín. El cielo se tornó de un negro espeso a un gris mortecino, hasta que el primer resplandor del amanecer se filtró entre las nubes bajas. Con él llegó un tenue alivio: las llamas cedían, las últimas brasas agonizaban, y el infierno comenzaba a extinguirse.

El granero, sin embargo, había quedado reducido a ruinas. Sus vigas ennegrecidas se alzaban como huesos retorcidos contra el horizonte. Allí donde antes había vida, ahora solo quedaba un esqueleto carbonizado. Tendrían que reconstruirlo desde los cimientos, pero en medio de la devastación había una certeza que reconfortaba: los caballos estaban a salvo, y la casa, aunque herida, seguía en pie.

El cansancio cayó sobre ellos como un manto pesado. Se reunieron en un círculo improvisado, con los rostros manchados de hollín y sudor, observando los daños. Una habitación de invitados había sido devorada por las llamas, sus paredes reducidas a cenizas. Las demás habían resistido, aunque chamuscadas y ennegrecidas en los bordes, como si hubieran librado su propia batalla silenciosa.

Jack Henry yacía inconsciente en la sala, pálido pero respirando con regularidad. La abuela Ann, incansable, había hecho lo posible para estabilizarlo, su experiencia de enfermera marcando la diferencia entre la vida y la muerte. Charlotte lo observaba con una mezcla de gratitud y temor, acariciándole la mano con suavidad. Habían estado demasiado cerca de perderlo todo.

En el porche, con el humo aún elevándose en espirales sobre los restos del granero, William se acercó a su hija. El cansancio se reflejaba en sus facciones, pero sus ojos brillaban con una chispa distinta.

—Supongo que has estado haciendo las preguntas correctas —dijo con voz grave, el timbre cargado de respeto—. Puede que estés más cerca de la verdad de lo que ninguno de nosotros ha estado nunca. Pero no lo olvides... alguien quiso enviar un mensaje esta noche.

Charlotte asintió en silencio, el peso de sus palabras cayendo sobre ella. Miró hacia el horizonte, donde el sol se abría paso entre la bruma. La luz dorada iluminaba los campos, ahora marcados por la tragedia, y en ese resplandor reconoció tanto pérdida como promesa.

CAPÍTULO XXI

Al amanecer, el cansancio de la noche anterior seguía pesando sobre todos. La abuela Ann y la madre de Charlotte habían preparado un desayuno abundante, y el aroma del pan tostado y del té recién hecho impregnaba la cocina. El aire estaba cargado con los olores familiares del hogar: las tartas de Irma, recién horneadas y aún enfriándose sobre la mesada, se mezclaban con el penetrante rastro a humo que persistía tras el incendio que había reducido el granero a ruinas. El suave tintinear de los platos y el murmullo de las voces intentaban recuperar la normalidad, aunque esta parecía frágil, como un velo delgado cubriendo el caos de la noche pasada.

Jack Henry seguía dormido en la habitación de invitados, recuperándose de la herida y del agotamiento. Los paramédicos habían llegado antes del amanecer; lo encontraron inconsciente pero estable. Recomendaban dejarlo descansar y trasladarlo al hospital una vez que despertara.

Charlotte estaba sentada junto a su padre en la mesa, mientras él, con su camisa de cuadros descolorida y sus vaqueros gastados, tomaba una taza de té en silencio. Su frente fruncida revelaba lo mucho que lo atormentaban los sucesos recientes. A un costado, Irma ayudaba con los quehaceres: cortaba porciones de pastel con manos ágiles, su delantal salpicado de harina y colores vivos resaltando en medio del ambiente sombrío. Aunque su hijo, David, ya había regresado a casa tras el incendio, ella insistió en quedarse; su apoyo era un bálsamo firme en medio de la incertidumbre.

Charlotte, con el cabello enredado y profundas ojeras bajo los ojos, sentía el peso de la culpa lacerándola. La imagen de Jack Henry herido, sangrando por aquella flecha, volvía a su mente una y otra vez. Había logrado mantenerlo con vida, pero no podía dejar de sentir que lo había puesto en riesgo.

—Parece que nos espera un día largo —dijo William, llevándose una mano a las sienes, como si pudiera espantar el cansancio con ese gesto—. Pero no podemos darnos el lujo de descansar todavía.

—Lo sé —respondió Charlotte, su voz impregnada del eco del terror vivido—. No puedo creer que alguien intentara matarnos a Jack Henry y a mí. Pudimos haber... —se detuvo, tragando saliva, la emoción quebrándole las palabras—. Y el granero... ¿por qué quemar el granero? Todos ustedes estuvieron en peligro también. Esto fue un mensaje directo, papá. Alguien sabe que me estoy acercando demasiado a la verdad sobre lo que pasó en los sesenta con Mari... y también sobre las víctimas recientes, incluida Kaya. Y ahora Salazar aparece muerto justo en el mismo río donde se ahogó Mari. Todo está conectado.

El ceño de William se endureció. —Tenemos que andar con cuidado. Quien esté detrás de esto no dudará en ir más lejos si se siente amenazado.

—Lo sé —respondió Charlotte con firmeza—. Pero no puedo quedarme de brazos cruzados. Tenemos que seguir adelante.

—Dime, ¿dónde estabas cuando los atacaron? —preguntó William, con la preocupación latiendo en cada palabra.

Charlotte relató la escena con detalle, la memoria aún fresca como una herida abierta. —Estábamos en el claro... ese donde el abuelo me enseñó a disparar el rifle. Allí empezó todo. Primero fue el silencio. Luego, la flecha atravesó el aire y alcanzó a Jack Henry. Todavía escucho ese silbido... Una segunda flecha lo alcanzó en la pierna y una tercera casi me mata a mí. —Inclinó la cabeza, dejando ver el corte en su oreja, leve pero doloroso recordatorio de lo cerca que había estado de morir—. Disparé hacia las sombras, pero no vi a nadie. Era como si nos hubieran estado cazando. Y cuando creímos que no podía ser peor, vimos el fuego... el granero en llamas.

William apretó la mandíbula, la rabia contenida brillando en sus ojos. —Tiene que haber sido la misma persona. O tal vez varios.

Charlotte asintió, la voz temblorosa. —Sí. Alguien quiere silenciarme antes de que descubra la verdad.

Su padre pasó una mano por su cabello, sacudiendo la cabeza en un gesto de incredulidad. —Esto es más grave de lo que imaginábamos. Y debemos tomarlo en serio.

—Lo sé —repitió Charlotte—. Pero el miedo no me va a detener. De hecho, hay algo más: Jack Henry mencionó ayer que los equipos de esquila de aquellos años tenían un supervisor. No recordaba su nombre. Creo que deberíamos revisar los registros del abuelo. Si damos con ese nombre, quizá tengamos la conexión con Reynolds.

William arqueó una ceja, interesado. —Es extraño... pero está bien. Vamos a revisarlos.

Charlotte se levantó con un nudo de ansiedad y caminó hacia su cuarto. El pasillo le pareció sombrío, casi hostil, marcado todavía por el olor a humo. Al abrir la puerta, la envolvió el inconfundible aroma a papel viejo mezclado con ceniza. Tomó la carpeta grande, llena de documentos de la época de su abuelo, y regresó con rapidez a la cocina.

Los demás seguían conversando en voz baja, sus rostros tensos bajo la luz filtrada a través de las cortinas de encaje. El sol matutino proyectaba dibujos irregulares en el suelo, contrastando con la gravedad que se respiraba en la sala.

—¡Aquí están los registros! —anunció Charlotte, depositando la carpeta sobre la mesa con un golpe suave.

—Perfecto —respondió William, ajustándose los anteojos de lectura y adoptando un gesto decidido—. Veamos qué encontramos.

Cuando Charlotte empezó a hojear las páginas, la impaciencia le recorría las manos. Los registros estaban meticulosamente organizados: nombres, fechas y funciones de todos los que habían trabajado en el campo durante décadas.

—Aquí están los equipos de esquila —dijo con entusiasmo. Su corazón latía con fuerza mientras repasaba línea tras línea, buscando cualquier mención al supervisor.

En ese momento, la abuela Ann se acercó y se inclinó sobre su hombro. Vestía un cárdigan viejo, gastado por los años, pero en sus ojos brillaba la misma lucidez de siempre. —¿Qué están revisando ustedes dos? —preguntó.

—Buscamos información de los equipos de esquila de aquellos años —respondió Charlotte—. Jack Henry mencionó a un supervisor que no lograba recordar, y pensé que estos registros podrían darnos la pista.

—Oh, aquellos tiempos... —murmuró Ann, con un dejo de nostalgia—. Tu abuelo siempre quería contratar a los mejores. No era fácil. Dependíamos de recomendaciones de otros campos, y a veces teníamos que juntar las ovejas con las de los vecinos para que un mismo equipo trabajara en todas. Así se hacía más eficiente el proceso.

William asintió, esbozando una ligera sonrisa al evocar los recuerdos. —Así era. La temporada de esquila era un torbellino. Los equipos se quedaban en el granero varios días y trabajaban hasta terminar, casi sin descanso. Cuando encontrábamos un grupo confiable, tratábamos de mantenerlo año tras año.

—¿Y cómo eran esos equipos? —preguntó Charlotte—. ¿Hubo problemas alguna vez?

—En general, eran buenos trabajadores —respondió William—. Aunque, como en todo, siempre aparecía alguna manzana podrida. Algunos tenían antecedentes por peleas o por escándalos en la ciudad, pero evitábamos a cualquiera con historial de robos o delitos graves. Tu abuelo era estricto con eso.

La abuela Ann añadió: —Siempre había rumores. Algunos buscaban ganarse el favor de tu abuelo para ser elegidos supervisores. Querían un salario mejor y eso generaba tensiones.

Charlotte escuchaba con atención, sintiendo cómo los recuerdos familiares se entrelazaban con la investigación presente. Mientras seguía repasando la lista de nombres, la ansiedad le crecía. Tenía la certeza de que la clave estaba allí.

De pronto, Jack Henry apareció en la cocina, caminando despacio, visiblemente adolorido. Llevaba una camisa limpia que Charlotte había sacado del armario de su abuelo y unos vaqueros holgados. El contraste entre su cuerpo herido y la firmeza de su expresión le produjo a Charlotte un nudo de culpa: estaba empujando la búsqueda mientras él apenas podía mantenerse en pie.

—¿Puedo ver esos registros? —preguntó él, con tono serio.

—Jack Henry, deberías estar descansando —protestó Charlotte, en voz baja.

—Lo sé, pero puedo ayudar —insistió.

Charlotte dudó, luego se apartó un poco y le cedió espacio. —De acuerdo, pero no te exijas demasiado.

Jack Henry inclinó la cabeza en señal de agradecimiento y comenzó a revisar las páginas. Pasaron apenas unos segundos antes de que su dedo se detuviera sobre un nombre.

—Aquí está —dijo en voz baja, pero con firmeza—. John Samuels. Era el supervisor del equipo de esquila ese año.

Charlotte se quedó helada. —¿Samuels? —repitió—. ¿Como el sheriff Samuels?

Jack Henry asintió, consciente de la magnitud de lo que acababan de descubrir. —Sí. Ahora lo recuerdo. John Samuels era su tío. En esa época, el sheriff tenía más o menos nuestra edad. Estaba en algunas clases contigo en la escuela secundaria, ¿te acuerdas? Su tío debía de tener entre treinta y cuarenta años.

El significado de la conexión cayó sobre todos en la mesa. Si John Samuels había sido supervisor en aquellos años y estaba vinculado directamente con la familia del sheriff actual, el secreto podía ser mucho más profundo de lo que imaginaban.

William fue el primero en hablar: —John era muy respetado. Trabajaba duro y tenía buena reputación. Según estos registros, pasó varias temporadas aquí. Yo no había caído en que se trataba de él.

Irma intervino con rapidez: —Yo sí lo recuerdo. John Samuels se hizo cargo de su sobrino después de la muerte del padre del sheriff. Lo crió junto con sus otros hijos y lo animó a convertirse en policía. Quizá quería un destino distinto para él, porque sus propios hijos siempre estaban en problemas. El sheriff era lo opuesto: serio, aplicado. Yo nunca lo habría relacionado con nada oscuro. Esto no puede ser cierto...

—Quizá Jack Henry escuchó mal —sugirió Charlotte, mirándolo con incertidumbre—. Pero su nombre sigue apareciendo. Debemos ser cautelosos y no sacar conclusiones precipitadas.

Jack Henry dudó, con expresión de dolor. Estaba convencido de lo que había oído, pero no quería discutir.

—Quizá —dijo al fin—. ¿Qué más recuerdas de John Samuels y del resto del equipo de esquiladores? —preguntó, casi ignorando la insinuación—. ¿De dónde venían? ¿Cómo eran?

William reflexionó unos segundos antes de responder, mirando a su hija con seriedad.

—Como dije hace un momento, siempre fue un reto conseguir buenos esquiladores. Los granjeros dependíamos de recomendaciones o de experiencias pasadas. En los sesenta, muchos eran hombres locales que habían crecido aquí. Conocían la tierra, el trabajo y los animales. Pero también llegaban algunos de más lejos, sobre todo en la temporada alta. Venían en grupos, trabajaban unos días y luego seguían hacia el siguiente campo. Era una vida dura, pero era lo que sabían hacer.

Hizo una pausa y volvió a clavar la mirada en Charlotte, con un leve gesto de exasperación, como si deseara que Jack Henry hubiera escuchado con más atención lo que ya había dicho.

—¿Alguna vez tuvieron que lidiar con quejas o problemas de robos o peleas? —preguntó Jack Henry.

El padre de Charlotte negó con calma. —No. Oíamos rumores, sí, pero nada grave. Alguna pelea después de unas copas, pero no pasó de eso. Nada que llegara a mayores.

Charlotte escuchaba en silencio, absorbiendo cada detalle. La historia de su familia y del campo se mezclaba con los hilos de la investigación, y la imagen en su mente se hacía más nítida.

—Necesitamos un plan —dijo con determinación—. Tenemos que revisar estos registros otra vez y encontrar más sobre John Samuels. Si es el tío del sheriff, no podemos enfrentarlo sin pruebas sólidas.

William asintió lentamente. —Hablar con Harold Underwood podría ayudarnos. Ha estado aquí muchos años y seguramente escuchó cosas sobre los equipos de esquila o sobre posibles robos. A menudo contrataba a los mismos hombres que nosotros. Vale la pena intentarlo.

Charlotte bajó la vista, recordando su última visita al campo de los Underwood. Procesaba cada palabra de su padre mientras las piezas se acomodaban en su mente.

—De acuerdo. Vamos —dijo al fin, poniéndose de pie con energía.

—¿Ahora? —preguntó William, sorprendido—. No, primero necesitamos descansar. Puede esperar hasta la tarde. Al menos dúchate y duerme un poco. Todos estamos agotados, y Jack Henry tiene que ir al hospital.

—Pero fuiste tú quien dijo que no había tiempo para descansar, que había mucho que hacer —replicó Charlotte.

—Eso era antes de que apareciera lo de John Samuels —respondió con firmeza—. Si vamos a seguir adelante, necesitamos fuerzas.

Charlotte guardó silencio unos instantes, y luego asintió con cierta vacilación.

—Está bien, tienes razón. Supongo que podemos esperar unas horas más.

De nuevo en su asiento, Charlotte se recostó y dejó que el cansancio la alcanzara.

CAPÍTULO XXII

John Samuels era un hombre de muchos talentos, respetado en la comunidad por su destreza como esquilador de ovejas y por su pasión por la carpintería. En el pueblo lo conocían también por su habilidad para reparar y restaurar canoas, en especial las tradicionales canoas Monacan, que ocupaban un lugar especial en la memoria colectiva de la región. Su taller, ubicado detrás de su modesta casa de dos pisos a las afueras de la ciudad, era un reflejo de esa dedicación y del cuidado que ponía en cada detalle.

La casa en sí era sencilla pero acogedora. El revestimiento de madera mostraba señales de desgaste, aunque aún resistía con firmeza. En el porche delantero, varias macetas con flores daban un toque de color al exterior apagado. La vieja hamaca crujía suavemente con la brisa, evocando tardes tranquilas de verano. Los postigos verde oscuro enmarcaban las ventanas, y el techo, aunque envejecido, se mantenía sólido frente al tiempo.

Dentro, el orden dominaba cada rincón. A pesar de estar habitada por tres hombres, la casa permanecía limpia y organizada. La sala de estar, con muebles gastados pero cómodos, era un espacio de reunión frecuente para la familia. En las paredes colgaban fotografías que contaban su historia: sonrisas familiares, celebraciones y escenas cotidianas que capturaban momentos sencillos de la vida.

La cocina era el verdadero corazón del hogar. Una gran mesa de madera presidía el espacio, donde John insistía en que todos se sentaran juntos para compartir las comidas. Los armarios guardaban platos alineados con cuidado, y las mesadas brillaban de limpias pese al uso constante. El aroma del pan recién horneado solía impregnar el ambiente, recordando la importancia de los placeres simples en medio de la rutina diaria.

Tras la muerte de su esposa, John había criado solo a sus dos hijos, Derek y Jake, y además había acogido a su sobrino Thom, que había perdido a su padre demasiado pronto. Con mano firme pero afectuosa, John logró darles disciplina y sentido de responsabilidad, aun cuando la vida no se lo puso fácil.

Derek y Jake, sin embargo, eran traviesos y perezosos. Su risa ruidosa y sus constantes bromas los hacían populares, pero también tenían una faceta cruel que solían descargar sobre Thom. Uno de los recuerdos más dolorosos del sheriff Samuels provenía de esa época: después de un entrenamiento de béisbol, Derek, Jake y otros chicos le lanzaron piedras hasta herirle la mano. La hinchazón le duró más de una semana, haciéndole difícil incluso escribir, y la memoria de aquella humillación permaneció con él durante años.

John, aunque conocido por su carácter amable, tenía un temperamento que podía estallar con facilidad. Sus hijos sabían medir cada palabra y cada gesto en su presencia. Aun así, era un padre dedicado, siempre trabajando para sostener a su familia. En la temporada de esquila, viajaba de campo en campo; el resto del tiempo lo dedicaba a su verdadera pasión: la carpintería.

El taller era un lugar amplio, con techos altos, impregnado del olor a serrín y barniz. Allí John encontraba refugio y concentración. Cada herramienta tenía su lugar en las paredes, y el banco de trabajo solía estar ocupado con proyectos a medio terminar. Varias canoas en proceso de restauración ocupaban el centro del espacio, algunas de ellas Monacan, cuya belleza y valor histórico despertaban en John un respeto especial.

En ocasiones, Derek y Jake se unían a él. Aunque carecían de la constancia de su padre, disfrutaban del tiempo compartido, aprendiendo técnicas básicas y participando en pequeños proyectos. Era uno de los pocos momentos en que la distancia entre ellos parecía acortarse.

Con los años, Thom encontró en ese ambiente más de lo que en su momento había podido apreciar. Las lecciones de su tío sobre trabajo duro y disciplina, mezcladas con la calidez de una familia que lo había recibido en tiempos difíciles, le dieron la base para su carácter. Aunque sus recuerdos estaban marcados por la dureza de crecer junto a sus primos, también conservaba escenas de cariño y apoyo, prueba de que, incluso en medio de las dificultades, los lazos familiares podían resistir.

CAPÍTULO XXIII

La luz del atardecer bañaba las colinas de Virginia con un resplandor cálido mientras Charlotte y su padre se preparaban para salir en la camioneta hacia el campo de los Underwood. Tras una breve ducha y unas horas de sueño inquieto, ambos habían puesto en orden sus pensamientos, reforzando la determinación de descubrir la verdad. El aire estaba fresco, impregnado del olor terroso de las hojas húmedas. Charlotte subió a la camioneta de su padre, el motor rugió al encenderse y el zumbido de los neumáticos sobre el ripio marcó un ritmo familiar que la tranquilizó por un instante.

—¿Estás segura de que quieres hacerlo? —preguntó su padre, lanzándole una mirada de reojo. Charlotte pudo ver, sin embargo, el apoyo firme reflejado en sus ojos.

—Tengo que hacerlo, papá —respondió ella—. Hay algo en John Samuels que no puedo pasar por alto. Necesitamos una idea más clara de lo que pudo haber estado tramando antes de atar todos los cabos.

El camino se volvía cada vez más angosto, con colinas que daban paso a matorrales y a hileras de árboles cuyos troncos parecían cerrarse sobre el camino. El crepúsculo alargaba las sombras y hacía cada kilómetro más pesado. El campo de los Underwood no estaba lejos, pero la incertidumbre de lo que encontrarían le erizaba la piel.

La última vez que Charlotte había estado allí había sido unas semanas atrás, cuando habló con el señor Adkins tras descubrir los registros de empleo de su abuelo. Volver en esas circunstancias le provocaba una ansiedad distinta, más intensa.

Cuando el desvío apareció ante sus ojos, sintió cómo su corazón palpitaba: nunca había tenido tanto en juego.

Al llegar, el sol ya se había escondido tras las colinas y el cielo se teñía de azules profundos y violetas. El campo estaba inquietantemente silencioso; solo se escuchaba el susurro del viento entre las hojas. Charlotte observó el granero, erguido contra el horizonte, y la tensión en el aire le hizo contener la respiración.

—Algo no me huele bien. Quédate cerca —dijo William mientras ambos tomaban sus rifles y bajaban del vehículo. Charlotte se ajustó la chaqueta antes de seguir a su padre hacia la casa principal. Cada escalón de madera crujió bajo sus pies al acercarse a la puerta.

—¿Señor Underwood? —llamó Charlotte, su voz resonando en el silencio—. Somos Charlotte y mi padre, William. Queremos hacerle unas preguntas, si no le importa.

Nadie respondió.

—¿Quizá estén en el granero? —sugirió William, mirando a su alrededor. Por las ventanas de la casa se filtraba una luz tenue y acogedora, pero la falta de movimiento resultaba inquietante.

—Vallamos a ver —respondió Charlotte.

El olor a heno impregnaba el aire cuando se acercaron al granero. Las puertas estaban entreabiertas, balanceándose con la brisa.

—Tienes razón… algo no está bien —murmuró Charlotte, mirando a su padre, que asintió en silencio.

—Ve con cuidado —le advirtió él antes de empujar las puertas. La madera crujió, y el interior los recibió con un silencio denso, iluminado apenas por la luz que se filtraba entre las rendijas.

—¿Señor Underwood? —volvió a llamar Charlotte, esforzándose por sonar tranquila—. ¿Señor Adkins?

Avanzaron despacio. El aire estaba cargado de polvo, con olor a heno rancio. No había relinchos ni el susurro de la paja, solo un silencio antinatural que ponía la piel de gallina. Charlotte sintió que las sombras la observaban desde los rincones.

—Revisemos la sala de monturas y los establos —dijo William en voz baja.

Charlotte lo siguió de cerca, el rifle apretado entre las manos. Los establos estaban vacíos: los caballos habían desaparecido. El silencio en la sala de monturas resultaba aún más extraño.

—¿Dónde pueden estar? —susurró Charlotte—. Nunca se van sin alguien cerca… ¿para qué tener un cuidador, sino?

A medida que avanzaban, encontraron baldes volcados y paja esparcida. El suelo mostraba huellas profundas de cascos y un rastro oscuro que se extendía por el polvo, como si algo hubiese sido arrastrado.

—Papá… ¿y si pasó algo? —preguntó Charlotte con voz quebrada.

William frunció el ceño. —Tenemos que encontrarlos. No te apartes de mí.

Ella asintió, el rifle firme en sus manos, y caminaron hasta el fondo del granero sin encontrar rastro de los Underwood.

—Quizá estén en la casa —dijo Charlotte, la desesperación asomando en su voz.

—Vamos —respondió William.

Salieron al aire fresco de la noche, respirando aliviados por un momento al dejar atrás la atmósfera opresiva. Sus pasos resonaron en el ripio del camino que conducía a la casa. Las sombras se alargaban a su alrededor.

Charlotte tomó el picaporte de la puerta principal, las manos húmedas de sudor. Empujó la puerta y llamó otra vez: —¿Señor Underwood? ¿Señora Underwood? ¿Hay alguien aquí?

El eco de su voz se perdió en el interior vacío. El silencio era tan profundo que la hizo estremecerse. Intercambió una mirada con su padre, que entró primero en el pasillo, rifle en mano. —Tenemos que revisar todo —dijo en voz baja, avanzando hacia la sala de estar.

Charlotte lo siguió de cerca, con pasos contenidos, al entrar en la sala tenuemente iluminada. El resplandor intermitente de las brasas moribundas en la chimenea proyectaba sombras alargadas sobre las paredes. Los muebles estaban ordenados con esmero, pero la quietud resultaba demasiado rígida, inquietante.

—Quizá estén en la parte de atrás —susurró Charlotte, con apenas un hilo de voz.

—Vamos a ver en la cocina —respondió su padre, avanzando hacia la puerta que conectaba con la parte trasera.

Charlotte lo siguió, alerta. Al entrar en la cocina, el aire estaba impregnado del aroma persistente de comida casera. La mesa estaba puesta, como si la cena fuese inminente, pero la ausencia de cualquier movimiento llenaba la habitación de un silencio extraño.

—¿Dónde están? —murmuró Charlotte, sus ojos recorriendo la estancia. El tictac del reloj de pared, débil pero constante, parecía retumbar en la vacuidad de la cocina.

Su padre se acercó a la puerta trasera y se asomó hacia la oscuridad exterior. —No veo a nadie —dijo en voz baja, cargada de preocupación—. Deberíamos revisar las habitaciones.

—De acuerdo —asintió Charlotte.

Se adentraron por el pasillo, el suelo de madera crujiendo bajo cada paso. Abrieron la primera puerta a la izquierda: una habitación de invitados pulcra, con la cama perfectamente tendida bajo una colcha ordenada, pero vacía.

—Aquí no hay nadie —murmuró William antes de seguir a la siguiente puerta.

Una a una, las habitaciones fueron mostrando la misma imagen: camas hechas, cortinas corridas, todo en su lugar… y ningún signo de vida. Incluso el dormitorio principal estaba intacto, como si nadie lo hubiera habitado.

Llegaron al despacho. William abrió la puerta lentamente, y Charlotte entró detrás, el rifle bajo pero preparado. Una pequeña lámpara de escritorio arrojaba luz tenue, proyectando sombras que llenaban la estancia. El escritorio estaba desbordado de papeles y libros, pero reinaba una sensación de vacío perturbador, como si algo vital faltara.

—¿Qué demonios están tramando? —susurró Charlotte, avanzando entre estanterías repletas de volúmenes y fotografías familiares.

Entonces la vio: un leve movimiento en la esquina, cerca del suelo. —¡Charlotte, cuidado! —advirtió su padre, alzando la voz.

Pero ella ya se había adelantado. Cuando se acercó, el aire se le quedó atrapado en la garganta. Un cuerpo yacía en el suelo, inmóvil.

—No… no… no… —balbuceó Charlotte, con la voz rota. William se arrodilló de inmediato y tanteó el cuello en busca de pulso. Su expresión se quebró y los ojos se le llenaron de lágrimas.

Era la señora Underwood. Sus ojos abiertos, fijos en el techo, guardaban la última chispa de terror. Charlotte sintió un vuelco en el estómago y la náusea trepó por su garganta.

—Dios mío… —susurró, con lágrimas deslizándose por su rostro. La habitación se cerraba sobre ella, el aire se volvía irrespirable.

Un instinto repentino la hizo girar hacia la puerta. —Tenemos que salir de aquí —dijo, la voz temblorosa. Algo le decía que no estaban solos.

—Charlotte, quédate —ordenó William, tomando el rifle con firmeza—. Voy a revisar las otras habitaciones.

—¡No! ¡No podemos separarnos! —replicó ella, el pánico elevándole la voz—. ¿Y si todavía hay alguien aquí?

William vaciló, y al final asintió. —Está bien, vamos juntos.

La tensión los envolvía mientras permanecían en el despacho, el horror aún fresco ante sus ojos.

—¿Qué pasó aquí? —preguntó Charlotte, apenas audiblemente.

—No lo sé —respondió William, la mirada recorriendo la habitación—. Pero tenemos que salir y pedir ayuda. ¿Dónde demonios estará el señor Underwood?

De pronto, un ruido retumbó desde la parte trasera de la casa: un gruñido grave, gutural. Charlotte se quedó helada.

—¿Qué fue eso? —jadeó, con los ojos muy abiertos.

Su padre la miró y, sin necesidad de palabras, entendieron que era hora de huir.

—¡Vamos! —exclamó William, apretando con fuerza su rifle tras revisar la recámara. Charlotte imitó su gesto, ajustando el suyo.

El gruñido resonó otra vez, más cercano.

—¡Vamos, vamos! —gritó, y ambos corrieron por el pasillo, sus pasos golpeando el suelo de madera. Cada crujido de la casa parecía acompañar la amenaza invisible.

Al llegar a la puerta principal, William la abrió de un empujón. El aire helado de la noche los envolvió, pero la sensación de alivio se desvaneció en cuanto vieron una silueta inmóvil en el jardín.

—¿Quién anda ahí? —rugió William, apuntando con el rifle hacia la figura que se ocultaba en las sombras, fuera del alcance de la luz del porche—. ¡Salga de ahí!

La figura se aproximó lentamente, oculta aún en las sombras. Charlotte sintió cómo una oleada de incredulidad la recorría. El perfil era inconfundible… ¿Mark Reynolds? No podía ser. Él estaba en prisión, a cientos de kilómetros.

Se quedó inmóvil, paralizada, con la respiración contenida.

—No deberías haber vuelto aquí —dijo Reynolds con desprecio, esbozando una sonrisa torcida que se adivinaba entre la penumbra.

—¿Qué has hecho? —gritó Charlotte, apuntándole con el rifle.

Pero antes de que pudiera apretar el gatillo, Reynolds se lanzó hacia el bosque. Un destello metálico brilló bajo la luz de la luna.

—¡Corre, sigámoslo! —ordenó William con voz firme—. ¡No podemos dejar que escape!

La adrenalina les inundó las venas mientras corrían tras él, con los pasos de Reynolds resonando por delante, abriéndose camino entre la maleza.

La luna llena iluminaba el sendero, bañando de plata el bosque. Charlotte respiraba agitadamente, intentando asimilar lo imposible: Reynolds no podía estar allí, pero lo estaba. Todo su mundo parecía suspendido en un segundo eterno, las sombras alargándose y retorciéndose como si ocultaran secretos en cada rincón.

—Concéntrate—, se dijo a sí misma. No había espacio para la duda. Tenían que atraparlo.

Los árboles se alzaban altos y silenciosos, el aire era más frío a cada paso, y las sombras se espesaban a su alrededor. Charlotte percibía cada crujido, cada rama rota, cada corriente de aire como una advertencia.

De pronto, un ruido cercano en la maleza la detuvo en seco.

—¿Lo oíste? —susurró, con los ojos fijos en la oscuridad.

—Sí —respondió su padre, adelantándose para cubrirla, el rifle preparado.

El silencio volvió a adueñarse del bosque, pero la tensión permanecía.

—Debemos ser cautelosos —murmuró Charlotte mientras avanzaban, las pisadas amortiguadas por la tierra húmeda.

Caminaron con paso firme, los sentidos en alerta. Las sombras parecían moverse entre los árboles, espectros silenciosos acechando desde la penumbra.

—Quédate cerca de mí —le indicó su padre.

Ella asintió, apretando el arma contra el pecho. El sendero se hacía más estrecho, la vegetación cerrándose como un muro oscuro a su alrededor. Sentía que alguien los observaba.

Un destello rápido atravesó el bosque. Algo se movía. —¡Agáchate! —gritó William, empujando a Charlotte hacia la maleza.

Ella levantó instintivamente el rifle, escudriñando la negrura.

—¿Qué fue eso?

—No lo sé —replicó él, sin bajar la guardia—. Pero debemos seguir.

Avanzaron con cautela. Charlotte no lograba apartar las preguntas de su mente: ¿era Reynolds? ¿O alguien más? La duda la atormentaba tanto como el miedo.

El bosque se iluminaba intermitente bajo la luna alta, dejando ver fragmentos del sendero. De repente, otro crujido los hizo detenerse. Charlotte alzó el arma.

El ruido aumentó y una sombra salió de golpe entre los arbustos. —¡Agáchate! —ordenó William de nuevo.

Charlotte obedeció, preparada para disparar. Pero lo que emergió de la oscuridad la dejó sin aliento: un pequeño ciervo, con los ojos desorbitados, paralizado por unos segundos antes de huir hacia la espesura.

Charlotte sintió cómo sus hombros se relajaban lentamente, aunque la tensión permanecía en su pecho.

—Falsa alarma —murmuró William, bajando el rifle con alivio—. Sigamos, no podemos detenernos aquí.

Ella asintió. El recuerdo de Reynolds la impulsaba a continuar.

El bosque se cerraba sobre ellos con ramas que crujían bajo cada pisada. El ulular de un búho rompió la quietud, recordándoles que no estaban solos.

—No deberíamos estar lejos de la vieja cabaña de caza —dijo William, con la voz tensa—. Si conoce esta zona, puede que haya ido hacia allí. Está medio hundida, oculta por árboles y maleza. Es casi imposible encontrarla si no sabes dónde está. Es un escondite perfecto.

—Guíame —respondió Charlotte, con la determinación marcada en el rostro.

El camino se volvió más familiar, y por primera vez esa noche sintió un atisbo de calma.

Finalmente, llegaron a la cabaña. Los árboles la rodeaban como guardianes silenciosos, cubriéndola de sombras. La estructura rústica, deteriorada por el tiempo, parecía surgir de la tierra misma. Cuando se detuvieron ante la puerta cerrada, un leve ruido en su interior los hizo contener la respiración.

Mientras permanecían allí, inmóviles por la incertidumbre, William dio un paso al frente, decidido a ver qué había dentro de la cabaña. Agarró la vieja manija oxidada y tiró con fuerza, pero la puerta no cedió. Una gruesa cadena asegurada con un candado sorprendentemente bien conservado —un contraste evidente con los herrajes corroídos y la madera carcomida— mantenía la entrada firmemente bloqueada. Sin vacilar, alzó su rifle y golpeó el candado con la culata. El metal cedió con un chasquido seco, y tras un último empujón, la puerta se abrió, revelando el interior en penumbras.

Dentro, reinaba la oscuridad, apenas interrumpida por los débiles rayos de luna que se filtraban por las rendijas de las tablas. Charlotte afinó el oído, formando una copa con la mano contra la oreja. Sus pupilas se dilataron por la aprensión.

—¿Escuchas eso? —susurró, con la voz apenas audible.

William asintió, con el gesto rígido. —Sí... parece el llanto de alguien.

Avanzaron despacio, con los rifles preparados. Las sombras se movían en las paredes de madera, retorcidas por la luz que se colaba desde afuera, como si quisieran tomar forma. Cada crujido del suelo bajo sus botas resonaba con fuerza en la cabaña.

En un rincón, contra la pared, distinguieron una figura pequeña, encogida sobre sí misma. Una niña. No tendría más de nueve años. Su rostro estaba empapado en lágrimas que brillaban a la luz débil; el cabello, enmarañado, le caía sobre los hombros. Abrazaba con fuerza sus rodillas, vestida con una camisa gastada y unos calcetines de lana sucios que apenas protegían sus pies del frío.

—¡Ayuda! —sollozó, con la voz quebrada—. ¡Por favor!

Charlotte corrió hacia ella, con su padre pegado a la espalda.

—¡Tranquila, estamos aquí para ayudarte! —dijo con firmeza, aunque por dentro se debatía entre la angustia y la rabia.

La niña alzó la vista, sus ojos enormes, desbordados de terror.

—¡Me secuestraron! —gimió, temblando—. ¡No sé dónde estoy! ¡Quiero irme a casa!

Charlotte se quitó el abrigo y la envolvió con cuidado, conteniéndose para no romper en llanto.

—Ya estás a salvo —le aseguró, mientras buscaba la mirada de William. Su padre reflejaba la misma urgencia en el rostro.

—¿Cómo te llamas? —preguntó Charlotte suavemente.

—Lily —contestó entre lágrimas, limpiándose con las manos sucias—. Dijeron que era una niña mala, pero yo no hice nada. ¡Quiero a mi mamá!

Charlotte se arrodilló a su altura, posando una mano en sus hombros.

—Lily, prométeme que serás fuerte un poco más. Nosotros te llevaremos a casa, ¿sí?

William se arrodilló a su lado. —¿Sabes quién te trajo aquí? —le preguntó con voz calma, sin perder firmeza.

La niña negó, ocultándose tras el cabello revuelto. —No lo sé… Era una camioneta grande. Me llevaron primero al bosque y luego a un lugar oscuro…

Charlotte sintió un escalofrío. La imagen era demasiado real, demasiado cercana al terror que investigaba.

—Tenemos que sacarte de aquí. ¿Puedes caminar?

Lily asintió, aunque el temblor de sus piernas lo ponía en duda. Charlotte bajó la mirada a sus pies: solo llevaba calcetines desgastados, sin zapatos.

—Estás helada… Papá, llévala tú.

William la alzó con cuidado, acomodándola sobre su espalda sin soltar el rifle.

—Vamos —dijo, saliendo primero para revisar el exterior.

Una ráfaga helada los recibió al cruzar el umbral. Charlotte estrechó la mano de Lily, que se aferraba con fuerza a su abrigo. El aire parecía denso, cargado de amenaza.

—Rápido —apremió William—. No sabemos si nos vigilan.

Se internaron en el sendero. Las ramas crujían bajo sus botas, las sombras se estiraban a su alrededor, y el ulular lejano de un búho acentuaba el silencio opresivo.

—¿Y si vienen a buscarla? —susurró Charlotte.

—Es probable —respondió su padre sin apartar la vista de los árboles—. Pero no podemos detenernos. Hay que llegar a la camioneta.

Un fuerte crujido resonó tras ellos. Pasos. Charlotte giró con el corazón desbocado.

—¿Oíste eso? —preguntó.

—Sí. Si la buscan, pueden estar siguiéndonos. ¡Avancemos!

Aceleraron el paso. Charlotte tropezó con una raíz, pero se incorporó al instante, impulsada por el instinto de sobrevivir. Lily se aferraba al cuello de William, que ajustaba el agarre con firmeza.

—¡Ya casi estamos! —exclamó William. El borde del bosque se abría frente a ellos.

Entonces se detuvieron en seco. Una silueta bloqueaba el paso, inmóvil, recortada contra la luz de la luna.

Charlotte se colocó al frente, el rifle en las manos. —¿Quién anda ahí? —gritó, con voz firme.

La figura avanzó. —Charlotte —respondió una voz grave.

Cuando el rostro emergió a la luz, Charlotte no podía creer sus ojos. —¿Sheriff Samuels? —susurró, incrédula. —¿Qué hace aquí?

Ella y Jack Henry habían evaluado la posibilidad de que el sheriff Samuels estuviera involucrado, o al menos tuviera conocimiento, de las posibles actividades ilegales de su tío.

Nadie les creería, y nadie más sabía que ella y su padre estaban en el campo de los Underwood, aparte de su madre y su abuela.

—Cálmate, Charlotte —dijo el sheriff Samuels, con un tono suave—. Solo he venido a ayudar.

—¿A ayudar? —repitió Charlotte—. ¿Cómo sabías que estábamos aquí?

Samuels sonrió. —Me enteré del incendio anoche, así que pasé por la casa de tus abuelos. Tu abuela me dijo dónde encontrarte. Jack Henry ya había sido trasladado al hospital, así que vine aquí.

Charlotte lo miro escepticismo: ¿realmente estaba allí para ayudar o tenía un motivo más siniestro? Intercambió una mirada con su padre, que se mantenía tenso, el rifle firme en las manos mientras protegía a Lily detrás de él.

—Escucha, no confío en ti —dijo Charlotte con voz firme—. No después de todo lo que ha pasado. Encontramos a la señora Underwood muerta en la casa y el señor Underwood ha desaparecido. Luego creímos ver a Reynolds, lo que parece imposible si sigue en prisión. ¿Cómo sabemos que no estás involucrado?

El rostro de Samuels se endureció un instante, un destello de irritación cruzó sus ojos. —Estoy aquí para ayudarte, Charlotte. Tenemos que centrarnos en poner a esa niña a salvo —dijo señalando a Lily, que temblaba aferrada a William.

—¿A salvo? —replicó Charlotte—. ¿Cómo sabemos que no eres tú quien la ha puesto en peligro? Se supone que eres el sheriff, ¡pero no apareciste cuando te necesitábamos! Después del ataque a Jack Henry y a mí, y con el incendio ardiendo toda la noche, no vimos rastro de ti. Ha pasado casi un día entero y ¿ahora apareces?

Su padre dio un paso al frente. —Charlotte, tenemos que pensar con claridad. Lily es nuestra prioridad. No podemos dejarla aquí. —Se volvió hacia Samuels—. Si de verdad quieres ayudar, entonces nos acompañarás al hospital. Tenemos que asegurarnos de que esté bien.

Samuels asintió despacio, aunque Charlotte captó un brillo inquietante en su mirada. ¿Era irritación, incomodidad… o algo más oscuro?

—De acuerdo —dijo Charlotte—. Pero si pasa algo…

—No pasará nada —la interrumpió Samuels con tono firme, levantando las manos en señal de calma—. Estoy aquí para asegurarme de que todos lleguen sanos y salvos. O, en este caso, al hospital. Vamos.

Charlotte respiró hondo, la frustración ardiendo en su interior. Tenían que llevar a Lily al hospital; lo demás tendría que esperar.

—Vamos —dijo finalmente, abriendo el paso hacia la camioneta.

Mientras subían, se aseguró de que Lily quedara entre ella y su padre en el asiento largo de la vieja camioneta de una cabina. La rodeó con el brazo, intentando transmitirle seguridad.

—Todo va a estar bien, cariño —le susurró, mientras en su mente regresaba la imagen del cuerpo sin vida de la señora Underwood. La ausencia del señor Underwood añadía un peso más: ¿qué había ocurrido en esa casa?

—Charlotte —murmuró su padre, interrumpiendo sus pensamientos—. Lo resolveremos. Conseguiremos la ayuda que Lily necesita y luego hablaremos de lo que vimos.

—¿Crees que es la niña que Samuels dijo que estaban buscando? —preguntó Charlotte, observando a Lily, que seguía temblando contra su hombro.

—Podría ser —respondió William—. Tenemos que asegurarnos de que la revisen bien. Si la secuestraron, debemos averiguar quién lo hizo y qué le han hecho a ella.

Charlotte asintió en silencio. Tenían que llegar al fondo de los secretos que se escondían tras los Underwood y la red oscura que amenazaba con envolverlos a todos.

La camioneta avanzaba por los caminos estrechos, la luna bañando los campos y los árboles con un resplandor frío. A pesar de la luz clara delante, Charlotte continuaba con la sensación de que el peligro seguía cerca, acechando en la oscuridad.

—Aguanta, Lily —le susurró Charlotte con dulzura, apretando a la niña contra sí—. Muy pronto estarás con tu mamá y tu papá.

Los ojos de Lily, inundados de lágrimas, se alzaron hacia ella con un brillo de esperanza. Charlotte la sostuvo más fuerte, sintiendo el instinto de protegerla a cualquier costo.

Al llegar al estacionamiento del hospital, Charlotte supo que lo que habían descubierto esa noche era solo el comienzo de algo mucho más terrible.

***

El olor estéril del antiséptico impregnaba el aire cuando entraron con Lily a urgencias.

—Sé fuerte, Lily —le susurró Charlotte, apretándole suavemente la mano antes de separarse.

Las enfermeras se la llevaron de inmediato a una pequeña sala de evaluación, moviéndose con una calma que contrastaba con el caos habitual de la sala de emergencias. Charlotte y su padre se quedaron en el pasillo con preocupación mientras observaban cómo el personal trabajaba con otros pacientes.

—¿Se pondrá bien? —preguntó Charlotte a una enfermera cercana.

—Estamos haciendo todo lo posible —respondió la mujer, regalándole una sonrisa tranquila antes de entrar en la sala.

Los minutos parecieron interminables hasta que el sheriff Samuels apareció en el pasillo. Su expresión era grave, pero había en su semblante una serenidad extraña que a Charlotte le resultó difícil descifrar. Cruzó miradas con ella y asintió apenas, como confirmando algo sin palabras: —Es la niña que estaba desaparecida—. Luego entró en la sala.

Se inclinó frente a Lily, colocó una silla a su altura y, con voz suave, dijo:

—Tus padres están de camino. ¿Te importa si te hago unas preguntas mientras esperamos? ¿Puedes contarme qué pasó?

Charlotte, que había alcanzado a ver la expresión asustada de la niña por la puerta entreabierta, entró también, con una súplica muda en los ojos. Samuels vaciló un instante, luego le permitió quedarse.

Lily tragó saliva, con el cuerpo temblando.

—Recuerdo… que me metieron en una camioneta grande —dijo en un hilo de voz—. Todo estaba oscuro. No veía nada. Estaba asustada.

—¿Qué más, Lily? —la animó Samuels con tono calmado.

—Había ruidos… como gotas de agua y… susurros —continuó la niña, esforzándose—. Creo que oí a alguien hablar, pero no entendía lo que decían. Estaba oscuro y tenía frío.

—¿Puedes decirnos más sobre el lugar? —preguntó Samuels, inclinándose un poco hacia ella.

—Era… como si estuviera encerrada en algo pequeño. Olía a tierra mojada y… a algo podrido. Escuché agua, como un arroyo o un río tal vez, pero estaba lejos. Y había voces… voces enojadas.

Charlotte se estremeció. Las imágenes eran demasiado familiares. El recuerdo de aquella caverna con Mari golpeó su mente: la humedad, la oscuridad, los susurros. Sintió la misma presión en el pecho, como si volviera a quedar atrapada allí.

—¿Charlotte? —la voz preocupada de su padre la sacó de golpe de esos recuerdos. Había entrado sin que ella lo notara.

Ella negó con la cabeza, los ojos empañados.

—Es solo que… suena como lo que nos pasó a nosotras —dijo con voz quebrada. ¡Es el mismo lugar!

Samuels se volvió hacia ella, atento.

—¿Qué quieres decir?

—Lily describe lo mismo: la caverna. Susurros, oscuridad, esa sensación de encierro… —Charlotte apretó los labios—. Yo creí que nunca saldríamos vivas de allí.

—Lily, ¿recuerdas algo más?

La niña la miró primero a ella, buscando seguridad, antes de hablar:

—Vi una luz. Muy pequeña, a lo lejos. Pensé que era la salida.

Charlotte cerró los ojos un instante, recordando su propio impulso desesperado de encontrar la misma chispa de esperanza.

—¿Cuánto tiempo estuviste allí? —preguntó Samuels con voz baja—. ¿Viste a alguien más?

Lily bajó la cabeza.

—No. Solo recuerdo que estaba asustada y quería irme a casa.

—Está bien, lo estás haciendo muy bien —aseguró él—. Una última pregunta: ¿sabes cómo llegaste a la cabaña donde te encontramos?

—No lo sé… Me desperté allí. —De pronto rompió en llanto—. ¡Quiero a mi mamá!

Charlotte la envolvió con el brazo y la sostuvo firme.

—Te prometo que descubriremos quién hizo esto —le dijo con voz firme—. Nadie volverá a lastimarte.

Samuels asintió y se levantó despacio.

—Vamos a dejar que la enfermera te atienda. Tus padres están en camino, y pronto estarán contigo.

Lily asintió apenas, agotada, con un destello de esperanza en sus ojos.

Samuels salió primero, haciendo un gesto para que Charlotte y William lo siguieran. Al llegar al aire fresco del exterior, bajo la luz dura de los fluorescentes del hospital, el peso de todo lo escuchado aún los envolvía.

El sheriff se volvió hacia Charlotte.

—Necesito que me cuentes más de esa caverna —dijo con seriedad—. Lo mencionaste antes, pero ahora cada detalle importa.

Charlotte respiró hondo, y los recuerdos de aquella noche regresaron con crudeza.

—Era una caverna oscura y húmeda. El agua goteaba sin parar. Había voces… y siempre se sentía que alguien nos estaba mirando.

Samuels la escuchaba con atención, asintiendo mientras ella hablaba.

—He pasado años tratando de averiguar dónde estaba ese lugar —continuó Charlotte con frustración tensando su voz—. He investigado todas las cavernas conocidas de Virginia. Pensé que podría ubicarlo, o al menos entender lo que nos pasó. Cavernas como Luray o Natural Bridge… pero todas están a más de dos horas de Floyd o del lago donde acampábamos esa noche. Simplemente no tiene sentido. Ninguna de ellas pudo haber sido el lugar donde quedamos atrapadas.

Su padre intervino, con cautela en la voz:

—Es casi imposible que alguien te llevara tan lejos sin ser visto. Incluso en esa época, con turistas por todas partes. Y te encontraron no muy lejos de nuestra casa y de los Underwood. No encaja.

Charlotte asintió.

—¡Exacto! Esas cavernas siempre han sido sitios turísticos. La gente se habría dado cuenta si alguien desaparecía o si se oían ruidos extraños. Pero nunca hubo reportes de nada así. No puede estar tan lejos. Y, sin embargo, nadie ha podido encontrar nada parecido cerca de aquí. —Guardó silencio un instante, con la mente corriendo—. ¿Y Lily? ¿Qué hacía sola en esa cabaña de caza? Tiene que estar relacionado con lo de los Underwood.

La imagen del cuerpo de la señora Underwood la golpeó de nuevo, helándole la sangre. Y entonces se dio cuenta de lo obvio.

—¡Los Underwood! —susurró con urgencia—. ¿Alguien ha visto al señor Underwood? No lo hemos visto en ningún momento.

—Sheriff… —su voz salió entrecortada, cargada de desesperación—. ¿Qué pasó con él? ¿Lo hallaron?

La expresión de Samuels se oscureció.

—Sí. Mi equipo lo encontró. Estaba en muy mal estado.

Charlotte se aferró al brazo de su padre.

—¿Qué quiere decir?

—Lo tenían con una soga al cuello, atado a un caballo —explicó con voz grave—. Estaba oculto en la oscuridad, muy cerca de la casa. Por eso no lo vieron antes. Parece que intentaban torturarlo. Lo encontramos inconsciente, posiblemente en coma… pero sobrevivió. Lo están trasladando al hospital ahora mismo.

—Dios mío… —susurró, horrorizada—. ¿Qué le hicieron?

—Cuando lo hallamos, tenía el cuerpo cubierto de moretones y otras heridas. Sus manos estaban en carne viva de tanto forcejear contra las cuerdas. Había señales claras de lucha. Fue brutal. No puedo imaginar lo que debió soportar.

Las palabras pintaron en la mente de Charlotte una escena desgarradora: la luna iluminando apenas la figura caída del señor Underwood, reducido a un hombre quebrado, jadeando sin aire, las marcas rojas de la soga hundidas en su piel, los ojos desorbitados en un terror mudo.

—Solo pensarlo… —murmuró William, con la voz rota—. ¿Cómo pudo alguien hacer algo así?

—No lo sé —dijo Charlotte, con rabia—. Pero tiene que estar conectado con Lily. Esto es más grave de lo que pensábamos.

—De acuerdo —asintió Samuels—. El hecho de que Lily estuviera sola en esa cabaña no es casualidad. Significa algo, y debemos descubrir qué.

El aire nocturno los envolvía, frío y pesado. El misterio crecía, con el pasado y el presente entrelazándose en una trama más siniestra de lo que jamás imaginaron.

—Tenemos que averiguar quién hizo esto —dijo con voz firme—. No podemos dejar que se salgan con la suya.

Samuels sostuvo su mirada. —No lo permitiré —prometió en voz clara.

CAPÍTULO XXIV

El olor penetrante de los productos de limpieza y productos químicos impregnaba el pasillo del hospital mientras Charlotte seguía a su padre. La luz tenue resaltaba las paredes pintadas de un verde pálido, cuyo tono apagado parecía absorber la claridad, creando un ambiente frío y distante. Era un contraste marcado con la calidez festiva que reinaba en el exterior, donde las luces navideñas centelleaban en las ventanas y los villancicos flotaban en el aire. Allí dentro, lo único que rompía el silencio era el eco leve de sus pasos, amplificado en cada tramo que recorrían hasta llegar a la habitación de Jack Henry.

—¿Estás bien? —preguntó William con tono preocupado.

—Sí —respondió Charlotte, dejando escapar un suspiro que apenas escondía su nerviosismo—. Solo quiero verlo... y contarle todo lo que ha pasado.

Se detuvieron frente a la puerta entreabierta de la habitación, Charlotte preparándose para la escena que temía encontrar. Empujó suavemente la puerta; las bisagras chirriaron, acompañando la sensación de inquietud que le recorría el cuerpo.

El cuarto era pequeño, pero impregnado con el aroma de flores frescas que alguien había traído. El zumbido constante de las máquinas y el parpadeo de sus luces daban ritmo al silencio, marcando la fragilidad de cada instante. Jack Henry yacía en la cama, una venda rodeándole el abdomen como testigo del dolor reciente. Las cortinas azul pálido que lo cercaban ofrecían apenas una ilusión de intimidad.

Charlotte sintió que la tristeza y la culpa le golpeaban de lleno. Verlo tan vulnerable le quebraba el corazón; cada respiración de él parecía un reproche silencioso a lo que habían vivido, y no pudo evitar pensar que todo era en parte responsabilidad suya.

Fue entonces cuando lo vio. Atohi, sentado junto a la cama, con su alta figura inclinada hacia delante, en medio de una conversación baja y seria con su hermano. La luz tenue perfilaba sus rostros, creando un ambiente casi íntimo que la hizo sentirse intrusa. Se quedó inmóvil, sorprendida por su presencia inesperada. Llevaban años sin verse, y jamás habría imaginado reencontrarlo en esa habitación, en esas circunstancias.

Atohi, de treinta y nueve años, tenía la piel oscura y los rasgos marcados de su ascendencia Monacana: pómulos altos, mandíbula firme y unos ojos marrones profundos que reflejaban calidez, aunque ahora estaban cargados de tensión. El cabello rizado enmarcaba su rostro, uniendo madurez y cierto aire juvenil. Había algo en su postura, en la manera en que evitaba la mirada, que dejaba entrever un conflicto interno.

—Tienes que decirle lo que sabes, Atohi —insistía Jack Henry, con voz débil pero firme, sin percatarse aún de la presencia de Charlotte.

Ella se estremeció. Esas palabras cargaban un peso inesperado. Atohi parecía dudar.

—No sé si debería… —respondió, inseguro—. No estoy seguro de que sea lo correcto.

—Tienes que hablar. Es importante —replicó Jack Henry, con un tono que buscaba convencerlo—. Ella tiene que saberlo.

—¿Contarme qué? —intervino Charlotte al fin, colocándose a los pies de la cama.

Atohi giró la cabeza, sorprendido.

—¡Charlotte! No te había notado —dijo con torpeza—. ¿Tú y Jack Henry están juntos de nuevo? ¿Desde cuándo?

—Desde hace un tiempo —respondió ella, sin apartarle la vista—. Pero eso no importa ahora. ¿Qué es lo que Jack Henry quiere que me digas?

Jack Henry suspiró, su mirada oscilando entre los dos.

—No es lo que piensas. Solo hablamos de cosas del pasado… cosas que podrían importar ahora.

Atohi se irguió, adivinando la desconfianza en los ojos de Charlotte.

—He cambiado desde entonces. Ya no tengo relación con esa gente. Me arrepiento de las decisiones que tomé y quiero ayudar.

Charlotte lo miró con recelo.

—¿Esa gente? ¿Los que robaban ovejas y caballos a los granjeros galeses?

—Sí. Me alejé de esa vida. No puedo borrar lo que hice, pero quiero enmendarlo.

—¿Qué sabes de John Samuels y sus actividades? —preguntó Charlotte, directa, con la ansiedad palpitando en su voz—. He oído que estuvo metido en el robo de fardos de lana. ¿Crees que tenía conexión con Reynolds?

El ceño de Atohi se frunció al hurgar en recuerdos incómodos.

—Sé que Samuels robaba fardos de lana, pero era cuidadoso. Nunca más de uno o dos, para no levantar sospechas. Después apuntaba a camiones que iban a los puertos: cambiaba un fardo del camión por uno suyo. En los registros parecía que todo estaba intacto. Le pagaban, aunque nunca supe para qué servía el intercambio ni quién lo financiaba. Un viejo amigo mío lo ayudó alguna vez. Yo pensé que era solo lana… pero ahora sé que también trataba con Reynolds. El movimiento Monacan contra los granjeros galeses era una fachada. Reynolds no estaba interesado en ovejas ni caballos; usaba todo aquello como excusa para algo más, algo conectado con lo que hacía Samuels.

Charlotte sintió que el aire le faltaba mientras escuchaba el relato de Atohi.

—¿Qué crees que escondían? —preguntó, con la voz tensa—. ¿Por qué cambiar fardos de lana? ¿ Qué había dentro de los que Samuels usaba para reemplazar con los originales?

—Oí rumores —respondió Atohi lentamente, apenas alzando la voz, como si nombrar aquellas cosas pudiera traerlas de vuelta—. Algunos decían que los fardos servían para ocultar otra cosa. Los cargaban en camiones rumbo a los puertos de Virginia Beach y Baltimore, pero nadie sabía con certeza qué llevaban. Lo único que sé es que no me gustaba. No quería tener nada que ver, pero en ese entonces tenía demasiado miedo para hablar.

Guardó silencio unos segundos, antes de continuar:

—Ya sabes, los fardos de lana son grandes y pesados. Se apilan muy juntos y están envueltos en arpillera o telas resistentes, que a la vez permiten respirar. Si alguien quitaba parte de la lana y hacía un hueco, era posible esconder dentro a un niño o a alguien pequeño. El tejido permitía cierto flujo de aire. No levantaría sospechas si los cargaban entre otros tantos en un camión.

Los ojos de Atohi se ensombrecieron, reflejando el recuerdo de la complicidad y el miedo.

—Con lo que sé ahora… creo que sí, que usaban los fardos para transportar personas. Niñas.

—Tenemos que investigar más —dijo con firmeza, aunque la confusión la carcomía por dentro—. Si esto tiene que ver con lo que pasó con Mari... o con otras jóvenes... tenemos que descubrirlo.

Atohi asintió, decidido, aunque Charlotte pudo ver todavía un destello de duda en sus ojos.

—Ayudaré en todo lo que pueda. Esta vez quiero hacer lo correcto.

El aire en la habitación se volvió más denso con cada palabra. Charlotte lo observó un momento antes de soltar otra pregunta que la inquietaba.

—¿Y el sheriff Samuels? ¿Crees que sabía algo de los negocios de su tío John?

—No lo creo —dijo Atohi, negando con la cabeza—. El sheriff siempre fue recto. Más dedicado a hacer cumplir la ley que a mirar para otro lado. Pero... sus primos, los hijos de John, son otra cosa.

Apretó los labios antes de añadir:

—Ellos sí tienen fama de andar metidos en cosas turbias. No saben lo que es trabajar duro. En vez de seguir el oficio de su padre y ganarse la vida, prefieren vivir de él. Son parásitos.

El contraste entre padre e hijos era evidente. Derek, el mayor, ya pasado los treinta años, era corpulento y sudoroso, con entradas marcadas y el pelo apelmazado sobre el cuero cabelludo. Su rostro redondeado casi siempre estaba enrojecido, sus ojos pequeños y movedizos transmitían sospecha y desprecio. Solía vestir remeras manchadas que apenas contenían su enorme panza, dejando ver un tatuaje barato de una calavera en un costado. Sus manos, más acostumbradas a sostener un control remoto de televisión o una lata de gaseosa que herramientas de trabajo, mostraban uñas largas y descuidadas.

Jake, el menor, era más alto, con un cuello grueso que se perdía en los hombros. Siempre con la cara sin afeitar, marcada por cicatrices de acné, lo que le daba un aire perpetuo de descuido. Casi siempre vestía pantalones cortos cargo con bolsillos repletos de envoltorios grasientos y papeles arrugados. Su cuerpo pesado lo empujaba a la pereza: prefería pasar el tiempo en un sillón antes que hacer cualquier esfuerzo.

Ninguno de los dos se había casado. Derek tenía dos hijos de una relación fallida, y las deudas de manutención solo habían aumentado su resentimiento. Los hermanos eran conocidos por sus chistes groseros y carcajadas escandalosas. La mayoría de la gente evitaba su compañía: eran un recordatorio viviente de la decadencia y el egoísmo, una sombra que deshonraba el respeto que alguna vez inspiró John Samuels.

Charlotte asimiló todo en silencio, impresionada por el abismo entre el sheriff y sus primos.

—Es alarmante —murmuró—. La diferencia de valores es abismal.

—Exacto —respondió Atohi—. Siempre buscaron atajos, y así terminaron.

Charlotte asintió, con la mente trabajando a toda velocidad.

—¿Y el señor Adkins? —preguntó, recordando otro nombre clave—. Él estaba allí también, cuando John Samuels y Reynolds trabajaban en el campo de mi abuelo. ¿Crees que tuvo conexión con todo esto?

—Sí —respondió Atohi tras una breve pausa—. Adkins trabajó con John en el pasado. Mantuvieron contacto, sobre todo cuando Adkins empezó como cuidador en el campo de los Underwood.

El padre de Charlotte, que hasta entonces había permanecido en silencio junto a la puerta, intervino con tono reflexivo:

—Charlotte, anoche no vimos a Adkins en el campo. A menos que... ¿y si la persona que creíste que era Reynolds en realidad era él? Son parecidos en estatura y complexión, y estaba oscuro. Es muy posible.

Los dedos de Charlotte jugueteaban con el borde de la sábana, mientras sus pensamientos giraban como en espiral.

—Es una posibilidad escalofriante —susurró, apenas audible—. Pero también recuerdo algo más: el otro día, el sheriff Samuels le preguntó a Jack Henry por ti, Atohi. —Lo miró con seriedad—. ¿De qué se trataba eso? La pregunta surgió de la nada.

Atohi frunció el ceño, sorprendido.

—No lo sé con certeza, pero podría estar relacionado con Adkins —respondió con cautela—. El sheriff sabe que él y yo somos amigos, y tal vez quería información sobre nuestra relación, sobre todo ahora que todo parece estar escalando. Si sospecha que Adkins está implicado, tiene sentido que pregunte.

Charlotte lo estudió con atención.

—¿Has hablado con él recientemente? Con el sheriff, digo.

—No, no lo he hecho —respondió Atohi, negando con la cabeza—. Pero puedo hacerlo si crees que es útil. ¿Por qué lo preguntas?

Charlotte respiró hondo, tratando de ordenar la maraña de vínculos.

—Veámoslo con calma. Tú has sido amigo de Adkins desde adolescentes, y él estuvo involucrado contigo en el movimiento contra los granjeros galeses. El verano en que murió Mari, John Samuels, Mark Reynolds y Emmanuel

Salazar trabajaban en el campo de mi familia. Estaban metidos en actividades ilegales: algunas incluían a ti y a Adkins; otras, según lo que dices, solo a esos tres. Sabemos que Reynolds fue condenado por el secuestro, abuso y asesinato de la hija del señor Adkins. Salazar pudo haber participado, pero ahora está muerto. Lo que no sabemos es si los hijos de John Samuels jugaron algún papel, ni tampoco hasta qué punto Adkins, John Samuels y Reynolds trabajaban juntos. Y además está lo que nos cuentas sobre los fardos de lana: John Samuels y tu amigo los robaban, supuestamente ligados al tráfico de niñas. —Lo miró con insistencia—. ¿Podríamos hablar con ese amigo tuyo?

—No —dijo Atohi, bajando la voz—. Falleció hace unos años.

—De acuerdo —continuó Charlotte, con gesto severo—. Eso nos deja con John Samuels, Adkins y, tal vez, los hijos de John. ¿Estaban ellos implicados en los robos de lana?

—Que yo sepa, no —respondió Atohi—. Son gente de mala vida, sí, pero nunca oí que participaran en eso. Francamente, dudo que fueran lo bastante inteligentes como para que su padre les confiara algo así. Pero no puedo asegurarlo.

Charlotte lo miró frustrada.

—Entonces tenemos que averiguar cuál fue la implicación de Adkins. ¡Y pensar que hace solo unos días lo tuvimos a él y a su familia cenando en nuestra casa para Navidad!

El pensamiento la golpeó con fuerza. ¿Podrían Adkins y John Samuels estar detrás del asesinato de la señora Underwood?

Se volvió hacia Atohi con mirada desafiante:

—¿Qué tan seguro estás de que el sheriff Samuels no está involucrado en nada de esto?

—Lo suficiente como para hablar con él de todo esto —respondió Atohi, con un destello de confianza y desafío en los ojos.

—Probablemente aún esté aquí, en el hospital. Estaba esperando a los padres de Lily. Vamos a buscarlo —dijo Charlotte.

—¿Quién es Lily? —preguntó Atohi, intrigado.

—Ven. Te lo explicaré mientras caminamos —replicó Charlotte con firmeza, dándose la vuelta hacia la puerta. Luego miró a su padre y a Jack Henry—. ¿Están bien aquí?

—No me queda otra —bromeó Jack Henry con una sonrisa sarcástica.

—Iré contigo —añadió William, con tono decidido—. Busquemos al sheriff Samuels y veamos qué sabe.

—Vamos entonces —concluyó Charlotte, abriendo la puerta y saliendo al pasillo.

CAPÍTULO XXV

La suave luz de la cocina iluminaba el acogedor espacio, proyectando un cálido resplandor sobre las paredes de madera y contrastando con la fría noche de diciembre que reinaba afuera. La casa estaba llena de vida: el repiqueteo de los utensilios y el ritmo constante del cuchillo al cortar verduras sobre la tabla marcaban la cadencia del momento. Victoria, la madre de Charlotte, estaba de pie junto a la mesada, concentrada en picar cebollas finamente. Su aroma penetrante impregnaba el aire y se mezclaba con el calor del horno. A su lado, la abuela Ann vigilaba una olla con huevos en agua, contando los minutos para asegurarse de que alcanzaran el punto exacto de cocción.

—¿Has escuchado algo? —preguntó Victoria, mirando de reojo el reloj de pared, cuyo tic-tac aumentaba su inquietud con cada minuto que pasaba. Habían transcurrido horas desde que Charlotte y William salieron rumbo al campo de los Underwood, y el silencio que envolvía la casa se sentía ensordecedor, amplificando la ansiedad que se había instalado en la mente de Victoria y de Ann.

—No, ni una palabra —respondió la abuela con un dejo de preocupación en la voz—. Estoy segura de que están bien, pero no es propio de ellos estar fuera tanto tiempo sin avisar.

Irma, la vecina y amiga de la familia, había venido a ayudar. —Centrémonos en preparar la cena —sugirió, con una sonrisa que intentaba infundir calma—. Les hará bien mantenerse ocupadas.

El olor salado de la comida se extendió por la cocina, mezclándose con el perfume de la cebolla saltada en aceite.

Irma se encargó de pelar las papas, sus manos moviéndose con rapidez mientras arrojaba las cáscaras a un bol.

Victoria asintió, agradecida por su presencia. Cocinar era su manera de sobrellevar la angustia: un ritual que la mantenía en pie en medio del torbellino de incertidumbre. —A Charlotte le encanta el pastel de papas —comentó con ternura—. Adapté la receta original de Ann. Creo que la mía es más sencilla, pero igual de reconfortante. No es por presumir, pero creo que Charlotte y William prefieren la mía.

Mientras seguía picando, los recuerdos de las comidas compartidas con sus hijas acudieron a su mente: las risas alrededor de la mesa, la calidez de los sabores caseros. Estaba decidida a recrear esa misma atmósfera esa noche. Revolvió la cebolla con la carne en la sartén, y el chisporroteo le sonó como música familiar, un recordatorio de que, a pesar de todo, la vida en casa seguía.

La abuela Ann levantó la vista de los huevos. —Sabes, todavía pienso que tu receta es nada ortodoxa —bromeó—. Muy lejos de mi versión galesa tradicional. ¿Y sin sal? ¡No tienes perdón!

Victoria soltó una pequeña risa. —Ann, sabes que Charlotte odia todo lo que es demasiado salado. Además, las aceitunas verdes ya le dan el toque justo. ¡Ya verás!

El pastel de papas era sencillo pero sabroso. Primero, un buen puré de papas; después, carne picada saltada en aceite con cebolla, a la que Victoria añadía huevos duros troceados, aceitunas verdes y unas pocas especias: comino, pimentón, pimienta, ajo y apenas un toque de nuez moscada. Una vez lista, la mezcla se extendía en una fuente de cristal y se cubría con el puré. A Victoria le gustaba decorarlo con un tenedor, dibujando surcos en el borde y un entramado de líneas en la superficie, antes de espolvorear canela y hornearlo unos minutos hasta que adquiriera una ligera costra dorada.

Mientras tanto, Irma ya estaba poniendo la mesa. Colocaba platos y cubiertos con esmero sobre un mantel con motivos verdes y rojos que aún conservaban el aire festivo de la Navidad. En el centro, una vela proyectaba sombras danzantes sobre las paredes, envolviendo la sala en una calidez íntima.

Afuera, en cambio, la noche de diciembre era gélida. La luna iluminaba los restos ennegrecidos del granero consumido por el fuego la noche anterior: madera carbonizada que destacaba en la blancura del terreno helado. Victoria se estremeció al mirarlo desde la ventana, como si todavía pudiera oír los gritos y el rugido de las llamas.

—La cena estará lista en breve —anunció Ann, pelando con destreza los huevos recién hervidos y colocándolos en fila sobre la mesada, brillando bajo la luz amarillenta de la lámpara—. Habrá suficiente para todos, y guardaremos para Charlotte y William cuando regresen.

Victoria forzó una sonrisa, pero la preocupación le ardía en el pecho. —Ojalá llamaran —admitió, volviendo la mirada al reloj—. ¿Y si ha pasado algo?

—No pienses así —la interrumpió Irma, con suavidad—. Seguro están distraídos con la conversación. Ya sabes lo mucho que les gusta hablar.

A medida que pasaban los minutos, la cocina se impregnó del rico aroma del pastel de papas que se estaba terminando de preparar. Una vez hervidas y peladas las papas, Victoria comenzó a pisarlas junto con unas cucharadas de manteca, creando una cobertura suave y esponjosa. Tarareaba para sí una melodía de su infancia, como si ese gesto sencillo pudiera ahogar la creciente ansiedad que se agitaba en su interior. Irma la acompañaba, mezclando la carne picada ya cocida con las aceitunas y los huevos, cuyos colores y aromas daban vida al plato.

Cuando la mezcla estuvo lista, Victoria la colocó con cuidado en una fuente de cristal, alisándola antes de extender encima el puré de papas. Puso especial atención en el diseño, marcando con un tenedor líneas en los bordes y cuadrados en la superficie. Era un detalle simple, pero la conectaba con las tradiciones de su familia, y la repetición del gesto la ayudaba a mantener los pies en la tierra en medio de la incertidumbre.

—El horno está listo —avisó Irma, mirando el reloj—. ¿Dijiste quince minutos? —Giró el viejo temporizador de cuerda, ese que sonaba con un tintineo alegre al terminar.

Mientras el pastel de papas se horneaba, la tensión poco a poco cedió espacio a la expectativa de una comida caliente. La luz de la luna se filtraba por la ventana, mientras el viento ululaba afuera, recordándoles el frío que aguardaba más allá de las paredes.

—Encendamos la radio —propuso Ann, girando el dial.

Viejas melodías navideñas llenaron la cocina, mezclándose con los aromas de la comida. Pero bajo la calidez persistía un trasfondo de ansiedad, una bruma silenciosa que no lograba disiparse. ¿Volverían Charlotte y William antes de que la noche se cerrara del todo?

Alrededor de la mesa reinaba un silencio cargado, pesado, lleno de miedos que nadie se atrevía a nombrar. Se miraban unas a otras, cada una perdida en sus pensamientos, conscientes de que las sombras que acechaban afuera eran demasiado reales.

—Victoria, querida —rompió Ann el silencio—. ¿Por qué crees que tardan tanto? Ya deberían haber vuelto.

Victoria suspiró, sin apartar la vista de la ventana oscura. —No lo sé. Quizás se entretuvieron con los Underwood… o algo los retrasó.

—O algo peor. ¿Y si les pasó algo? ¿Y si se metieron en problemas?

La expresión de Victoria se endureció. —No saquemos conclusiones precipitadas —dijo con firmeza, aunque por dentro el miedo se le enroscaba como una serpiente. El olor reconfortante del pastel de papas no alcanzaba a disipar la angustia que le pesaba en el pecho.

—Iré a ver cómo están —se ofreció Irma, dirigiéndose a la puerta—. Conduciré hasta el campo de los Underwood y comprobaré si siguen allí.

—No, no quiero que vayas sola —la detuvo Victoria de inmediato—. ¿Y si la misma persona que disparó a Charlotte y Jack Henry ha vuelto?

—Entonces estaré allí para ayudar —replicó Irma con firmeza—. No tengo miedo. Y si les ha pasado algo, necesitarán toda la ayuda posible.

Victoria agradeció en silencio su valentía, aunque la preocupación la desgarraba por dentro. —No puedo quedarme aquí sentada esperando —confesó con voz temblorosa—. Siento que algo anda mal.

—Démosles unos minutos más —dijo Irma, con una mano en su hombro en un gesto reconfortante—. Estoy segura de que volverán pronto.

Pero los minutos pasaban, y la incertidumbre se hacía más densa. Victoria volvió a mirar por la ventana: la oscuridad más pesada que nunca.

—Quizás debería llamar al sheriff —dijo, finalmente—. Esto no me huele bien.

Irma asintió. —Es mejor prevenir que lamentar.

Victoria se acercó al teléfono, con las manos temblorosas, y marcó el número de la oficina del sheriff. Cada tono que sonaba en la línea aumentaba su ansiedad, hasta que por fin una voz respondió:

—Oficina del sheriff Samuels. ¿En qué puedo ayudarle?

—Soy Victoria Jones. Mi esposo y mi hija se marcharon hace horas al campo de los Underwood y aún no han regresado. Estamos muy preocupadas. ¿Podría hablar con el sheriff?

—No, no está. Lo último que supe es que también se dirigía al campo de los Underwood —explicó la asistente con calma—. Eso fue hace varias horas. Puedo localizarlo por radio.

—Sí, por favor —respondió Victoria, con un hilo de voz—. Sé que parezco exagerada, pero siento que algo no está bien.

—La mantendré informada. Espere un poco, ¿de acuerdo?

Victoria colgó, con el corazón encogido. —El sheriff también fue al campo de los Underwood… —le dijo a Irma—. Ahora sí que estoy preocupada.

De regreso a la cocina, el silencio se instaló entre ellas. El pastel de papas estaba a punto de salir del horno, su aroma llenaba el aire, pero ni siquiera el olor reconfortante de la cena lograba aliviar la tensión que les atenazaba el alma.

CAPÍTULO XXVI

Charlotte, William y Atohi atravesaron el bullicioso vestíbulo del hospital. Las luces fluorescentes zumbaban sobre sus cabezas, proyectando un resplandor frío y constante que hacía brillar el suelo de baldosas pulidas. Sus pasos resonaban en un ritmo casi marcial, mezclándose con el murmullo lejano de enfermeras y médicos que se movían de un lado a otro. Todo en el ambiente transmitía la urgencia de que había vidas en juego.

El pasillo se extendía como un laberinto incierto. Charlotte avanzaba con un torbellino de emociones —miedo, determinación y una chispa de esperanza— mientras buscaban al sheriff Samuels. Apenas prestaba atención al murmullo de conversaciones y llamadas a su alrededor; todo su ser estaba concentrado en un solo objetivo.

Al llegar a la sala de espera, lo vio. El sheriff conversaba con el padre de Lily, un hombre alto y de rostro endurecido, marcado por el dolor y con profundas ojeras que revelaban noches sin dormir. Se apoyaba pesadamente en el mostrador de recepción, la tensión visible en su postura. El alivio por tener a su hija con vida era palpable, aunque estaba claro que las últimas horas lo habían desgastado.

En cuanto Samuels advirtió la llegada de Charlotte y los demás, se enderezó con gesto preocupado y se adelantó para interceptarlos, como si quisiera levantar una barrera entre ellos y el padre de Lily.

—Atohi, te he estado buscando —dijo, su voz cargada de gravedad.

—Estoy aquí. ¿Podemos hablar? —respondió Atohi.

—Vamos a un lugar más privado —sugirió el sheriff, echando un vistazo rápido al padre de Lily. Sabía que no era el momento ni el lugar para atraer más atención.

Cerca del mostrador, la recepcionista —una joven de ascendencia nativa americana— había seguido la escena con atención. Llevaba un ambo verde claro que realzaba el tono cálido de su piel. Su largo cabello oscuro caía en ondas sueltas por la espalda, enmarcando un rostro delicado pero firme. Los pómulos altos y los ojos expresivos transmitían tanto inteligencia como compasión, una presencia reconfortante en medio de aquel entorno aséptico. Cuando Samuels se volvió hacia ella, le ofreció una sonrisa tranquila y habló con voz baja:

—La segunda habitación a la derecha está vacía. Pueden usarla si lo desean.

—Gracias —respondió el sheriff, haciendo un gesto a Charlotte, William y Atohi para que lo siguieran.

El ambiente se volvió más denso mientras avanzaban por el pasillo. Cada paso parecía sumergirlos más en una red de secretos, con las luces fluorescentes parpadeando sobre sus cabezas como un recordatorio de la tensión acumulada.

—Que sea rápido —dijo Samuels al entrar en la pequeña sala de evaluación. Su voz cansada, marcada por el esfuerzo de la noche—. Estoy agotado. Quiero terminar aquí e irme a casa.

Charlotte sintió que la indignación le subía a la garganta.

—¿Ir a casa? —replicó con rabia—. Acaban de asesinar a la señora Underwood. El señor Underwood apenas sobrevivió. A Jack Henry y a mí nos atacaron hace menos de cuarenta y ocho horas. ¡Alguien está intentando matarnos! ¿Y usted quiere irse a casa a descansar?

—¿No crees que exageras un poco? —contestó el sheriff con gesto severo—. Mira, lo entiendo, pero ahora no hay nada que podamos hacer. Es tarde, todos necesitamos dormir. Quien esté detrás de esto no va a desaparecer esta noche. Mañana podremos investigar con la cabeza más fría.

William, que había permanecido callado, apoyó la idea.

—Estoy de acuerdo con el sheriff, Charlotte. Nosotros también necesitamos descansar. Ha sido un día largo.

La frustración estalló dentro de ella.

—Papá, ¡no lo entiendes! Se trata de nuestra familia y de niñas inocentes. ¡No podemos cruzarnos de brazos! —Su voz temblaba, al borde de romperse. Se volvió hacia Samuels en busca de apoyo, pero él parecía poco dispuesto a inmiscuirse en sus tensiones familiares.

El sheriff decidió cortar la confrontación y giró hacia Atohi.

—¿De qué querías hablar? —preguntó, con un tono seco y serio.

Atohi vaciló un instante:

—Acabamos de tener una conversación con Jack Henry. Discutimos las relaciones entre Mark Reynolds, Emmanuel Salazar… y su tío. Hay conexiones que debería investigar.

La expresión de Samuels se endureció.

—Eso no es posible. Los rumores sobre mi tío son falsos. Es un hombre honesto.

Charlotte sintió que la incredulidad le quemaba por dentro.

—Sheriff, con todo respeto, ¿de verdad lo ha investigado? No puede ignorar estas conexiones.

—No digo que descarte nada —replicó Samuels con tono áspero—, pero conozco a mi tío John de toda la vida. Es un buen hombre. Nunca se involucraría en algo tan siniestro.

—¿Y si lo estaba? —insistió Charlotte, alzando la voz—. Al menos tiene que considerar la posibilidad.

Samuels suspiró, visiblemente incómodo.

—El antiguo sheriff ya lo investigó cuando Mari murió. Era un rumor infundado, y él estaba limpio. No hay razón para que yo empiece ahora a revolver la vida de mi propio tío de nuevo.

Charlotte negó con la cabeza, la frustración encendida en sus ojos.

—El hecho de que ni siquiera quiera investigarlo —dijo con dureza— es exactamente lo que me preocupa.

Samuels adoptó una expresión seria y redirigió la conversación.

—Creo que debemos centrarnos en Adkins. ¿Lo has visto últimamente?

Atohi asintió.

—Hace un par de días que no lo veo. Mencionó que pensaba llevar a su familia de vuelta a su casa en Washington D. C. el día de Navidad, después de pasar la Nochebuena con los Jones.

—No estoy seguro de cuándo tenía previsto volver al trabajo con los Underwood después de las fiestas —añadió.

—Avísame si te enteras de algo —indicó el sheriff con tono tajante—. Mañana tendré que encontrarlo y llevarlo a la comisaría para interrogarlo. Tengo la sensación de que puede estar relacionado con todo esto de alguna manera.

Al concluir la conversación, Charlotte sintió un nudo de impotencia que no podía deshacer. Cuando el sheriff se marchó, lo único que deseaba era regresar a la habitación de Jack Henry y quedarse a su lado. Sin embargo, Atohi la detuvo con un gesto sereno.

—Tienes que irte a casa, Charlotte —le dijo con suavidad, aunque su rostro reflejaba la preocupación.

Charlotte lo miró con rabia contenida.

—No puedo dejarlo solo.

—No estará solo. Yo me quedaré con él —la tranquilizó Atohi con firmeza.

—Charlotte, es lo mejor —intervino William—. Vayamos a casa. También debemos descansar.

Con el corazón encogido, ella asintió lentamente. Sabía que tenían razón, pero sentía el peso de la decepción oprimiéndole el alma.

—Está bien —suspiró, apenas audible—. Pero volveré a primera hora de la mañana. Quizás para entonces el señor Underwood haya recuperado la conciencia y podamos preguntarle quién le hizo esto.

Después de despedirse de Jack Henry, William la acompañó hasta la camioneta. El aire frío de la noche la golpeó al salir, mientras las sombras de los árboles se alargaban en los bordes del estacionamiento.

—Podrías haberme apoyado ahí dentro —dijo Charlotte, con la voz cargada de frustración mientras abría la puerta. —¿De qué lado estas?

William la miró con gesto sereno.

—No estoy del lado de nadie, Charlotte. El sheriff tenía razón en que necesitas descansar, y tu madre y tu abuela probablemente estén preocupadas. Es muy tarde. Tenemos que volver a casa.

Las emociones de Charlotte amenazaban con desbordarse.

—¿Crees que me voy a quedar de brazos cruzados mientras alguien allá afuera intenta matarnos y hacer daño a niñas pequeñas? ¡Estamos todos en peligro, papá! ¡No podemos simplemente volver a casa! —Su voz temblaba, quebrada por la impotencia.

—Lo sé. Yo también quiero ayudar —respondió William, manteniendo la calma—. Pero ahora mismo no estás pensando claramente. Tenemos que asegurarnos de estar a salvo. Y para eso necesitamos descansar y recuperar fuerzas. Mañana volveremos y lo enfrentaremos juntos.

Charlotte lo observó con incredulidad.

—¿Quieres que me vaya a casa y actúe como si todo estuviera bien? ¿Y si pasa algo mientras estamos allí sin hacer nada?

—No digo eso —replicó William con firmeza—. Pero no podemos lanzarnos de nuevo al peligro sin un plan.

La furia de Charlotte se encendió.

—¿Cómo puedes estar de acuerdo con esto?

—Porque es lo correcto —respondió William con voz firme—. No estás sola en esto. Encontraremos la manera de resolverlo. Pero ahora debemos priorizar tu seguridad y el bienestar de todos.

Charlotte apretó los dientes.

—Creo que se nos acaba el tiempo —susurró—. Creo que estamos muy cerca de las respuestas, y después de lo que pasó en casa de los Underwood está claro que quien sea no tiene miedo de matar.

El silencio llenó la cabina mientras se acomodaban en la camioneta. Afuera, las sombras se extendían bajo la luz tenue de la luna. Charlotte sintió que una sensación de derrota la invadía, un peso que la acompañó en el trayecto de regreso a casa. El camino parecía más oscuro que nunca, y sobre sus cabezas las estrellas titilaban en silencio.

CAPÍTULO XXVII

Charlotte despertó antes que los demás, con la luz del amanecer filtrándose por la ventana y bañando la habitación en un resplandor suave. Preparó una taza de café, cuyo calor le reconfortó las manos, y se disponía a salir cuando la abuela Ann la detuvo en el umbral de la cocina.

Ann estaba envuelta en una gruesa bata rosa que la cubría como un capullo. La tela, de lana suave y atenuada por los años, mostraba bordes deshilachados que hablaban de su duradera comodidad. En los pies llevaba sus pantuflas de lana mullida, desgastadas, pero todavía acogedoras. Su cabello gris estaba recogido en un moño suelto, con algunos mechones escapando para enmarcarle el rostro. Las arrugas, profundas y honestas, contaban historias de resistencia y amor, mientras sus ojos marrones brillaban con ternura y experiencia.

—No puedes irte sin comer algo, Charlotte —dijo con dulzura—. Necesitarás energía. Ven, te prepararé unas tostadas.

Antes de que Charlotte pudiera responder, Ann tomó el cuchillo de pan del bloque y cortó dos rebanadas finas de pan alemán casero.

—Siéntate, querida. Déjame cuidar de ti. Por favor —insistió con una sonrisa inquebrantable.

Charlotte se acomodó en la mesa de la cocina, donde el aroma del pan tostado se mezclaba con el café recién hecho. La mesa, más pequeña que la del comedor, tenía un encanto propio. Era de madera pulida y cálida, cubierta por una lámina de cristal bajo la cual se veían fotografías familiares:

cumpleaños, Navidades, días de campo. Entre ellas, Charlotte fijó la vista en su favorita: ella, Mari y la abuela, sonriendo en una reunión familiar, mientras el abuelo Louis asaba un cordero entero sobre las brasas. Recordó las risas, la calidez de aquel día, y la importancia de esos lazos que parecían hoy más necesarios que nunca.

Ann colocó un plato con las dos tostadas doradas frente a ella, acompañadas de manteca cremosa y un frasco de mermelada casera de saúco, la preferida de Charlotte.

—¡Come! —la animó—. Dime, ¿qué planes tienes para hoy? ¿Crees que el señor Underwood ya se habrá despertado?

—Eso espero —respondió Charlotte mientras untaba la mermelada—. Si escuchó o vio algo, podría darnos las respuestas que hemos estado buscando. Esto tiene que estar relacionado con lo que nos pasó a Mari y a mí. No encuentro otra explicación.

Ann asintió con seriedad.

—Aunque el sheriff dijo que estaba en muy mal estado cuando lo encontraron. Es un milagro que siga con vida —añadió Charlotte, bajando la voz.

Pensó en la señora Underwood, recordando su cuerpo sin vida en el suelo de la casa.

—Pobre señora Underwood —murmuró—. No entiendo por qué alguien le haría eso. No tiene ningún sentido.

La conversación giró en torno a lo sucedido la noche anterior y las teorías de Charlotte. Cada palabra reforzaba la sospecha de que lo ocurrido en el campo de los Underwood estaba íntimamente conectado con el pasado. La idea le apretaba el pecho y le dificultaba respirar.

Al terminar la tostada, Charlotte agradeció a su abuela, que además le ofreció una taza de té.

—Tengo que irme —dijo Charlotte mientras tomaba su abrigo y las llaves—. Necesito hablar con el señor Underwood y ver cómo está Jack Henry.

—Sé indulgente con él, cariño. Ya ha pasado por demasiado —advirtió Ann, con una preocupación sincera.

Charlotte asintió y salió al aire frío de la mañana. Una ráfaga de viento helado le golpeó las mejillas, pero el paisaje nevado resplandecía bajo la primera luz del sol. Subió a su Mercedes y, al cerrar la puerta, el interior del auto se convirtió rápidamente en un refugio cálido frente al gélido exterior.

El trayecto hacia el hospital era una ruta conocida, pero aquella mañana se sentía distinta. Una inquietud persistente nublaba sus pensamientos. Condujo entre curvas flanqueadas por árboles cubiertos de nieve, cuyas ramas brillaban como diamantes bajo la luz naciente. El campo parecía un tapiz dorado y blanco, pero la belleza quedaba empañada por el peso de sus preocupaciones.

Cada kilómetro intensificaba el torbellino en su mente. Los recuerdos de Mari, entrelazados con las revelaciones recientes sobre Reynolds, le golpeaban con fuerza. ¿Y si el señor Underwood había oído algo? ¿Y si había reconocido las voces de quienes lo atacaron? La sensación de que el tiempo se les acababa era imposible de ignorar.

Cuando el sol ascendió, tiñendo de cálido resplandor el horizonte, Charlotte mantenía aún la sombra de la incertidumbre dentro de sí. Al llegar al hospital, estacionó el auto con rapidez y entró casi corriendo, el corazón desbocado. El olor penetrante del desinfectante impregnaba el aire. El vestíbulo estaba lleno de murmullos y pasos acelerados de médicos, enfermeras y familias expectantes. Charlotte se acercó al mostrador de recepción, con la respiración agitada, y preguntó por el estado del señor Underwood.

—Sigue en coma —respondió la enfermera con tono sereno—. Lo estamos vigilando de cerca, pero no ha habido cambios.

Charlotte sintió una oleada de decepción. —Gracias —murmuró, con la voz apagada. Tomó aire y cambió de dirección: si el señor Underwood no podía hablar aún, al menos podía reunirse con Jack Henry y Atohi para seguir atando cabos.

Entró en la habitación donde la luz suave caía sobre la cama. Jack Henry estaba recostado, despierto pero incómodo, con la pierna todavía vendada. Las gasas, teñidas de sangre seca, eran un recordatorio de la violencia que habían vivido.

—Atohi sigue durmiendo —dijo Jack Henry en voz baja, intentando sonar indiferente, aunque la tensión en su tono lo delató.

—No, no lo estoy —replicó Atohi, abriendo los ojos en el sillón reclinable del rincón.

Charlotte se acercó a la cama y tomó la mano de Jack Henry. —¿Cómo te sientes?

—Como si me hubiera atropellado un caballo —admitió, esbozando una media sonrisa—. Pero al menos la herida dejó de sangrar, gracias a tu abuela. Es un milagro lo que pudo hacer.

—Sí —respondió Charlotte con ternura—. Siempre sabe qué hacer. Aunque los médicos creen que quizá necesites cirugía para reparar el daño por completo.

Jack Henry asintió, intentando mantenerse firme, aunque el dolor se reflejaba en cada gesto de su rostro.

Un silencio incómodo los envolvió hasta que Charlotte lo rompió: —Atohi, ¿cómo sabías todo lo de los campos en esa época? ¿Cómo robar animales sin que nadie los descubriera?

Atohi se incorporó lentamente, pasándose una mano por los ojos. —Teníamos mapas de la región —explicó con calma—. Allí marcábamos cada campo que queríamos atacar: los caminos, los alambrados, la ubicación de las tranqueras, incluso la geografía del terreno. Sabíamos qué zonas tenían bosques cerca, qué campos estaban atravesados por ríos... así podíamos entrar y salir sin ser vistos.

Charlotte se inclinó hacia él. —¿Todavía tienes esos mapas? ¿Alguno muestra el campo de mi familia y el de los Underwood?

—Probablemente —respondió tras pensar un instante—. Estoy seguro de que aún están en mi casa. Puedo ir por ellos ahora mismo. Y de paso me doy una ducha.

—Hazlo —dijo Charlotte—. Pero no tardes.

—No lo haré —prometió Atohi, levantándose y saliendo de la habitación.

Jack Henry la miró, confuso. —¿Qué fue todo eso? ¿Para qué necesitas esos mapas?

Charlotte dudó, pero terminó confesando: —Creo que el campo de los Underwood es la clave para entender no solo lo de anoche, sino también lo que nos pasó a Mari y a mí. Todo empieza a encajar, Jack Henry. Pero necesito pruebas.

Él bajó la mirada, asimilando sus palabras, y luego volvió a verla con una expresión suave. —No entiendo del todo... pero confío en ti. Siempre lo he hecho.

La respuesta le estrujó el corazón. —Gracias —susurró, emocionada.

Jack Henry cambió de postura y una mueca de dolor cruzó su rostro. —¿Has sabido algo del señor Underwood?

—No —respondió Charlotte, con pesar—. La enfermera me dijo que sigue en coma.

Jack Henry suspiró, reclinándose en las almohadas. —¿Y el sheriff Samuels? ¿Lo has visto?

—Todavía no. Pero quiero retomar lo que hablamos de su tío y de sus primos. Puede que allí haya algo importante.

Jack Henry asintió despacio, reconociendo la gravedad en su voz.

Mientras aguardaban el regreso de Atohi, el cansancio los venció. El zumbido constante de las máquinas y el murmullo distante del hospital los arrullaron en un sueño inquieto.

Pasaron un par de horas. El pitido rítmico del monitor cardíaco quedó como único sonido constante cuando, de pronto, la puerta crujió. Atohi entró sigilosamente y se detuvo a observarlos dormir. Sus expresiones relajadas contrastaban con el torbellino de los días recientes. Finalmente, se inclinó sobre Charlotte y la sacudió suavemente del hombro.

—Charlotte —susurró con urgencia—. Despierta. Tengo el mapa.

Ella abrió los ojos de golpe y se estiró, intentando despabilarse. —¿Lo encontraste?

—Sí. Aquí está —dijo Atohi, desplegando un viejo mapa, grande y desgastado. Los bordes estaban deshilachados, y la tinta se había corrido con los años. Charlotte lo tomó con manos temblorosas.

El crujido del papel rompió el silencio. Con la mirada fija, recorrió los contornos familiares. Su respiración se aceleró al reconocer los puntos.

—Aquí está el campo de mi abuela —dijo, señalando con el dedo—. Y aquí el de los Underwood. Mira, aquí está el alambrado que los separa. El río... y el lago donde Mari y yo acampamos. Aquí es donde logré salir del agua. Y aquí... —su voz se quebró— aquí es donde encontraron el cuerpo de Mari.

Una sensación de urgencia se apoderó de Charlotte mientras recorría las marcas en el mapa. Sin embargo, frunció el ceño al notar una ausencia.

—No veo la cabaña de caza en este mapa —dijo, señalando una zona cercana al río—. Tiene que estar por aquí. Es donde encontramos a Lily. No lo sé... no dejo de darle vueltas. El campo de los Underwood, la cabaña de caza, el río... todo está demasiado cerca, ahora que lo pienso.

Atohi se inclinó para estudiar el mapa junto a ella.

—Dijiste que los cuidadores del campo solían ayudar a tu causa con los Monacanos, dejando las tranqueras sin candado cuando lo necesitaban, ¿no?

—Sí —él admitió—. Pero no recuerdo quién era el cuidador de los Underwood en esa época, si es eso a lo que te refieres. Sé que no era Adkins. En aquel entonces era apenas un adolescente.

—Sí, lo sé. Pero hay algo en esta zona que es importante. Encontramos a Lily en la cabaña de caza y, cuando el sheriff le preguntó, ella describió la caverna donde Mari y yo estuvimos. Estoy segura de ello. Esa caverna nunca se encontró, pero Lily definitivamente estuvo allí. Los detalles que dio... era el mismo lugar. Tiene que estar cerca de la cabaña.

El aire en la habitación se volvió más denso, cargado de una intensidad que ninguno de los tres podía ignorar. Charlotte lo sintió como un peso invisible cerrándose a su alrededor. Cada palabra acercaba el recuerdo de algo más grave, algo que se resistía a quedar enterrado.

Mientras repasaban el mapa con mayor atención, Charlotte sintió cómo la sangre corría por sus venas. La emoción de la persecución encendía un fuego en su interior: estaban a punto de descubrir algo clave, y esa certeza la mantenía firme.

Entonces, un golpe seco resonó en el pasillo, quebrando la concentración y haciéndolos sobresaltarse. Charlotte levantó la vista hacia la puerta, con el instinto gritándole que permaneciera alerta.

—¿Qué fue eso? —susurró.

—No lo sé —respondió Atohi, acercándose a la puerta para asomarse al pasillo tenuemente iluminado.

Charlotte intercambió miradas con Jack Henry. El silencio parecía expandirse, tan pesado que dolía, y cada uno afinaba el oído intentando captar algún sonido más allá de la puerta. Después de tantos días de tensión, sus sentidos estaban alerta, listos para detectar cualquier amenaza.

Entonces lo oyeron: pasos firmes, pesados, acercándose con rapidez. Charlotte contuvo el aliento. La puerta crujió al abrirse lentamente, y una figura entró. Un torrente de alivio la recorrió al reconocerlo: el sheriff Samuels, con expresión grave, inspeccionando la habitación.

—Siento interrumpir —dijo con voz baja—. Tenemos que hablar.

Charlotte sintió una mezcla de alivio por verlo y aprensión por lo que traía consigo.

—¿Qué sucede? —preguntó, poniéndose en pie de inmediato.

—Ha habido novedades en la investigación —respondió Samuels, entornando los ojos mientras avanzaba—. Esto podría cambiarlo todo.

Se aclaró la garganta y bajó aún más la voz.

—He vuelto a hablar con Lily esta mañana. Me contó que, antes de llevarla al lugar que describió anoche —la caverna— , un hombre la subió a algún tipo de embarcación. Tenía la cabeza cubierta y no podía ver nada, pero por cómo lo explicó, parece que estuvo flotando en un río durante bastante tiempo.

—¿Una embarcación? ¿Flotando en un río? —murmuró, repitiendo las palabras del sheriff.

El sheriff asintió. —Por lo que he podido reconstruir, primero la llevaron a la casa de Emmanuel Salazar. Allí encontramos su manta, ¿recuerdan? Sus padres confirmaron que era suya. Después, la trasladaron a esa caverna y, cuando la hallaste en la cabaña de caza, creo que planeaban moverla otra vez.

—La noche que la encontraste —continuó Samuels—, Lily oyó a dos hombres discutiendo. Uno quería "cancelar el plan" y el otro se negaba.

—¿Cancelar el plan? —repitió Charlotte, con incredulidad—. ¿Qué plan?

—No lo sé —admitió el sheriff, sacudiendo la cabeza—. Pero parece que pretendían trasladarla. Uno de los hombres insistía en volver a meterla en la caverna.

El silencio cayó de golpe. Cada revelación abría un abismo más hondo en la mente de Charlotte.

—¿Y después? —presionó, con la voz temblorosa—. ¿Lily dijo algo más?

El sheriff dudó, la sombra de la duda en su rostro.

—Mencionó que uno de ellos dijo que alguien había muerto. Creo que se referían a la señora Underwood.

Las palabras llenaron el aire de un dolor insoportable, un recordatorio crudo de la tragedia que apenas empezaban a asimilar. Charlotte sintió hervir la ira bajo la piel.

Samuels agregó con cautela:

—Y eso no es todo. Lily cree que había otras niñas en la caverna. No llegó a verlas, pero asegura que a veces oía llantos.

El estómago de Charlotte se contrajo. —Entonces... —dijo, con la voz quebrada— quienquiera que la llevó estaba en camino de trasladarla a algún sitio, pero algo lo interrumpió.

—Debieron ser descubiertos —continuó Charlotte, con la mirada fija en el sheriff—. Quizás eso fue lo que les pasó al señor y a la señora Underwood. Debieron haber visto algo que no debían.

El sheriff asintió lentamente. —Sí, parece que ese pudo haber sido el caso. Pero tenemos que movernos con rapidez. Si hay otras niñas involucradas, no podemos perder tiempo.

—Tenemos que encontrar esa caverna —dijo, con una determinación que quemaba en su voz—. Si Lily oyó a otras niñas allí, debemos salvarlas antes de que sea demasiado tarde.

Las miradas se entrecruzaron, firmes y decididas, cada uno consciente de los riesgos que se avecinaban. Estaban al borde de enfrentarse a una oscuridad mucho mayor de lo que habían imaginado, pero ninguno estaba dispuesto a retroceder.

Entonces el sheriff habló, su tono más grave aún:

—Tengo una orden de arresto para el señor Adkins. Tengo motivos para creer que fue uno de los dos hombres que Lily escuchó discutir.

Charlotte lo miro incrédula.

—¿Sabes quién era el cuidador de los Underwood en los años sesenta?

—¿Quién? —preguntó Charlotte.

—El padre de Adkins, Ned Adkins —reveló el sheriff—. Después de su muerte, Khali Adkins tomó el puesto.

Todo empezaba a tener sentido, pero en lugar de alivio, Charlotte sintió cómo un temor gélido la invadía. La revelación parecía hundirla más en una maraña de secretos oscuros y peligros que apenas empezaban a salir a la luz.

Samuels se inclinó hacia ella:

—He venido aquí para decirte esto, Charlotte: creo que Adkins y su cómplice son extremadamente peligrosos. No quiero que te acerques a ellos. Por favor, deja de buscarlos y déjame hacer mi trabajo.

Charlotte abrió la boca, con la protesta ardiéndole en la garganta. Quería gritar que no podía quedarse quieta, que no podía permitir que otros cargaran con la responsabilidad de salvar a esas niñas. Pero las palabras se le atragantaron, y solo logró cerrar la boca con un gesto crispado. Finalmente asintió en silencio, aunque la vacilación quedó marcada en su rostro.

El sheriff sostuvo su mirada un instante más, como si buscara confirmar su obediencia. Luego se dio la vuelta y salió de la habitación. La puerta se cerró con un clic suave, pero el eco de la advertencia quedó suspendido en el aire.

Charlotte, Atohi y Jack Henry permanecieron en silencio, cada uno atrapado en sus propios pensamientos.

CAPÍTULO XXVIII

Un viento frío recorrió los árboles desnudos, trayendo consigo la promesa de más nieve, mientras la búsqueda de Adkins comenzaba a última hora de la tarde. El sheriff Samuels y su equipo avanzaban en silencio, cada crujido de ramas y susurro del bosque afilando sus sentidos. La amenaza latente de lo que podían encontrar electrificaba el ambiente, haciéndolos moverse con una cautela que se confundía con ansiedad.

—Mantengan los ojos bien abiertos —ordenó el sheriff Samuels en voz baja, con un tono autoritario que se impuso sobre el grupo.

Los agentes asintieron con semblantes tensos, mezclando determinación con la inquietud de saberse al borde de algo peligroso. El silencio que los envolvía se volvió casi sofocante.

El sheriff había dividido la operación en varios equipos. Una unidad se internó en los bosques densos que rodeaban el campo de los Underwood, un terreno difícil por el matorral espeso y los senderos ocultos. Otro grupo se desplegó en los accesos a Floyd, vigilando rutas clave para impedir cualquier fuga. Interrogaban a los conductores con semblantes serios, revisaban autos y baúles, atentos a cualquier signo de Adkins o de actividad sospechosa.

Los árboles, altos y desnudos, arañaban el cielo con sus ramas y proyectaban sombras sobre el suelo helado. El olor a humedad se mezclaba con el aire cortante, un recordatorio de lo que estaba en juego. Cada crujido de hojas bajo sus botas sonaba como un tambor que marcaba el ritmo de su búsqueda.

Los equipos se movían en abanico, metódicos, con la respiración dibujándose en el aire helado mientras escudriñaban cada rincón. Samuels condujo a su grupo hacia la orilla del río, cuyas aguas heladas corrían implacables. El rumor del agua llenaba el silencio, recordándoles que allí mismo podía ocultarse tanto peligro como respuesta.

—Divídanse en parejas —ordenó el sheriff, gesticulando para que cubrieran más terreno—. Manténganse al alcance de la voz e informen de inmediato de cualquier anomalía.

Los hombres obedecieron, internándose entre la maleza, con las ramas arañando sus chaquetas y las sombras del bosque tragándose sus siluetas.

Pasaron horas. La noche había caído y con ella se intensificó la sensación de urgencia que carcomía al sheriff: cada minuto perdido podía ser la diferencia entre capturar a Adkins o dejarlo escapar para siempre.

Mientras repasaba mentalmente los detalles de la investigación, un grito atravesó el aire:

—¡Por aquí!

El sheriff corrió hacia la voz.

—¿Qué has encontrado? —gritó al llegar, todavía sin aliento.

El oficial señalaba hacia el río. Samuels siguió la dirección de su dedo y lo vio: una canoa Monacan meciéndose suavemente en la corriente, aparentemente vacía, varios kilómetros río abajo del campo de los Underwood.

—¡Vayan a la orilla! —gritó con voz que atravesó el aire helado—. ¡Aseguren la zona y busquen cualquier rastro de Adkins!

Los agentes se movieron rápido, apuntando con linternas sobre el agua, formando una cadena humana lista para sumergirse si era necesario. Cada segundo contaba.

—¡Atentos! —advirtió el sheriff, con los ojos fijos en la canoa—. No descartemos que tenga cómplices.

La tensión flotaba como un filo invisible. Y entonces, mientras acercaban la embarcación a la orilla, el resplandor de las linternas reveló una figura en su interior.

El sheriff contuvo el aliento. Allí estaba Adkins: pálido, con los rasgos demacrados y una expresión de agotamiento absoluto. Sus hombros se encorvaban bajo un peso invisible, como si el miedo y la culpa lo hubieran reducido a un hombre quebrado.

—¡Agárrenlo! —ordenó Samuels.

Los agentes sujetaron la canoa, el agua helada golpeando contra la madera, y maniobraron con precisión hasta extraerlo. Sus manos firmes lo aseguraron de inmediato, conscientes de que cualquier descuido podía costarles caro.

Mientras Adkins era sacado de la canoa, sus ojos vagaban con una mezcla de confusión y derrota. El sheriff Samuels dio un paso al frente y sacó las esposas de su cinturón. Con un gesto firme, las cerró alrededor de las muñecas de Adkins; el chasquido metálico resonó en el aire como una sentencia.

—Queda detenido, Adkins —anunció con voz grave.

Respiró hondo antes de continuar, sabiendo que cada palabra debía ser impecable. La tensión impregnaba su tono al recitar:

—Tiene derecho a permanecer en silencio. Todo lo que diga podrá ser utilizado en su contra ante un tribunal. Tiene derecho a un abogado. Si no puede pagarlo, se le asignará uno. ¿Entiende estos derechos tal y como se los he leído?

El sheriff era consciente de que no se trataba de un simple trámite: cada sílaba tenía un peso legal inmenso. Recordó el precedente de *Miranda vs. Arizona* (1966), la decisión de la Corte Suprema que obligaba a informar a los detenidos de sus derechos antes de cualquier interrogatorio. Si fallaba en eso, todo el caso contra Adkins podía venirse abajo. Y esta vez no había margen para errores.

Adkins no opuso resistencia. Apenas asintió con un leve movimiento de cabeza, como aceptando un destino inevitable. El grupo comenzó a subir la pendiente hacia donde estaba estacionada la patrulla, sus pasos marcados por el crujido del ripio.

El silencio pesaba sobre todos. Adkins avanzaba arrastrando los pies, con la mirada clavada en el suelo. Irradiaba una vergüenza palpable. El sheriff, pese a todo, sintió compasión: recordaba cenas compartidas, risas con café caliente en mano… pero esos recuerdos parecían ahora ecos lejanos de un mundo que se había oscurecido sin remedio.

Al llegar a la patrulla, Samuels abrió la puerta trasera y lo guió hacia el interior, inclinándole la cabeza para que no golpeara el marco. Adkins se hundió en el asiento frío, y el sheriff cerró la puerta con un golpe seco, sellando con él el peso de la culpa.

Subió al asiento delantero, encendió el motor y el rugido del vehículo rompió el silencio helado. El trayecto hasta la comisaría fue un viaje de mutismo absoluto. El sheriff echaba miradas furtivas al espejo retrovisor: veía en Adkins un hombre derrumbado, con los ojos esquivando cualquier contacto humano. Afuera, los árboles desnudos y las calles familiares de Floyd pasaban como un telón de fondo inquietante, indiferente al drama que se desarrollaba dentro del auto.

Finalmente, la comisaría se levantó ante ellos. Samuels estacionó, salió del auto y lo rodeó para abrir la puerta trasera.

—Vamos —ordenó.

Adkins salió tambaleante, siempre con los hombros encorvados, y avanzó hacia el interior. El resplandor implacable de las luces fluorescentes del pasillo lo envolvió mientras el sheriff lo conducía directamente a la sala de interrogatorios. Cada paso resonaba en el piso como un martillazo.

Dentro, el ambiente era tan austero como asfixiante. Las paredes descascaradas, una única lámpara parpadeante y la mesa metálica en el centro reducían el espacio a un escenario de confrontación. Adkins fue sentado en una de las sillas, aún esposado, con la espalda encorvada y los ojos fijos en la mesa. La otra silla esperaba al sheriff.

Samuels tomó asiento frente a él. El silencio era denso. Adkins no levantó la vista: estaba atrapado en su propio muro de vergüenza y miedo. El sheriff sabía que romperlo requeriría paciencia, estrategia y temple, las mismas herramientas que habían definido su carrera.

Pero al mirar a Adkins, comprendió que lo que él guardaba podía cambiarlo todo. La verdad estaba ahí, agazapada en las sombras, y el estaba dispuesto a arrancarla de raíz.

Mientras tanto, en el hospital, la noticia del arresto de Adkins sorprendió a Charlotte. Apenas la escuchó, un impulso visceral la llevó a salir corriendo. Necesitaba estar en la comisaría, frente a él. Tenía que verlo, enfrentarlo, interrogarlo. Sabía, con una certeza feroz, que él guardaba la llave para desentrañar la oscuridad que había destruido a su familia.

Cuando llegó a la comisaría, lo encontró en la sala de interrogatorios, frente al sheriff Samuels. A través del vidrio unidireccional, observó cómo Adkins se aferraba al silencio como a un escudo, impenetrable ante las preguntas insistentes del sheriff. Samuels presionaba con paciencia y dureza, pero cada palabra se estrellaba contra el muro de impasibilidad de Adkins. El tiempo parecía estirarse, cada segundo impregnado de frustración.

Finalmente, Samuels salió de la sala, con los hombros caídos bajo el peso del fracaso. Charlotte no dudó:

—Déjeme hablar con él —pidió con urgencia, la voz firme, cargada de resolución—. Conozco a este hombre. He procesado al asesino de su hija, he hablado con él más de una vez. Tal vez conmigo sí hable.

El sheriff la miró, con el ceño fruncido y una vacilación evidente.

—No, Charlotte. No va a querer hablar —respondió con dureza, su tono más protector que autoritario. Sabía que abrir esa puerta podía traer consecuencias legales graves. Adkins aún no había pedido abogado, y cualquier error podía complicar el caso, incluso anular un futuro juicio.

Pero Charlotte no cedió. Dio un paso adelante.

—Por favor, sheriff. Sé cómo llegar a él. Llevo años esperando este momento. Si alguien puede hacer que hable, soy yo.

El silencio que siguió pesó como plomo. Samuels la estudió con atención, sopesando riesgos y deberes frente a la llama indomable de su determinación. Al final, soltó un suspiro con gesto de derrota y cedió:

—Está bien —dijo—. Pero escúchame bien: si se cierra por completo, te sacaré de allí de inmediato. Sin discusiones. No pondremos en peligro el caso.

Charlotte asintió y avanzó hacia la puerta. El clic metálico al cerrarse tras ella sonó como un sello definitivo.

Dentro, Adkins estaba encorvado sobre la mesa metálica, la mirada fija en el suelo. El aire era espeso. Charlotte se sentó frente a él y comenzó:

—Adkins… me mentiste.

Él no levantó la vista. Su ceño fruncido era una máscara de silencio.

—Después de todo lo que hice para ayudarte a ti y a tu familia a obtener justicia por Kaya… —la voz de Charlotte se quebró apenas—. ¿Por qué?

El silencio se extendió, asfixiante. Adkins se movió incómodo, cerrando los puños con tanta fuerza que sus nudillos palidecieron.

Charlotte se inclinó hacia delante, suavizando su voz.

—Mi familia abrió sus puertas para ti. Pasaste la Navidad en nuestra mesa. Sabes lo que hemos sufrido todos estos años. ¡Dímelo! ¿Fuiste tú quien nos secuestró a Mari y a mí?

Finalmente, Adkins levantó los ojos. Los suyos estaban vidriosos, cargados de una tristeza insoportable.

—No —murmuró, apenas audible—. Nunca te habría hecho daño.

—Entonces, ¿quién fue? —preguntó con voz firme, sin apartar la mirada—. Sabes quién fue, ¿verdad?

Adkins volvió a desviar los ojos. El silencio que siguió fue ensordecedor.

—¡Dímelo! —insistió ella, su voz vibrando de desesperación—. Después de todo lo que hice por ti, al menos me debes esto.

Los segundos pasaron hasta volverse insoportables. Y entonces, el muro se cayó. Adkins tragó saliva, su cuerpo temblando.

—Ese hombre…—comenzó Adkins—, el que apareció en tu campamento aquella noche con Mari… era mi padre.

El mundo se detuvo. Charlotte quedó petrificada, la sangre abandonando su rostro. Sus palabras eran un golpe brutal que le cortó la respiración. Lo miró, incapaz de procesar lo que acababa de escuchar.

Adkins bajó la cabeza, sacudido por la confesión. La vergüenza lo envolvía como un sudario. Sus manos temblaban sobre la mesa, y un estremecimiento recorrió por su cuerpo.

El silencio los envolvió, pesado, vibrante. Charlotte apenas podía moverse.

Y entonces, la segunda revelación cayó como un trueno:

—Pero el hombre que viste después, en la caverna… ese hombre era John Samuels —dijo Adkins con voz temblorosa—. El tío del sheriff Samuels.

La sala explotó en tensión. Charlotte soltó un grito ahogado, incrédula, sintiendo cómo la revelación le retumbaba en el cuerpo. Su mente se precipitó en un torbellino: piezas que nunca habían encajado comenzaron a ensamblarse en un rompecabezas oscuro y aterrador.

Las sombras del pasado y del presente se entrelazaban frente a ella. La verdad que había buscado durante tanto tiempo acababa de emerger… y era peor que lo que jamás había imaginado.

La puerta se abrió de golpe y el sheriff Samuels irrumpió en la habitación, con una presencia imponente.

—¿Qué quieres decir con que fue mi tío? —rugió, golpeando la mesa con ambas manos—. ¡No puedes hablar en serio! ¡Respóndeme ahora mismo!

Adkins se estremeció, dudando. Sus labios se entreabrieron, pero se detuvo, como si calculara si debía seguir hablando sin un abogado a su lado.

Charlotte se inclinó hacia él, sus ojos clavados en los de Adkins con una determinación feroz.

—Por favor, háblanos —lo instó, con la voz firme pero cargada de emoción—. Esta es tu oportunidad de contar tu versión, de explicarnos la verdad.

Adkins cerró los ojos un instante y luego asintió lentamente. Cuando volvió a abrirlos, su expresión se había suavizado, aunque el miedo seguía allí, latente. Charlotte sintió un destello de esperanza: la barrera de silencio empezaba a resquebrajarse.

Con un suspiro, Adkins comenzó con voz baja y grave:

—Toda la operación lleva décadas en marcha… No sé exactamente quién está detrás, pero tengo mis sospechas. Hay gente poderosa, incluso políticos, con conexiones que llegan más lejos de lo que puedan imaginar. John Samuels y yo cumplimos un papel, sí… pero antes que yo, fue mi padre. Él y Samuels tenían una historia muy larga juntos.

Las palabras brotaron como un torrente, después de años de represión. Hizo una pausa, con la respiración entrecortada, luchando contra las lágrimas. El sheriff permaneció rígido, su rostro una mezcla de incredulidad y repulsión.

Adkins bajó la voz, quebrada por el peso de su confesión:

—El negocio consistía en secuestrar niñas jóvenes para venderlas. No sé quién las compraba, pero sí sé que John Samuels era el principal contacto.

El sheriff apretó los dientes con tanta fuerza que los músculos de su mandíbula se tensaron. Charlotte, con el estómago revuelto, apenas podía asimilar lo que escuchaba.

Adkins continuó, la voz cargada de vergüenza:

—Mi padre y yo éramos los cuidadores del campo, y la caverna se convirtió en el escondite perfecto. Nadie sabía que existía. Ni siquiera los Underwood… hasta que el señor Underwood la descubrió, y ahí empezó su desgracia.

El sheriff cerró los puños con furia contenida, pero permaneció en silencio.

Charlotte lo dejó hablar, consciente de que cualquier interrupción podía romper el frágil hilo de confesión.

—El proceso era siempre el mismo —siguió Adkins, con palabras cada vez más rápidas, como si temiera que se le acabara el tiempo—. Secuestraban a las chicas y las escondían en la caverna hasta que podían moverlas. Samuels se encargaba del transporte: escondía a las niñas dentro de los fardos de lana. Desde la cueva se podía llegar al río fácilmente, donde las ponían en canoas, sin que nadie los viera antes de moverlas dentro de los fardos.

Adkins tragó saliva, y su voz se volvió más sombría:

—Había un viejo pozo de agua en la propiedad. Estaba seco y cubierto de maleza. Nadie lo usaba. Mi padre lo encontró y descubrió que era más profundo de lo que parecía. Entonces empezó a excavar, ampliando túneles poco a poco, con herramientas básicas y la ayuda de esquiladores temporarios que venían en época de esquila. Les pagaba bien y juraron mantener el secreto. Con los años, lograron abrir un pasadizo que llegaba cerca de la orilla del río.

Charlotte se movió nerviosa, atrapada por la crudeza del relato.

—La caverna era húmeda, oscura, casi una prisión. La entrada quedaba oculta tras la maleza, imposible de detectar. Por dentro se abría un espacio inmenso, con estalactitas y el eco del agua goteando. Mi padre incluso excavó cámaras pequeñas para almacenar provisiones y cosas robadas. Ese lugar… ese lugar se convirtió en un centro de operaciones.

—¿Me estás diciendo —preguntó Charlotte con incredulidad— que la caverna no era solo un escondite, sino el corazón de todo?

Adkins bajó la cabeza.

—Exactamente. Era un secreto bien guardado. Allí retenían a las niñas hasta que era seguro moverlas río abajo. Mi padre y yo ayudamos más de una vez… las drogábamos para mantenerlas tranquilas. Yo odiaba cada momento, pero tenía miedo. El miedo me mantuvo en silencio.

La voz de Adkins se quebró. Charlotte, con un nudo en la garganta, casi podía sentir el aire húmedo de esa caverna, imaginar los llantos que las paredes guardaban como un eco eterno.

Adkins bajó la mirada y, tras un silencio pesado, concluyó con un hilo de voz:

—Reynolds y Salazar también estaban metidos, pero usaban el negocio con los Monacanos como una fachada. Nunca se suponía que muriera nadie… pero a veces ocurría. Si los fardos de lana no estaban bien preparados, las niñas no sobrevivían al transporte.

El silencio que siguió reinó en la sala. Charlotte apenas podía respirar. El sheriff, con el rostro desencajado, parecía contener un grito. Y Adkins, hundido en su propia vergüenza, temblaba como si acabara de entregar su alma.

Adkins hizo una pausa, los ojos brillantes por las lágrimas.

—Hubo muchas ocasiones en las que quise salir. Una vez amenacé con contarlo todo. Fue entonces cuando Samuels le dijo a Reynolds que hiciera algo para mantenerme callado. No sé cómo, pero se enteraron de que se lo había contado a mi mujer… y nos castigaron secuestrando y asesinando a Kaya. —Su voz se quebró, y el dolor impregnó cada sílaba—. Dijeron que si hablábamos, harían lo mismo con el resto de nuestros hijos. No tuve otra opción.

Charlotte sintió cómo el corazón se le encogía, atrapada por un instante de compasión.

—En aquel entonces, mi padre también formaba parte del movimiento contra los granjeros galeses —continuó Adkins, bajando la mirada—. Por eso fue él quien te secuestró a ti y a Mari.

Las lágrimas lo vencieron y Adkins rompió a llorar.

—Lo siento. Nunca quise hacerles daño a ti ni a tu familia. Eso fue cosa de mi padre, no mía.

Sus sollozos llenaron la sala, dejando a Charlotte y al sheriff en un silencio atónito.

Charlotte, permaneció inmóvil, aferrándose al borde de su silla para no quebrarse.

—¿Por qué atacó al señor y la señora Underwood? —preguntó, con la mirada fija en él.

Adkins vaciló antes de responder.

—No fui yo… Fue John Samuels.

—¿Samuels? ¿Por qué?

—El señor Underwood lo sorprendió con Lily cerca de la cabaña de caza. Tuvo que dejar a Lily allí y enfrentarse a él. Yo no estaba, así que no sé por qué mató a la señora Underwood. Seguramente se interpuso en su camino.

Charlotte se tensó al imaginar la brutalidad de esa escena.

—¿Y el señor Underwood?

—Samuels quería saber cuánto había visto. Estaba furioso, y trató de matarlo para silenciarlo. Créeme, me alegro de que sobreviviera. Es un buen hombre.

La sinceridad en su voz tomó a Charlotte por sorpresa. Por un instante, vio en Adkins algo de humanidad.

—¿Y qué hay del incendio en el campo de mis abuelos? ¿Y del ataque contra mí y Jack Henry?

Adkins negó con la cabeza con vehemencia.

—Eso también fue obra de Samuels. Él fue quien disparó contra ustedes y quien prendió fuego al granero.

Charlotte sintió una oleada de ira ardiente.

—¿Por qué quemar el granero de mis abuelos?

—Le habían llegado rumores de que estabas haciendo preguntas. Que habías hablado conmigo y que estabas tratando de localizar a Salazar. Samuels quería detenerte.

—¿Dónde está Samuels ahora? —preguntó Charlotte, firme pese a la confusión que se arremolinaba en su interior.

—No lo sé —respondió Adkins, con ojos llenos de miedo y arrepentimiento.

Charlotte lo miró con desconfianza, pero decidió seguir adelante.

—Dime entonces… ¿hay más niñas en la cueva?

—Había cuatro más la noche en que encontraste a Lily. Samuels las trasladó después. No sé a dónde.

—¿Y Lily? ¿Por qué la dejaron atrás?

Adkins bajó la voz hasta un murmullo:

—Lily ya había sido vendida. Ese comprador pagó el precio completo. Como ella ya no estaba disponible, Samuels seguramente intente reemplazarla. Las otras jóvenes son mayores y ese cliente no las quería.

—Si tuviera que adivinar —añadió Adkins, con la voz rota—, diría que Samuels ya está buscando secuestrar a otra niña de ocho o nueve años.

Charlotte levantó la vista y encontró la mirada del sheriff. En sus ojos había la misma determinación férrea que ardía en los suyos.

Samuels giró hacia la ventana espejada y habló con voz grave a sus agentes:

—Tenemos que localizar a mi tío inmediatamente. No podemos perder ni un minuto.

Después se volvió hacia Charlotte, suavizando apenas su expresión:

—Quédate al margen de esto. Vuelve a la casa de tu abuela y permanece allí hasta que lo encontremos. No puedo arriesgarme a que te pase algo.

Charlotte quiso protestar, pero la firmeza de su mirada la silenció.

El sheriff salió de la sala y se dirigió a su personal con voz dura:

—Nadie debe divulgar lo que Adkins ha confesado. El público debe creer que no coopera. No podemos permitir que Samuels sospeche que lo estamos siguiendo.

Mientras Samuels organizaba la cacería, Charlotte sintió impotencia. Pero también sabía que era el inicio de la recta final. Que la verdad, por oscura que fuera, estaba cada vez más cerca de salir a la luz.

CAPÍTULO XXIX

La búsqueda de John Samuels comenzó temprano, antes de que amaneciera. Sheriff Samuels no perdió un solo segundo en movilizar a su equipo. Había demasiado en juego: la vida de varias niñas inocentes podía pender de un hilo.

La oficina del sheriff se convirtió en un hervidero de actividad. Agentes apiñados sobre mapas, radios crepitando con actualizaciones, la tensión impregnándolo todo. Se desplegaron todos los recursos disponibles: unidades caninas rastreaban cada sendero, helicópteros sobrevolaban los bosques, agentes peinaban tanto los matorrales espesos como los campos abiertos que rodeaban la ciudad.

En el centro del operativo se encontraba el sheriff Samuels, su sola presencia actuando como una fuerza estabilizadora. Y, sin embargo, en su interior, la incredulidad lo desgarraba: ¿cómo aceptar que su propia sangre era capaz de algo tan atroz? Su mente corría a toda velocidad, barajando escenarios, cada uno más sombrío que el anterior. Conocía demasiado bien a su tío: su astucia, su capacidad para ocultarse, su determinación para evadir la captura. Y dentro del caos creciente, una certeza lo guiaba: el primer lugar al que debía ir era la casa de su tío.

La búsqueda se extendió a cada rincón del condado. Se levantaron controles en las rutas principales, se alertó a las localidades vecinas para que mantuvieran los ojos abiertos. Se imprimieron folletos con su fotografía, y la televisión local difundió su rostro, instando a la población a informar de cualquier avistamiento.

Con el corazón pesado, el sheriff Samuels condujo hasta la casa de su tío: una propiedad de dos plantas en las afueras, modesta y discreta, aunque bajo aquella luz opaca resultaba inquietante. El camino de entrada estaba flanqueado por arbustos crecidos, y la bombilla de luz del porche titilaba intermitente, como un mal presagio. Samuels golpeó la puerta con decisión; el sonido resonó en la quietud helada de la madrugada.

La puerta se abrió con un crujido, revelando a Derek y Jake. Derek, más alto, lo observaba con una mezcla de curiosidad y recelo; Jake, más bajo y fornido, permanecía a la sombra de su hermano, evitando la mirada, nervioso.

—Derek. Jake —saludó el sheriff Samuels con tono grave—. ¿Está su padre en casa?

Derek negó con la cabeza, el gesto en su rostro imposible de descifrar.

—No lo veo desde ayer —respondió con cautela.

Jake se removió incómodo, con la mirada clavada en el suelo.

—Dijo que tenía asuntos que atender —murmuró apenas audible.

El sheriff los observó con detenimiento, buscando cualquier señal de complicidad. Los cuerpos tensos, las miradas esquivas… algo estaban ocultando.

—¿Mencionó algo inusual? ¿Algo que deba saber?

Los hermanos intercambiaron una mirada cargada de silenciosa discusión. Derek frunció el ceño, vacilando.

—Ha habido… algún comentario —admitió al fin, con voz baja—. Pero nunca nos dio detalles. Papá siempre ha sido reservado con sus asuntos.

Jake asintió, nervioso.

—Pensamos que era lo de siempre. Pero últimamente lo notamos raro. Más inquieto.

Un nudo de preocupación se formó en el estómago del sheriff. La ambigüedad de sus palabras no hacía sino acentuar la amenaza que ya sentía respirándole en la nuca.

—¿Les importa si entro a echar un vistazo? —preguntó, procurando un tono neutral aunque la urgencia vibraba bajo la superficie.

Los hermanos dudaron. Derek alzó apenas las cejas y, resignado, se apartó. —Claro… supongo.

El sheriff entró acompañado de uno de sus agentes.

La casa era tal y como la recordaba: sencilla, ordenada, demasiado ordenada. Ese detalle lo hizo desconfiar. La sala de estar estaba pulcra, con un sofá desgastado, una mesa ratona con revistas apiladas con cuidado y fotografías familiares colgadas en las paredes. Las sonrisas congeladas en aquellos retratos contrastaban con la tensión presente. El aire, inmóvil, parecía contener la respiración.

Avanzó despacio, examinando cada rincón. La cocina estaba impecable, mesadas despejadas salvo por unos platos en el escurridor, y un aroma tenue a café recién hecho impregnaba el ambiente. Reconfortante, sí, pero fuera de lugar en medio de aquella tensión.

El pasillo lo llevó a los dormitorios. El de Derek, abarrotado de ropa apilada y recuerdos deportivos; el de Jake, meticuloso, con la cama hecha con precisión casi militar. Al llegar frente a lo que había sido su propia habitación, un golpe de nostalgia lo sacudió. Nada había cambiado: trofeos polvorientos, libros juveniles, una maqueta de barco cuidadosamente ensamblada. Una cápsula de su infancia congelada en el tiempo.

Confirmado que nada en el interior ofrecía respuestas inmediatas, regresó a la sala de estar. Derek y Jake lo esperaban allí, tensos.

—Gracias por dejarme ver la casa —dijo el sheriff, midiendo cada palabra—. Pero ahora necesito revisar el taller de atrás.

Los hermanos intercambiaron otra mirada cargada de incomodidad.

—¿Qué buscas exactamente? —preguntó Jake, con un dejo de resistencia.

—Es importante. Tengo que ser exhaustivo —respondió Samuels con un tono que no admitía réplica.

Derek suspiró, vencido, y se encaminó hacia la puerta trasera.

El taller los esperaba, imponente y familiar, con un aire que mezclaba artesanía y secretos. El sheriff sintió un estremecimiento al acercarse. El olor a serrín y barniz flotaba en el aire, evocando los recuerdos de la meticulosa destreza de su tío. Las paredes estaban cubiertas de herramientas, cada una en su sitio. El amplio banco de trabajo estaba repleto de proyectos inconclusos. Todo demasiado perfecto, demasiado en orden…

El agente que lo acompañaba avanzaba con pasos firmes, la linterna cortando la penumbra y revelando rincones que parecían tragados por la sombra, ya que el sol aún no había salido. El sheriff Samuels sentía que el pulso se le aceleraba, cada paso un eco de la ansiedad que lo carcomía mientras buscaba cualquier rastro de las actividades de su tío.

El taller estaba dominado por un silencio extraño, roto apenas por el zumbido débil de las luces fluorescentes del techo. Esa calma irreal lo envolvía, como si el aire mismo advirtiera del horror que estaba por descubrir. Al fondo, una pequeña puerta entreabierta llamó su atención. Con un gesto rápido indicó al agente que lo siguiera, y se acercó con cautela, los sentidos agudizados.

El aire en la habitación contigua era más denso, pesado. La tenue luz revelaba un espacio de almacenamiento abarrotado: muebles viejos, cajas de herramientas, objetos desordenados. Pero en una esquina, un bulto extraño captó su mirada. Pieles de animales amontonadas al azar, como si alguien hubiera intentado cubrir algo con demasiada prisa.

Una punzada de angustia le atravezó el estómago. Con la linterna del agente iluminando, extendió la mano y apartó lentamente la capa superior. El mundo pareció detenerse.

Bajo las pieles, cuatro jaulas se alineaban, y dentro de cada una, una niña. Estaban sucias, con la ropa desgarrada y manchada, pero aún lo bastante abrigadas para sobrevivir al frío. Sus ojos, enormes y vidriosos, reflejaban miedo y desconcierto. Pero lo que más estremecía era su quietud: parecían sumidas en una niebla artificial, drogadas hasta el punto de no reaccionar siquiera al ser descubiertas. Sus rostros eran máscaras vacías de inocencia arrebatada.

El horror golpeó al sheriff como un puño. Por un instante, el aire se le escapó de los pulmones. John Samuels no era ya un tío, un pariente incómodo; era un monstruo que había construido su vida sobre la explotación de lo más vulnerable. Ira y culpa se mezclaron en su interior, la una alimentando a la otra, hasta que sintió que su determinación se endurecía como acero. Su propia sangre estaba manchada de esta atrocidad, y él mismo se preguntaba cómo había sido posible no verlo antes.

El agente reaccionó al instante, dando la alarma por radio mientras buscaban liberar a las niñas. El chasquido metálico de las herramientas al romper los candados resonó como una sucesión de latidos acelerados. Cada segundo era vital. Con manos firmes, sacaron a las pequeñas una por una, sus cuerpos inertes pero vivos, y las envolvieron en mantas.

Afuera, otros agentes llegaron corriendo, justo a tiempo para interceptar a Derek y Jake, que intentaban escapar. Fueron reducidos y esposados sin resistencia, sus rostros descompuestos entre incredulidad y abatimiento.

—Quedan detenidos —anunció el sheriff Samuels, su voz firme pero cargada de tristeza.

El eco de las esposas al cerrarse sobre las muñecas de sus primos retumbó como un sello final de traición y derrota.

De pronto, la radio del sheriff crujió con urgencia:

—¡Sheriff! Tenemos actividad sospechosa cerca del viejo molino. Posibles avistamientos de John Samuels.

La noticia lo atravesó como un rayo. Apenas habían asimilado el hallazgo en el taller y ya la cacería volvía a empezar. La adrenalina lo impulsó de nuevo: no podían bajar la guardia ni un instante. Ordenó que las niñas fueran trasladadas inmediatamente al hospital, con la máxima protección, y observó cómo eran escoltadas fuera, frágiles y desorientadas, hacia una oportunidad de salvación.

Él se quedó unos segundos más, solo, dentro del taller. La magnitud de lo descubierto lo golpeaba con todo su peso: el infierno había estado escondido en un lugar familiar, sostenido por manos que llevaban su mismo apellido.

La persecución de John Samuels se extendió durante todo el día y se prolongó en la noche. La oscuridad envolvió el bosque, y las linternas de los agentes se convirtieron en haces de luz que perforaban el follaje, rastreando cada rincón como ojos incansables. Los helicópteros sobrevolaban la zona, sus reflectores barriendo el terreno en destellos intermitentes, iluminando por un instante lo desconocido antes de volver a sumirlo en sombras.

La radio no dejaba de crepitar: supuestos avistamientos que se desvanecían en falsas alarmas, huellas que se desmoronaban en callejones sin salida. El fantasma de John Samuels parecía adelantarse siempre un paso, jugando con ellos en la espesura de la noche.

Mientras tanto, Charlotte permanecía en el campo de su abuela. Por una vez, había obedecido al sheriff y se había mantenido apartada. Pero la espera era insoportable: el dolor por las víctimas, la impotencia de no poder actuar, el miedo de que cada minuto significara una vida menos. Se aferraba con desesperación a la esperanza de que la búsqueda no terminara en otra tragedia.

La noche avanzaba con un peso insoportable. La tensión crecía en oleadas, como un manto sofocante que envolvía a todos los que participaban en la cacería. John Samuels seguía libre, esquivo, una sombra que dejaba tras de sí solo incertidumbre y preguntas sin respuesta.

CAPÍTULO XXX

Después de encerrar a sus primos Derek y Jake en una celda de la comisaría, el sheriff Samuels se quedó solo, pensando en su siguiente movimiento. Sospechaba que ellos sabían más de lo que decían sobre el paradero de su padre, pero era consciente de que un error en la presión o en la estrategia podía hacerlos callar para siempre. Consideró brevemente enviar a un equipo a la caverna que Adkins había descrito, pero lo desechó enseguida: si John Samuels era tan intuitivo como él lo recordaba, cualquier indicio de presencia policial lo pondría en fuga.

Habían pasado más de veinticuatro horas desde la detención de Adkins y casi medio día desde el arresto de Derek y Jake. Aunque el sheriff había ordenado mantener la información en secreto, sabía que la ausencia de comunicación con ellos debía haber hecho saltar las alarmas en la mente de su tío. John era astuto, calculador, y seguro ya sospechaba que las paredes se estaban cerrando a su alrededor.

Mientras las horas avanzaban, la tensión se palpaba en Floyd. Lo que antes era una comunidad apacible se había convertido en un hervidero de rumores y miedo. La tormenta que se gestaba sobre la ciudad parecía un reflejo del ambiente: nubes pesadas cargadas de electricidad, listas para estallar. El sheriff Samuels, sentado en su despacho, sentía cómo los cimientos de su mundo tambaleaban. Había dedicado su vida a proteger a su gente, pero ahora debía enfrentar la certeza de que la corrupción y la maldad estaban entrelazadas con su propia sangre.

El aroma a café fuerte llenaba el aire, mezclado con el olor a papel viejo y barniz. Fotografías, diplomas y medallas decoraban las paredes, pero en ese momento no eran más que recuerdos vacíos, eclipsados por la carga de los secretos familiares revelados en las últimas semanas.

Unos golpes suaves en la puerta lo sacaron de sus pensamientos.

—Adelante —dijo, con voz cansada.

La puerta se abrió y entró una oficial, Charly Monroe. Aunque era relativamente nueva en el equipo, se movía con seguridad, irradiando determinación. De estatura alta y presencia firme, tenía ojos agudos, como los de un halcón, y una mente rápida que parecía adelantarse siempre dos pasos. El cabello castaño rojizo recogido en una cola que dejaba al descubierto un rostro joven, pero endurecido por la experiencia. Su uniforme impecable y la placa brillante reflejaban disciplina y orgullo.

La calma y la energía de Charly eran un ancla en medio de la tormenta. El sheriff la respetaba porque sabía que veía lo esencial sin perderse en distracciones.

—Thom —dijo, con un tono grave—. Tenemos un problema.

El sheriff alzó la vista, la tensión marcándole el rostro. —¿Qué ocurre?

Charly dudó un instante, como asegurándose de que estaban solos. Sus ojos brillaron con preocupación.

—Hay otra desaparición. Una niña. Igual que las anteriores.

Un nudo helado se formó en el estómago del sheriff.

—¿Dónde?

—A las afueras de la ciudad —respondió ella, sombría—. Sus padres la reportaron hace unas horas. Salió a jugar y no volvió.

El sheriff se enderezó en su silla.

—¿Tenemos alguna pista?

Charly negó con la cabeza, frustrada.

—Aún nada. Tenemos equipos cubriendo la zona, hablando con vecinos, buscando cualquier detalle.

—¿Qué hay de los controles en las rutas? —preguntó él.

—Ya están desplegados. Estamos coordinados con las patrullas en las autopistas, pero si John está detrás de esto, sabrá cómo moverse para esquivar los controles —contestó ella, con voz firme.

El sheriff apretó la mandíbula, conteniendo la ira.

—No podemos dejar que se salga con la suya.

Charly asintió, su mirada firme reflejando la misma determinación.

—Lo encontraremos, Thom. Lo llevaremos ante la justicia.

Cuando ella salió, el sheriff se recostó en la silla, pensativo. La tormenta rugía en la distancia, como un eco de lo que estaba por venir. Sabía que el tiempo se agotaba: cada minuto que pasaba acercaba a esa niña perdida al abismo. Y él no podía permitirse fallar.

Con renovada urgencia, el sheriff levantó el auricular y marcó el número de la policía estatal. Mientras esperaba a que respondieran, su mirada se posó en la ventana: el cielo ennegrecido presagiaba la tormenta que se avecinaba, un espejo del caos que ya envolvía a Floyd.

La pequeña ciudad, antaño unida por la familiaridad y la confianza, se encontraba ahora al borde de la fractura. Los rumores corrían como fuego entre la hierba seca, y las medias verdades se propagaban de boca en boca. Las sonrisas cálidas que antes cruzaban las calles se habían transformado en miradas recelosas, cargadas de temor. El lazo invisible que unía a la comunidad estaba desgarrándose bajo el peso de la traición.

El sheriff lo sabía bien: la confianza es un cristal frágil, capaz de romperse en mil pedazos con un solo golpe. La revelación de que uno de los suyos —su propio tío— estaba involucrado en una red de tráfico humano había dejado cicatrices imposibles de ocultar. Los recuerdos de comidas compartidas, de reuniones familiares, de risas sinceras, quedaban ahora ensombrecidos por la certeza de que bajo esa fachada había latido la oscuridad.

La llamada se conectó. Con voz firme y sin rodeos, coordinó con la policía estatal los siguientes pasos: distribución de recursos, intercambio de información, despliegues conjuntos. La voz del sheriff reflejaba la gravedad del momento, y la de sus interlocutores devolvía la misma tensión: la sensación compartida de que el tiempo se deslizaba entre los dedos.

Pero, aunque avanzaban, Thom Samuels sentía que siempre iban un paso por detrás. La idea de que otra niña pudiera caer en manos de la red lo consumía por dentro, alimentando una ira abrasadora. El margen de error era nulo. No podían permitirse fallar.

Su mente se detuvo un instante en Charlotte. Pensó en su valor, en su tenacidad casi temeraria, en la fuerza con la que había sacado a la luz secretos que él mismo no había querido ver. Ella se había expuesto al peligro sin titubear, y él sabía que lo seguiría haciendo. Su coraje era una chispa en medio de tanta oscuridad, un recordatorio de lo que aún merecía la pena proteger.

Cuando la noche cayó sobre Floyd, el sheriff salió de la oficina. El aire fresco lo envolvió como un alivio momentáneo, despejando su mente cansada. La tormenta había cedido, y en el cielo oscuro brillaban estrellas dispersas.

Sabía que el camino por delante sería largo, plagado de peligros, pero también sabía que no podía permitirse retroceder. Debía enfrentar a Derek y Jake, arrancar de ellos la verdad que guardaban, y continuar la cacería contra John Samuels antes de que reclamara otra víctima.

Con la determinación renovada, echó a andar en la penumbra. Cada paso era una promesa silenciosa: haría justicia, detendría la red y devolvería a Floyd la paz que su propia familia le había robado.

CAPÍTULO XXXI

Mientras el sheriff Samuels se sumergía en la investigación, Charlotte permanecía en el campo de su abuela, devorada por la preocupación. El amanecer iluminaba suavemente el horizonte, pero en su interior reinaba la misma oscuridad de la noche anterior. La búsqueda continuaba sin descanso: el sheriff y su equipo no cejaban en su empeño por atrapar a John Samuels, conscientes de que no podían detenerse hasta llevarlo ante la justicia.

Charlotte, incapaz de conciliar el sueño, se sentó junto a la ventana, con la mirada perdida en el paisaje cubierto por un pálido resplandor. Sus pensamientos giraban en círculos interminables, y la incertidumbre la consumía como una marea que no daba tregua. La radio crepitaba en el fondo, su voz metálica llenando la habitación con noticias que parecían lejanas y al mismo tiempo demasiado cercanas. La taza de café entre sus manos era el único ancla que la mantenía en pie, su calor filtrándose en su piel mientras luchaba por mantener la calma.

Entonces, la emisión cambió de tono. Una voz firme anunció:

—Última hora: se ha reportado la desaparición de otra niña en un pueblo cercano. Las circunstancias guardan inquietantes similitudes con los casos vinculados a la investigación en curso. Las autoridades recomiendan máxima precaución mientras continúa la búsqueda de John Samuels—

.

Charlotte se quedó helada. La taza tembló en sus manos. No necesitaba más pruebas: sabía que era obra de Samuels. El patrón era claro, demasiado exacto, demasiado oportuno como para ser una coincidencia.

A medida que la luz del día crecía, algo en su interior encajó con la fuerza de una revelación. La cabaña de caza abandonada en lo profundo del bosque. El recuerdo apareció con nitidez dolorosa. Aislada, oculta, perfecta para alguien como Samuels. Allí era donde debía estar.

Los instintos gritaban en su interior, claros e implacables: debía actuar. No podía esperar a que el sheriff Samuels agotara sus interrogatorios ni a que los procedimientos oficiales se movieran con su inevitable lentitud. El tiempo era un lujo que la niña desaparecida no tenía.

El riesgo era evidente. La cabaña estaba aislada, un lugar donde la ley quedaba fuera de alcance, donde las sombras dominaban el terreno. Pero cada fibra de su ser la empujaba en esa dirección. Tenía que seguir sus instintos y arriesgarse antes de que fuera demasiado tarde.

CAPÍTULO XXXII

Charlotte permanecía pensativa, de pie en la penumbra del granero del campo de Irma, sus dedos recorriendo lentamente el cuero suave de su silla de montar, un regalo de su abuelo. La textura cálida y firme del material evocaba recuerdos de su sonrisa orgullosa y de las largas jornadas que habían compartido juntos. Un estremecimiento le recorrió la espalda al pensar que, de no haber estado sobre Blaze el día del incendio, aquel tesoro familiar se habría perdido para siempre entre las llamas. La tristeza se mezclaba con la gratitud en un nudo de emociones que le apretaba el pecho.

Este granero se sentía como un refugio sagrado incluso en el campo vecino. El olor del heno, el leve almizcle de los caballos, el crujido suave de la madera vieja: todo se entrelazaba con la luz que se filtraba por las rendijas de las paredes, proyectando haces dorados que iluminaban motas de polvo suspendidas en el aire, danzando como recuerdos vivos. Charlotte casi podía escuchar la risa profunda de su abuelo resonando entre esas vigas, un eco lejano que se mezclaba con el murmullo de los animales. Pasó la mano por los grabados de la silla: espirales y líneas que eran más que ornamentos, eran historias marcadas en cuero, fragmentos de un vínculo que seguía vivo.

Cuando alzó la vista, la mirada de Blaze la sostuvo con calma. El mustang, de pelaje castaño que brillaba como cobre pulido bajo la luz, la observaba con ojos que transmitían comprensión. Era más que un caballo: era testigo y compañero de su travesía, confidente silencioso en una búsqueda que ya no era solo por la verdad, sino también por justicia.

Con un suspiro firme, Charlotte montó a Blaze. Sintió esa oleada familiar de fuerza y propósito recorrerle el cuerpo. Tenía un destino claro: la parte sur de las tierras de sus abuelos, donde la memoria y los secretos se confundían en un mismo paisaje. Espoleó suavemente a Blaze, y el galope sacudió la quietud. Los cascos golpeaban la tierra en un ritmo constante, como un tambor que marcaba la intensidad de su determinación.

El trayecto la llevó hasta los viejos alambrados que delimitaban el campo de su familia de las tierras de los Underwood. Desmontó, forzó la tranquera de alambre chirriante —ese mismo esfuerzo que tantas veces había hecho reír a su padre, burlándose de su torpeza con los alambres inestables— y, tras cruzar, volvió a montar con rapidez. Blaze avanzó con energía hacia la ribera del río, donde el aire adquirió un peso distinto, una humedad anticipando el agua cercana.

La silueta de la cabaña de caza se alzó entre árboles y la vegetación espesa, medio oculta, como un secreto grabado en la espesura. El corazón de Charlotte palpitaba con fuerza. Entre la orilla del río y la cabaña, el viejo pozo de agua emergía cubierto de maleza, como un espectro de tiempos pasados. Sus recuerdos de infancia, juegos y aventuras en esos parajes, chocaban con la sombra ominosa que ahora cubría todo.

Desmontó de Blaze y se asomó al interior del pozo. La negrura era total, un abismo que devolvía silencio en lugar de respuestas. Tras unos instantes de incertidumbre, montó nuevamente y se dirigió hacia la cabaña.

La construcción parecía desvanecerse entre los árboles, su madera desgastada fundida con el bosque. Dentro, el aire estaba impregnado de humedad y moho. La luz que se filtraba a través de los cristales sucios iluminaba un espacio pequeño: un pasillo estrecho, un dormitorio casi vacío, un baño reducido a lo esencial. La cocina, presidida por un quemador oxidado y una olla cubierta de polvo, era un recuerdo congelado de otra época. Todo transmitía abandono, soledad y la sensación opresiva de que algo, en algún momento, había quedado a medias.

Charlotte inspeccionó cada rincón con paciencia, cada telaraña y cada tabla crujiente bajo sus botas. Nada parecía señalar una pista concreta. La decepción pesaba como plomo en su interior cuando volvió al exterior, donde Blaze la esperaba paciente.

Lo guio con las riendas entre la maleza, dejándose arañar por las ramas, hasta alcanzar un claro. Montó de un salto y lo condujo hacia el río, intentando encontrar claridad en medio de la confusión. Pero fue entonces cuando algo cambió: un detalle casi imperceptible en el paisaje.

Un sendero. Apenas visible, apenas más pisoteado que la hierba circundante, pero distinto.

Su respiración se contuvo. Desmontó de nuevo y, llevando a Blaze nuevamente de las riendas, siguió esa marca oculta. El camino no conducía a ningún lugar claro, parecía perderse entre la espesura. Estaba a punto de desistir cuando un sonido quebró el silencio del bosque.

¿Era agua? Charlotte frunció el ceño, desconcertada. El río estaba lejos, pero el murmullo era inconfundible. El sonido se intensificó, como si la llamara, una corriente invisible empujándola hacia adelante. Dio vueltas en la espesura, tratando de localizar la fuente, cuando de pronto el suelo se desmoronó bajo sus pies.

Se hundió hasta las rodillas en barro frío, la succión del lodo atrapando sus botas con fuerza. Se sostuvo en un árbol cercano para no caer por completo, el corazón desbocado por el sobresalto. Con esfuerzo se liberó, respirando agitadamente, y entonces lo vio: un pequeño canal artificial, apenas de unos centímetros de ancho, serpenteando oculto bajo la vegetación.

Ató a Blaze a un árbol, asegurando las riendas con manos tensas, y avanzó con cautela. El canal fluía en dirección a la cabaña, y al otro extremo parecía perderse hacia el río. Un conducto oculto. Una ruta secreta. Sus pasos siguieron la corriente, y entonces algo brilló bajo la maleza.

Se inclinó, apartó hojas húmedas y raíces, y quedó petrificada: una trampilla, desgastada por el tiempo, camuflada por la naturaleza como si hubiera esperado ese momento durante décadas. El corazón le retumbaba en el pecho. Con un movimiento lento, casi reverente, la abrió. Unas escaleras de madera descendían hacia una negrura que parecía respirar.

La duda la golpeó como un viento helado. Pero la decisión ya estaba tomada. Tomó el rifle de la funda de la silla de Blaze, el arma regalo de su abuelo, y lo sostuvo como si fuera parte de ella, un vínculo tangible con su coraje.

Bajó despacio. El aire era húmedo, cargado de un hedor a descomposición que hizo que la piel de sus brazos se erizara. Las paredes del túnel, estrechas y resbaladizas, parecían cerrarse sobre ella. Cada paso retumbaba con un eco profundo que amplificaba la soledad y el peligro.

La caverna se abrió de repente ante sus ojos. Charlotte contuvo el aliento: reconocía aquel lugar. La curva de la pared del pozo, la humedad que rezumaba de la piedra, los ecos de su infancia atrapados entre esas rocas. El mismo lugar en el que, veinte años atrás, había encontrado a Mari. Un estremecimiento le recorrió la espalda.

La sensación de ser observada se apoderó de ella. No era paranoia: lo sentía en la piel, en la nuca, como un aliento invisible. Escudriñó las sombras, el rifle firme en sus manos, la respiración rápida rebotando contra las paredes. El silencio era espeso, pesado, como si la oscuridad tuviera voluntad propia.

Siguió avanzando. Cada paso sonaba más fuerte, como un tambor anunciando peligro. El túnel se extendía, interminable. Finalmente, una curva. Sintiendo que la seguían desde la oscuridad, se agachó de inmediato, pegándose al suelo, el rifle apuntando hacia atrás, lista para disparar. Contuvo la respiración. Esperó. Nada. La oscuridad permaneció intacta, burlona, cargada de tensión.

El recuerdo la asaltó: Mari, respirando con dificultad, aún con vida en ese mismo lugar, la angustia grabada para siempre en su memoria. Cerró los ojos un instante, solo lo justo para contener el temblor, y volvió a enfocarse.

Un sonido nuevo rompió el silencio. Voces. Lejanas, traídas por el viento. Charlotte afinó el oído, tratando de distinguirlas, pero las palabras eran borrosas, como susurros al borde del entendimiento.

De pronto, un destello de luz cruzó la caverna. La intensidad aumentó y después, abruptamente, se bloqueó. Una silueta alta, oscura, llenó la entrada. La sombra se proyectó hacia ella, larga, amenazante, como si quisiera alcanzarla con manos invisibles.

Charlotte tragó saliva. La figura entró, y la luz delineó su forma. Un hombre. Llevaba algo en brazos.

Su mente se agitó, entre el miedo y la necesidad urgente de actuar. Se convenció a sí misma de que aún no la habían visto, que estaba a salvo en su escondite momentáneo. Pero la pregunta la taladraba: ¿qué llevaba?

—Ten confianza—, resonó la voz de su abuelo en su memoria. —Confía en ti misma. Eres valiente—.

Apretó el rifle con ambas manos. Sabía que debía decidir: permanecer oculta… o enfrentar al intruso.

El tiempo se alargaba, cada segundo convertido en un tormento de expectativa. Charlotte mantenía el rifle firme, los músculos tensos, la respiración contenida, hasta que la luz reveló lo inevitable: en los brazos del hombre colgaba una niña, sus piernecitas flácidas y vulnerables, el cuerpo inerte como si la vida se hubiera escurrido de ella.

El mundo se estrechó en un solo punto. Charlotte sintió cómo todo se cristalizaba dentro de sí: el miedo, la furia, la memoria del pasado. Ya no había margen para la duda. Con el pulso firme y la puntería de quien ha esperado demasiado, apretó el gatillo.

El estallido resonó en la caverna con la fuerza de un trueno. El disparo rebotó en las paredes húmedas, multiplicándose en ecos que parecían provenir de las entrañas mismas de la tierra. La bala encontró su blanco en medio de los ojos del hombre. El impacto lo derribó con violencia, cayendo como un peso muerto, arrancado de su sombra de poder en un instante final e irreversible.

El silencio volvió, opresivo. Solo el goteo constante del agua contra la roca llenaba el espacio, como un metrónomo macabro marcando el fin. Charlotte no se movió al principio. El rifle aún en sus manos, los brazos temblando bajo el peso invisible de lo que acababa de hacer.

El rostro del hombre caído emergió de la penumbra, y el reconocimiento la golpeó como una ola helada: John Samuels. Había enfrentado al monstruo que había marcado su infancia, y lo había derrotado. Pero el triunfo no traía euforia, sino un vacío solemne. Sabía que la victoria nunca borraría las cicatrices; los ecos del pasado seguirían acechando su alma, sombras grabadas en su memoria para siempre.

Y, sin embargo, algo se liberó en ella. No era venganza lo que había guiado su dedo, sino la necesidad de proteger, de recuperar lo que la oscuridad le había robado. Por primera vez en años, sintió que un atisbo de paz, tenue pero real, germinaba en su interior.

Con cuidado, se inclinó sobre la niña. Su pequeño cuerpo estaba aún tibio, inconsciente, pero respiraba. Charlotte la tomó en brazos, sosteniéndola contra su pecho con una ternura feroz.

—Ya estás a salvo —susurró.

***

Habían pasado casi dos años. El 8 de diciembre de 1986, a las nueve de la mañana, Charlotte caminaba hacia el tribunal, inmersa en un mundo que parecía renovarse con cada respiro. La ciudad bullía con el espíritu navideño: farolas adornadas con coronas, escaparates convertidos en escenarios de fantasía, y el aire frío impregnado del aroma de los abetos y del dulce humo de las castañas asadas. El ritmo de los pasos apresurados, el tintineo lejano de los villancicos y el rumor incesante del tráfico se entrelazaban en una sinfonía urbana que la envolvía.

Los imponentes edificios de la capital se alzaban como testigos de la historia. El Monumento a Washington relucía bajo la luz invernal, custodio solemne de la nación, mientras el Capitolio, con su cúpula recortada contra un cielo azul acerado, se erguía como un símbolo de dignidad y permanencia. A lo largo del National Mall, los museos Smithsonian parecían custodiar silenciosamente la memoria del país, invitando a quienes se detenían ante sus escalinatas a descubrir sus tesoros.

En medio de ese esplendor, Charlotte avanzaba con paso firme. El sonido seco de sus tacos sobre la acera empedrada se mezclaba con las respiraciones que se alzaban en pequeñas nubes blancas, recordándole que, pese a todo lo vivido, la vida continuaba latiendo en torno a ella. Y en esa vitalidad encontraba un espejo de sí misma: una mujer que había enfrentado sombras y que ahora caminaba hacia la claridad de un nuevo capítulo.

El tribunal federal la recibió con solemnidad. Sus muros de piedra se alzaban como guardianes de justicia, el vestíbulo impregnado por el aroma de madera encerada y papel antiguo. Al entrar en la sala, Charlotte percibió cómo el murmullo expectante de los presentes se intensificaba. La luz dorada que entraba por las altas ventanas arqueadas bañaba los paneles de caoba y la alfombra burdeos, creando un ambiente cargado de gravedad y esperanza.

La galería estaba repleta. Entre la multitud, los ojos de Charlotte encontraron de inmediato a su familia. Su madre, su padre y su abuela la miraban con una mezcla de alivio y orgullo, mientras Jack Henry, con su sonrisa serena, le transmitía la seguridad que tantas veces había necesitado. Ese gesto fue suficiente para apaciguar el torbellino en su pecho.

Los recuerdos afloraron como un torrente. Las tardes de verano pescando juntos en el río, las carreras a caballo bajo el sol ardiente, las risas compartidas en su niñez y adolescencia. Recordó cómo Jack Henry había sido su guardián natural, el amigo inquebrantable que se interponía entre ella y cualquier amenaza. Más tarde, el compañero que la alentaba en cada paso profesional, ensayando con paciencia los alegatos y los interrogatorios, apoyándola con una devoción que nunca había flaqueado.

Ahora estaba allí, presente, no solo como testigo del juicio, sino como testimonio viviente de la resistencia y la lealtad. Y en ese instante, entre las sombras del pasado y la solemnidad del presente, Charlotte supo que no enfrentaba sola lo que estaba por venir.

Charlotte se detuvo un instante y bajó la mirada hacia su anillo de compromiso. La piedra atrapaba la luz, lanzando destellos que parecían bailar sobre su piel. Sintió una punzada de emoción, un torrente de gratitud y certeza. Recordó las dudas que en su día habían oscurecido sus pensamientos, las veces en que se preguntó si ella y Jack Henry encontrarían el camino de regreso el uno al otro. Y, al verlo allí, con sus ojos fijos en ella y su apoyo tan firme como siempre, comprendió que había subestimado su lealtad. Una ola de culpa se mezcló con la serenidad que la invadía. Respiró hondo, sostuvo su mirada y, en ese cruce silencioso, encontró la confirmación de que todo lo vivido los había conducido hasta ese instante.

Avanzaba con paso seguro, y su porte hablaba por ella antes de pronunciar una palabra. Su atuendo, elegido con la precisión de quien entiende el poder del detalle, era un reflejo de su intelecto y de su temple. El blazer azul marino abrazaba su silueta con la mezcla exacta de suavidad y estructura; la blusa blanca, nítida e impecable, enmarcaba su rostro con un aire de sofisticación que irradiaba autoridad. La falda lápiz caía con líneas firmes hasta justo debajo de la rodilla, y el movimiento fluido de la tela acompañaba su cadencia, como si cada paso estuviera marcado para dejar huella. Los tacos negros, pulidos hasta el brillo, golpeaban el suelo con un ritmo constante, una percusión sobria que imponía respeto.

El recogido de su cabello, pulcro pero suavizado por algunos mechones que acariciaban su rostro, era un equilibrio perfecto entre disciplina y humanidad. Las discretas joyas de plata brillaban con sutileza, un detalle sobrio que completaba la imagen de una mujer en absoluto control de sí misma. Todo en ella transmitía una sola idea: estaba lista.

Cuando se acercó a la pequeña puerta que separaba al público de los litigantes, un recuerdo irrumpió en su mente. Volvió a oír la voz de aquel juez en su primer día en la facultad de derecho: —*Abrir esa puerta y cruzarla es lo que separa al público del abogado litigante. Créeme, es una sensación increíble. Una sensación que nunca desaparece*—. Ahora, de pie frente a esa misma frontera simbólica, Charlotte sintió cómo la euforia recorría sus venas, tan vibrante como la primera vez. Cerró los ojos un instante, saboreando la carga de ese momento, antes de empujar la puerta y entrar en la sala.

Dejó su abrigo y su maletín con gesto medido, y se sentó junto al escritorio de la fiscalía. La solemnidad del lugar la envolvió. El estrado de madera oscura imponía respeto, las molduras intrincadas en el techo hablaban de grandeza y permanencia, y las paredes claras equilibraban la gravedad del espacio con una sobriedad contenida.

El alguacil anunció la entrada del juez, y el murmullo se disipó de inmediato. La autoridad de su figura llenó la sala al subir al estrado, y la tensión se hizo palpable. Cuando ordenó que Adkins se pusiera de pie, Charlotte sintió cómo el pulso se aceleraba. Cada palabra del juez era un golpe preciso, contundente, inapelable:

—Por los cargos de transporte de menores con intención de participar en actividades sexuales delictivas... culpable. Por los cargos de conspiración para cometer tráfico... culpable—.

El eco de las palabras se propagó por la sala como ondas tras un impacto en el agua, tocando a cada persona allí presente. Para Charlotte, el sonido fue absoluto, un martillo que caía con fuerza no solo sobre Adkins, sino sobre las sombras que habían marcado su vida.

Cerró los ojos un instante, y la imagen de Mari apareció nítida: su sonrisa luminosa, el calor de sus brazos, las risas que aún resonaban como música de otro tiempo. Sintió cómo esas memorias la abrazaban, no como heridas abiertas, sino como cicatrices que se habían transformado en fuerza.

Cuando volvió a abrir los ojos, lo hizo con la certeza de que la justicia había hablado. Se mantuvo erguida, el corazón todavía vibrando por la magnitud de lo ocurrido. Había llegado el cierre. No borraba el dolor, pero lo contenía. No devolvía lo perdido, pero le otorgaba sentido.

Charlotte exhaló. Y en esa exhalación encontró paz.